贝页
ENRICH YOUR LIFE

重返阿伯丁

〔英〕凯里·哈德森（Kerry Hudson）　著　　　黄瑶　译

文汇出版社

图书在版编目（CIP）数据

重返阿伯丁 /（英）凯里·哈德森（Kerry Hudson）
著；黄瑶译. — 上海：文汇出版社，2024.9.
ISBN 978-7-5496-4296-0

Ⅰ. 1561.45

中国国家版本馆CIP数据核字第2024DB7675号

本书简体中文版专有翻译出版权授予上海阅薇图书有限公司出版。
未经许可，不得以任何手段和形式复制或抄袭本书内容。

上海市版权局著作权合同登记号：图字（09-2024-0637）

重返阿伯丁

作　　者／[英]凯里·哈德森
译　　者／黄　瑶
责任编辑／戴　铮
封面设计／王重屹
版式设计／汤惟惟
出版发行／**文匯**出版社
　　　　　上海市威海路755号
　　　　　（邮政编码：200041）
经　　销／全国新华书店
印刷装订／上海普顺印刷包装有限公司
版　　次／2024年9月第1版
印　　次／2024年9月第1次印刷
开　　本／720毫米×1020毫米　1/32
字　　数／172千字
印　　张／11
书　　号／ISBN 978-7-5496-4296-0
定　　价／66.00元

因弗内斯

阿伯丁

邓迪
珀斯
斯特灵

奥本

艾尔德里
格拉斯哥 科特布里奇
爱丁堡

北希尔兹
泰恩河畔纽卡斯尔
豪顿勒霍尔

利兹

利物浦
曼彻斯特

大雅茅斯
诺里奇

伯明翰

斯旺西
加的夫
布里斯托尔

伦敦

坎特伯雷

致所有有过类似经历的人

目 录

作者注

　　这是我竭尽所能讲述的一个属于自己的故事。虽然我在必要之处更改了一些姓名、人物外貌和其他明显的细节，但还是根据自己的记忆和轶事，尽可能诚实地展示了故事的全貌，并在可能的地方援引了官方文件。和其他回忆录一样，本书也会受到人为错误的影响。我承认这是我对事件的描述，其他人还可能存在许多不同的看法。我只是在用我自己的方式将故事娓娓道来。

前　言

　　不如从一个圆满的大结局说起吧。我成功了。如同鲤鱼跃龙门，我摆脱了贫困，摆脱了捉襟见肘的日子里只能勉强下咽的糟粕之食，摆脱了褴褛的衣衫和夹脚的鞋子，摆脱了会让我不省人事的酒精或药物，因为……因为……我也许还将摆脱年纪轻轻就告别尘寰的可能和一些可预防的疾病——对此我们可以拭目以待。我也摆脱了肥胖，摆脱了频发的家暴，摆脱了贫民窟、烧毁的房子和在学校门口贩卖违禁品的冰激凌车。我摆脱了衣着光鲜，却对我说我这种人就是"人渣"的杰里米·凯尔，摆脱了在挫折与特酿酒助长下随处可见的残暴行径，摆脱了福利站前大排长龙的队伍，摆脱了财产评估和糟糕的零时工合同，也摆脱了绝望。

相比如今这般无尽安逸的生活，我人生的前二十年光阴中充满了艰辛，脑海里每天都会响起这样一些名称：傻帽、捡破烂的、穷鬼、恶棍、下等人、贱民。

是的，我可能出身卑微，但不知何故扶摇直上，以至于可以站到足够高的地方落笔写下这些话，并且相信总有人会读到它们。如今的我丰衣足食，始终都有像样的地方可以落脚。我的服装并不昂贵，但我买得起新衣。我可以享受运动的乐趣，能在冬日里为我的公寓供暖。我有机会接触艺术、音乐、电影和书籍，不会感觉自己冥顽不灵。当我生理或心理不适时，我可以寻求并得到帮助，然后逐渐康复。我经常去世界各地旅行，靠自己喜欢做的事为生，而这恰好是那些与我截然不同的人的专利。

但现在，让我们回到这一切的原点：

拥有一位单身母亲

两次被送入寄养家庭

换过九所小学

接受过一次性虐待儿童保护咨询

又换了五所高中

先后两次遭遇性骚扰

遭遇过一次强奸

两度堕胎

18岁生日

　　《童年不良经历问卷》包含十个问题，以衡量一个人的童年创伤状况，每一个肯定答案得1分。研究表明，与得0分的相比，得分为4分或以上的人"患慢性阻塞性肺病的可能性高260%，患肝炎的可能性高240%，患抑郁症的可能性高460%，自杀的可能性高1 220%"。我得了8分。

　　对我而言，只是运气不佳，或许更容易让人相信。可我是个可怕的例外。但事实上，和我一起长大的人也有差不多的经历。他们一小部分会好一点，大多数人有过之而无不及。我有什么不同之处吗？我在地平线上看到了某种东西，于是一路狂奔。我健步如飞，义无反顾。

　　我以身为工人阶级为荣。在我目前居住的这片社会流动性极强的边缘地带，我怀念曾经那个大家庭带给我的社区归属感。

　　但我从不以贫穷为荣。真正的贫穷是无处不在、折磨人且毫不掩饰的，往往会使人失去尊严。我从未怀念过贫困带来的痛苦与耻辱、揪心与恐惧，这一点不言而喻，特别是我现在还会经常体验到它带来的"余震"。

虽然现在的生活已经发生了天翻地覆的变化，但我发现自己还是无法调和"现在"与"过去"的关系。关于这种令人眩晕的感觉，最贴切的描述是：你既不属于任何地方，也不属于任何人，既无法"回到那里"，也不是真正"身在这里"。我开始相信，出身贫寒并不仅仅是经济或境遇的问题，而是我"逃离"之后仍旧挥之不去的心理与身份认知的问题。

在这本书中，那些至今仍在扰乱我内心平静的问题有了答案。我生活过的城镇发生了什么？那里的境况肯定有所好转了吧？还有另外一些很难让人理直气壮去面对的问题——也许只有当我晚上醒来，在黑暗中感觉恐怖袭上心头，对着幢幢鬼影脏话连篇时才敢去直面它们。这些年我遭遇了什么？我真的已经逃脱了吗？这些年来保护我的是支离破碎的记忆，还是年复一年不断加剧的恐惧？如今我身上是否还能看到自己过去的影子？

一年前，我意识到，只有回到那些地方，才能真正回答这些问题。我必须直面心中的那个怪物，希望它终究只是一抹幻影。

我决定返回阿伯丁，返回我的出生地，返回那个由渔家女组成的母系家族，循着童年走过的那条惊心动魄的漂泊路线：阿伯丁、坎特伯雷、北拉纳克郡、桑德兰、大雅茅斯——和我沿着海岸线追逐鲱鱼和银鲫鱼的祖先走过的路径没有太大区别。但我打算撒网寻觅的是故事与事实。我要将它们一一拆解开来，看看其五脏六腑能够告诉我些什么。

那些城镇有没有随着传统工业的衰落而消亡？现在仍旧生活在那里的穷人或工人阶级过得如何？工人阶级的生活还有意义吗？如果我是一个如今在那里成长的儿童或青少年，我还有希望吗？谁住在我曾经生活过的地方？街上的孩子们呢？我打算把这些问题直接抛给那些每日奔波劳碌的人，那些在经济紧缩中首当其冲的草根阶级，那些城镇新人和已经在当地生活了几十年的人，看看各个群体是如何生活与生存的——抑或是如何落得无以为继的。

这趟游历全国的旅途也是我追溯童年的过程。我将试图通过索取我儿时的救助档案、医疗和学校记录，寻找任何有可能记得我的人，或是任何能勾起我回忆的人，以此填补我记忆中的空白。

我之所以下定决心去寻找问题的答案，是因为如今的我相信，自己开口后不会遭到打骂、惩罚或嘲笑。因为我的幸福结局需要检验，这样我才能睡个安稳觉。因为如果这的确是一个幸福的结局，我应该重视自己摆脱了什么。我应该停下脚步回顾，明白自己从何而来。

如果你活着的每一天都被告知你没有任何价值可以贡献，你对社会百无一用，那么，你能否摆脱那种无论取得多少成就都依然会有的"出身卑微"的感觉呢？

1

/

阿伯丁
1980年

　　我妈妈二十岁时认识了我爸爸。十六岁那年，没有任何学历的她离开了阿伯丁四处旅行，靠做服务员为生，把业余时间和小费都花在了迪斯科舞厅。她总是说自己是家里的害群之马。但我有一次向外祖母重复这句话时，她挑起了眉毛，用低沉缓慢得吓人的声音反问道："哦，她是这么说的，是吗？"

　　我对妈妈的了解都是从她亲口为我讲述的故事中得来的。在创作本书的过程中，我知道了更多，也许比我希望的还要多。但在我还是个孩子时，她就告诉过我她有多喜欢跳舞。她崇拜金发女郎乐队（Blondie）、鲍伊（Bowie）和莱昂纳德·科恩（Leonard Cohen），还记得自己去伦敦夜总会时总爱穿一件闪闪发亮的银色连衣裙，并且依旧可以回忆起她走向酒吧时所有人都望向她的情景。和我家的所有女性一样，无论艰辛的生活如何试图压抑她，她的笑声始终洪亮豪放，充满了不屈的生命力。

但她也脆弱得无可救药，很容易受伤，而且异常天真。她为坚忍不拔的渔家女传统精神感到骄傲，在还不明白什么是"女权主义"之前就是名女权主义者。一个亲戚告诉我，少女时代的她"腼腆害羞、总爱傻笑"，后来去了伦敦，远离了与她关系糟糕的母亲，从而找到了自信。她拥有坚定不移的道德观，认为女性不次于男性；认定永远不要做种族主义者，也永远不能行落井下石之事。

我爸爸认识我妈妈时已经四十二岁了，那时他还没有被确诊为精神分裂症或安定成瘾。但在二十六年前的一场基础训练中，他精神崩溃，后来一直在领取美国陆军的养老金，同时深陷酗酒的泥淖。

爸爸口中的真相变幻莫测，但不管怎样，我会把他为我讲述的身世故事告诉你们。他说我们的家族曾经拥有半个加利福尼亚州，直到曾祖母离家出走，嫁给了一名采棉工。他曾辗转于不同的亲戚家，寄人篱下，最后在洛杉矶中南部的一个"男童之家"住了下来。在其中一些故事中，他是那里唯一的白人孩子，而在另外一些故事中则不是。十六岁时，他毫不犹豫地参军入伍，却惨遭精神崩溃，最后被送入一家德国精神病院度过了三年时光，或许更久。

他告诉我，他退伍后回到加州，曾在加州大学洛杉矶分校短暂学习，但一直没有毕业，后来当过邮递员，在一所房子的门廊上和查理·曼森（Charlie Manson）聊过天，还在旧金山的城市之光酒吧里与"垮掉的一代"（beatniks）混迹在一起（其中一位诗人——我忘了是哪一位——偷了他的酒囊，害他耿耿于怀了几十年）。他娶过一位后来令他伤心欲绝的日本美女，还曾被模特经纪公司选中，最终流落到了伦敦。

在我看来，这两个人都以自己的方式成了孤儿，四海为家、逃避现实。在他们眼中，对方都宛若自己奇怪扭曲的倒影，所以他们能在彼此身上找到慰藉也不难理解。但你很难想象这段感情可以持续下去。

他们在一起不过几个月的时间。妈妈以前总提起那段时光——在我出生之前，她仅剩的最后的自由。她告诉我，他们爱喝白兰地亚历山大，住在私占的空屋里，在七十年代末的伦敦享受着派对生活。爸爸甚至一时兴起，带着妈妈去了趟美国。他们抵达美国时几乎身无分文，于是便从圣弗朗西斯科出发，前往圣地亚哥去探望我那居住在旅行拖车里的祖母，看她能不能帮他们一把。祖母第一次见到他们时，妈妈正在她的水槽里洗脚。后来，爸爸翻了翻他母亲那可怜巴巴的首饰盒，想找点什么东西去典当。祖母则在一边冷眼旁观。

等他们凑齐旅费飞回伦敦时，妈妈已经怀上了我。他们完全接纳了美国西海岸的享乐主义。我仍旧很想知道，这是否解释了我为什么拥有那么丰富的想象力。回到伦敦后不久，妈妈就把怀孕的消息告诉了爸爸。看到他跪在地上哭着问"我该怎么办？"时，妈妈和他分手了，并预约了一家堕胎诊所。

二十岁的她弱不禁风，又没有工作。我毫不怀疑，人工流产对她来说可能是最好的选择。她经常为我描述（每年都要说上好几遍）她是如何预约的，然后又在乘坐地铁前往诊所的路上改变了主意。

我不认为她把这件事情讲出来有多残忍。我相信她是想告诉我，她选择了我。她说我是一个意外，但后来变成了一个决定。无论事情有多糟糕，至少在我可能已经死去的时候，我还活着。但她也是在告诉我，虽然她爱我，但生下我就意味着她牺牲了自己的一辈子。得知当初的那个决定让我俩的生活都变得难上加难，我有种隐隐作呕的奇怪感觉。

于是，她回到了阿伯丁，回到了那个她从未想过回去的地方，一个她无法尽快离开的地方。她回到了她的母亲、我的外祖母——那个典型的阿伯丁工人阶级女家长身旁。

外祖母是我认识的最可怕的人。她也许很迷人，甚至很有爱心，可一旦被激怒，就会变得非常安静，说起话来慢条斯理，用修剪得整整齐齐的手指指向你，眼睛如同冰块一样。她小时候曾向我的曾外祖父索要店里最大的复活节彩蛋，然后在回家的公交车上大发脾气，把它砸在了他的头上。十几岁时，外祖母出落得神似伊丽莎白·泰勒（Elizabeth Taylor）[1]，她拥有一双紫罗兰色的眼睛，身材发育得意外丰腴，以至于有一次为了躲避男孩们注视的目光，在尼格湾（Bay of Nigg）的岩石上撞碎了几颗牙齿。在她生命的最后一段时光里，除了痛饮兰布里尼酒和抽烟，她拒绝做任何事，即使她明知这么做是在自杀。

11

---

[1] 伊丽莎白·泰勒：美国女演员，出生于英国伦敦。——编者注

　　和家族里所有的女人一样，她的一生都在渔屋中度过。这是一份条件艰苦、职场政治环境恶劣的工作。她经常说她擦起切肉刀来的动作有多敏捷，双手如何被冻得发紫并裂开。当我还是个小女孩时，她在逗我玩时最喜欢讲述的故事与一群女人有关。她们想要得到她那份报酬更好的切肉的工作，害得她的日子痛苦不堪。有一天，她听到那群人中有人开口骂她婊子。她用低沉、缓慢而愤怒的语气对我说："我用刀抵住她的喉咙，对她说：'我这人善良、干净。我他妈才不在乎什么婊子不婊子的，对吧，你这个婊子？'"

　　她总是对我说："不要让坏情绪把你打倒。"

　　她告诉我，永远都要捍卫自己。

　　她告诉我，打架时要先抓头发，用上指甲。

　　由于别无选择，我那怀着孕的妈妈搬回了外祖母家，开始在渔场里做包装工。我经常想象她臃肿的肚子上裹着厚厚的围裙的样子，空气中弥漫着金属般的气息，混合着大海与鲜血的味道。她告诉我，每逢周五发薪日，她都会和另外几个女工在午休时吃些鱼，然后去镇上的"好妈妈百货"为我买一件小东西———一双小小的黄色袜子或是婴儿弹性连裤装。其余的衣服都是外祖母为我织的——小毛线鞋和针织套头衫。我怀疑我的曾祖姨母和曾外祖母也织过这些东西。

妈妈总是谈起怀我的那段时光，仿佛她在保守着一个幸福的秘密。我想，她决定留下我之后，肯定乐观地以为自己有了一个可以去爱的人，还能得到简单的爱作为回报，很容易忽视自己生活的方方面面其实还没有准备好成为一个母亲。

两周之后，在妈妈与外祖母观看《浴血凶宅》(*The House That Dripped Blood*) 的过程中，我在她的肚子里待不住了。直到电影结束，妈妈才肯赶往医院。我可以想象她板着脸坐在那里，紧紧攥住外祖母家陈旧的薄荷色丝绒沙发的扶手，嘴里可能还叼着烟，固执地拒绝接受她的人生即将发生剧变。为此，她和外祖母还吵了一架。尽管如此，我还是来了，尖叫着降生在这个世界，不管妈妈是否已经做好了准备。

外祖母第一次抱起我时，看着我说："她就像一块不到一磅的金凯里黄油 (Kerrygold Butter)。"没过多久，"金凯里"就被简称为"凯里"(Kerry)，成了我出生证明上的名字。出生日期：1980年10月12日。母亲：菲奥娜·麦基。父亲：不详。

很难想象，在我妈妈怀孕的漫长的几个月里，她和外祖母这两个经常吵得不可开交、性格坚毅且复杂的女子，是如何在阿伯丁那间小小的公寓里熬过去的。但事实上，在这种高度易燃的混合体中，刚刚出生的我成了多余的一种成分。我回家后几周，出于某种原因，妈妈便带着我住进了一间妇女收容所。她总是天真地谈起这件事情，仿佛我们是在度假。我能想象那个地方带给她的感受。它能给予她情感上的实际支持，而且那里面的女性都明白，每天醒来虽然精疲力竭却还要战斗是什么滋味。

那段时间里，我只有一张婴儿照和一份记录。胖乎乎的我一丝不挂，蓝色的双眼在深褐色的照片里变成了灰色。我躺在布满橘黄色花朵图案的白色垫子上，胖得出奇，胳膊和腿上长着一圈圈的肉，脸扭了过去，没有看向镜头。

我小时候经常把那张照片拿出来。到了十几岁，我还是会偶尔拿出它端详，尽管那时它已经变得皱皱巴巴、破破烂烂了。我想弄清那个婴儿身上还有多少东西仍旧留在我的体内，也可能是在欣赏那个不知道未来会发生什么的孩子的模样。在我二十五六岁时，这张照片在我们母女最后一次争吵中被母亲撕毁了。可每当我想到新生的自己时，眼前都会出现那一抹棕褐，想起那个不愿在镜头前露脸的胖娃娃。

2

顺化
2017 年

　　在和我男友彼得交往的第二年、一起环游世界六个月后，我带着他去看"我的"越南。之所以说那里是"我的"，是因为我在那个地方写下了自己的第一部小说《托尼·霍根在偷走我妈之前给我买了一杯雪糕冰》（*Tony Hogan Bought Me an Ice-Cream Float Before He Stole My Ma*）——我童年的半虚构版本。那个雨季，我疯狂地在学校的练习本上宣泄般地书写自己的故事，感觉这样至少能让某些记忆安息。

　　在要塞城市顺化（Hue），我带彼得去了一家咖啡馆。七年前，我在那里手写了那本书的头几个章节，然后找了家烟雾弥漫的网吧录入文稿。店里的男孩们在打电子游戏，男人们则在 YouTube 网站上看女学生打架的视频。

我还保留着和他一起游览顺化时的照片。我们吃着菠萝饭；在浑浊的小河边的一棵柳树下用塑料杯啜饮着冰咖啡（ca phe sua da）；蛙声不绝的餐厅花园里，我俯身盯着手中的笔记本。我们还散步去了我以前经常骑车转悠的堡垒，看到两个小女孩蹲在一只羽毛光滑的鸟宝宝身旁，用小小的银勺喂它吃某种带血的糊状物。照片中的我看起来是如此欢快与满足。

一天晚上，我有些身体不适，于是和他待在客房里看一部美国单元剧，周围摆着晚餐吃剩下的俱乐部三明治。我懒洋洋地刷着脸书。马克·麦基发来了新的好友请求。一开始，我并没有认出这个名字，差点儿拒绝了。片刻之后，待我的大脑开始运转，这个名字才和我、我的基因、我的过去联系起来。那个名字、那张脸庞也逐渐清晰。

"哦，我的上帝。是我的舅舅。马克舅舅。"说罢我就哭了起来。

我在脸书上的个人资料代表了我如今奇特的生活。818个最亲密的朋友。其中包括一群法国文人和几个热情活泼的意大利人，他们是我某年夏天在剑桥教创意写作时的常春藤院校学生；还有我在非政府组织工作的八年间结识的老同事，以及一群充满艺术气质的同性恋朋友；我在韩国、日本、克罗地亚、澳大利亚和美国的会议或节日上只见过一两次面的善良的人；彼得的朋友和家人，还有我的前女友苏珊娜的家人。简而言之，各种彼此重叠的圈子，组成了我现今生活的文氏图，中心是用各种碎片拼凑出的我。

但其中没有一个圈子属于我人生中的前二十年。直到马克舅舅出现。一个我已经二十三年未见的人。

彼得以他一贯的镇定态度，已经用单手搂住了我正冒汗的肩膀。"你还好吧，你高兴吗？"

他并不是不了解我的童年。在我们的恋爱关系最初出现动荡时，我曾向他讲述过我的家庭，好让他能够理解我，理解我的恐惧、障碍以及我对爱不可动摇的坚定需求。他知道焦虑一直在啃噬着我，如同一条叼着骨头的大黑狗。他知道我不会和家人说话，知道我为此感到难过，也知道这是唯一的办法。

但我不怪他无法理解，在我看来，看到失散多年的亲戚发来消息，其实可能不是什么好事。彼得来自一个中上层家庭，全家人关系密切，互相支持。他早年间住在苏黎世附近的一座瑞士豪宅中，读的是国际学校。他的成长经历与我大相径庭，家庭也与我的截然相反。有的时候，我说起自己的童年感觉就像是在做翻译，好像我们来自完全不同的文化。因为我们的确来自完全不同的文化。

我是个静不下来的人，总爱动来动去，嘴巴说个不停，手里忙个不停。妈妈经常说我是"坐立不安的安妮"。但在那几秒钟的时间里，我一动不动地紧盯着屏幕。"你知道的，我的家人……我只希望这么做不要适得其反。"

我按下了"接受"。

"好吧，你这么做是出于善意。你随时都可以解除和他的好友关系。"

一个小时之后，他发的一篇帖文出现在了我给猫拍的照片和一篇关于格拉斯哥女子图书馆的文章之间。我精心拾掇的生活中，塞进了一条来自马克舅舅的信息。"凯里你我的朋友了在脸书上。"

我羞愧得只想把它删掉。我想象着别人会怎么看。这个不连贯的句子把我和这个男人联系在了一起，他的上一篇帖子转发的是非法移民领取了 29 900 英镑福利的事。他怒骂这种行为"恶心至极"。

他的头像和我记忆中那个自负、英俊、棕褐色头发的二十岁男孩完全不同。那时的他满脸雀斑，走路总是趾高气扬，还拥有家族遗传的特有沙哑笑声。如今的他看上去胖了不少，戴着厚镜片眼镜，穿着黄色T恤衫，戴着一顶棒球帽。妈妈就站在他的身后。

十多年前，我做出了一个痛苦但完全有必要的决定：疏远自己的母亲。也许这不可避免地意味着我也要疏远其他亲密的家人。我之所以离开她，并不是因为不爱她。我这么做，恰恰是因为我深爱着她，因为她无论做什么，都会深深影响到我，特别是当那些行为不可理解、不合逻辑时。而且事实往往如此。

最终我选择了抽身，因为我无法忍受愤怒和对过去的否认。我想要的不是一句抱歉。我深知只有遭到责备时才需要道歉，可我童年的苦难怪不到任何人头上。但我确实需要有人对我说上一句："没错，事情已经发生了，感觉糟透了。"我之所以这么做，是因为除此之外的唯一选择似乎是要牺牲自己的理智，而那不是我甘愿付出的代价。我之所以这么做，是因为我觉得自己终于在向更光明的方向游去；但我的家人，不管是不是出于爱，一直围绕着我的脚踝，把我往下拉，让脏水灌进我的喉咙。

努力挣脱的过程让我伤透了心，却也是唯一能让我保持本我的办法，尽管往往只是勉强维系。

　　断绝联系后，我只见过妈妈的一两张照片。在照片中那个遥远的地方，我端详着她的脸。她看起来很像我妈妈，又很像我，也很像是个陌生人。她多了几条皱纹，牙齿和我的一样结实。她的眼睛睁得大大的，还在咧着嘴笑。

　　在自己的脸书主页上看到这张照片，我既感动又震惊，仿佛在异国他乡我蜗居的这间自以为安全得密不透风的房间里，妈妈和舅舅走了进来，要求见我。我在马克的帖子下面写道："我会给你发私信。"他回复了我一个故事，讲的是我小时候和另一个蹒跚学步的孩子脱光了衣服，用白色的光面漆把对方从头到脚涂了一遍。我已经彻底遗忘了这件事，但一读到就记起来了：空气中飘散着松节油的气味，我的皮肤被揉得又红又痛，如同一块虾米糖，每个人都因为我们的恶作剧笑得前仰后合。

　　我想知道我脑海中还有多少这样被封存的记忆正等待着被一个前言不搭后语的句子揭露。如果我允许那段过往成为如今这个自己的一部分，又会发生什么？如果没有最初那二十年的经历，我选择并为之奋斗的生活怎么可能真正有血有肉？

那天晚上，我感觉到有什么东西在成型，如同冰冻果子露碰到了一滴水就会滋滋冒泡。搅动、膨胀。我累了。我总是很累。几个月来，我每晚都会夜惊，在超现实的噩梦中醒来。我从小就有这种症状。和彼得一起旅行的几个月里，那些梦境比以往任何时候都更恐怖、逼真。我醒来时会发现几个光头男子向我逼近，或者有人用猎枪指着我的头，抑或有小孩惊恐地站在我的床边，向我乞求我无法给予的帮助。彼得已经学会了抱住尖叫哭泣、奋力挣扎的我，反复说："没事了，有我在。"

直到熄了灯，房里一片漆黑，我才允许自己伸手去碰彼得。"我好害怕。"

他把我拉了过去。我把头靠在他的胸前，像个孩子一样蜷缩在他身边。

"你在怕什么？"

"怕我不记得的一切。"

我说着说着就掉下了眼泪，紧紧抱住他，好像只有他能维持我的四肢连在一起，直到凌晨。

那天晚上，由于身体不太舒服，有些疲惫，身处的无窗客房还散发着潮气，我开口说出了自己从未认真扪心自问的所有问题。我问他，为什么我总是这么害怕？难道我有什么问题吗？为什么没有人来帮助我们？经历了那样的童年，怎么能长大成人？

我知道自己曾经被送去寄养，脑海里还存留着一些零星的片段。我清楚地记得其中一个寄养家庭拥有我见过的最宽敞、最干净的厨房。我坐在台面上，妈妈来看我。她比以往任何时候都更瘦削，脸上仍旧挂着黑眼圈，哭着问我要不要她再来照顾我。我不记得那个寄养看护人的样子了，但不知怎的，这些年来，她变成了比斯托妈妈①的样子。我的姨婆、舅爷或外祖母喝完酒似乎都很喜欢我，还会给我讲故事，但我不知道他们为何没有一个愿意照顾我。我不明白这些人为何要把我送去和陌生人同住，也不记得在寄养家庭里发生过的任何事情。也许除了美味的肉汁与温馨正常的家庭生活之外，什么都没有发生。

但不知道才可怕。那天晚上，在远离阿伯丁的旅店房间里，和一个我知道爱我的男人在一起，我终于允许自己成为那个能像孩子般感到害怕的人。

---

① 此处的比斯托（Bisto）是英国的一个食品品牌，生产肉汁与其他产品。——译者注

三天后，我们坐着摩托出租车翻越越南北部一处险峻的山口。彼得打算在世界之巅求婚。我们和摩托出租车司机、一个在山边开小咖啡馆的人一起庆祝了一番。我从未感到如此安全、如此被爱，却害怕自己永远都配不上这份爱。

于是我下定决心，要让那个可怕的夜晚以及我亲手创造的美好生活变得富有意义。后来我收到消息，得知出版商想让我创作这么一本书。看来是时候转身面对我的过往与恐惧，坦然接受回首带来的伤痛了。

3

\

阿伯丁
1981年

　　我和妈妈居住的第一套廉租房位于马诺大道（Manor Avenue），就在一片犯罪盛行的住宅区边缘，距离托里区（Torry）和其他家人所在的地方有几英里远。那是一栋阴冷粗陋的花岗岩房子，内含四套公寓。我们的房间拥有高大的壁炉，但在分配给我们时里面并没有家具——就好像我妈这种带着新生儿的人能出去买家具，然后自行把家具搬进房子似的。

　　尽管家里也曾来过客人，但我印象最深的还是房间看起来有多宽敞、空旷。仿佛这世上就只有我和妈妈两人，我们孤苦无依，外面的世界阴森恐怖。

其余的记忆稀稀落落：熊熊燃烧的炉火旁摆着一个塑料浴盆；屋子里寒冷潮湿；妈妈拖动一个巨大的抽屉柜横在房门口，把我锁在卧室里；我不停地尖叫着要找她，看到她没有来找我，我就会愤怒地故意拉上一泡屎。

妈妈曾经对我说，有一次，我把一小坨屎拿给了马克舅舅，想让他看看我用便盆用得很好。结果他差点把屎给吃了，以为那是麦丽素。我还把速溶咖啡倒进了烤面包机，想给妈妈煮咖啡，或是在浴缸里装满煤让她洗澡。

即便是在那个时候，在我还没有记忆之前，我就知道，妈妈需要被人照顾。

在我几个月大时，爸爸来探望过我。我几乎无法想象爸爸出现在阿伯丁的场景。他是个高大的美国人，但和在阿伯丁从事石油生意、浮夸且大男子主义的"美国佬"截然不同。后来我在与他的接触中发现，他是个喜欢穿军大衣的人，爱听切特·贝克（Chet Baker）的音乐，喜欢坐在咖啡馆里用小笔记本画些拙劣的钢笔素描，经常高谈阔论他颇有天赋却没有去追求的一切。戒酒之后，他还是很容易发火，这让他温和且略带浮夸的个性变得十分惹人讨厌。

我无法将他和他精心打造的艺术形象与他在马诺大道

周围的阴森街道上游荡的画面结合起来。

我们在镇上的一家咖啡馆里见了面。当时正值冬季。想象中，那应该是我童年时那种舒适惬意的咖啡馆，屋内有黄色的胶木桌子，弥漫着香烟的烟雾和咖啡机蒸腾的温暖水汽，出售肥美培根和边缘烧得焦黑的茶点饼干。

妈妈经常提起当时的情景。她说我全身裹着防雪服，像个米其林轮胎宝宝。她说她把我放在两人中间的桌子上，把我推向了他。"我做不到。你带她走吧。"

爸爸可能喝醉了酒，精神十分恍惚。他把我推了回去。"我没法照顾孩子。我从没想过要把一个孩子带到这世上来。"

妈妈再次把我推向他，他又把我推了回来。据妈妈形容，我在这个过程中表现得十分乖巧，以为这是某种游戏——婴儿乒乓。这被当成了一个有趣的故事，被妈妈反复提及。但我从来没有像其他人那样，觉得它有多有趣。

爸爸返回伦敦，又过了几年才露面。我被丢给妈妈，留在了她的身边。

还有更多相互交织的故事与回忆。马诺大道的公寓是如何变得阴冷的；妈妈是如何抚摸着我扁小的鼻子，哄我入睡，口中哼唱着："如果我有锤子，我会敲出一句警言……"的。

她经常向我重述她是如何计划打掉我，或者她和爸爸都不想要我，但同时又不断告诉我她有多爱我，这个世界上只有我们两个相依为命，她愿意为我而死。

当然，各个社会群体和经济圈层都会发生家庭暴力。但我妈妈是家暴的主要体验者。年轻的她没有家人的支持，处境糟糕，对当局怀有很深的不信任，既没有财力去任何地方，也没有人可以求助。

他的脸是我最早的清晰记忆之一。我努力回想童年和少年时期的岁月，却记不得姨妈或曾外祖母的模样，甚至想不起令我失去童贞的那个男孩身上的任何细节。但吉米，我的第一个"叔叔"，我记得清清楚楚。

他把头发染成了没有光泽的蓝黑色，每天早上肯定要花不少时间涂抹能让发丝站立的发胶。这样的发色和他那一生气就会加深的粉嫩肤色不太搭调。他和当时的很多男人一样，穿着紧身的牛仔衣裤，戴着金链子。在八十年代初，他可能会被认为长相英俊，还带点儿厌世、不合群的味道。他有一根双节棍——某种武术用武器，由两块木头组成，用一条粗链串在一起。他觉得自己是个真正的硬汉，是阿伯丁的李小龙。他想让我和妈妈也能知道这一点。

他穿着背心站在那里，面带微笑地舒展着肌肉，集中注意力，后背挺直，挥动双节棍画"8"字。他越挥越快，好像自己正站在舞台上，而不是在我家沉闷的卧室里那块脏兮兮的地毯上。

他开始朝我们走来，脸上的笑容愈发灿烂，手中的双节棍也越靠越近，以至于我们都能感觉到它在距离脑袋几英寸的地方抽动空气。我俩的后背紧贴着墙壁，肌肉哪怕挪动一下，脸颊就有可能被双节棍砸得粉碎。他做出这套动作时，表情可谓千变万化：时而高兴，时而被我们逗乐，时而一本正经的严肃。那场景几乎和马戏团里的飞刀演出一样，只不过我们惊恐的哭声是真的发自肺腑。

他还给我买过儿童尺寸的双节棍，鼓励我在妈妈面前做出同样的动作。很惭愧，我在他的怂恿下照做了，直到妈妈哭着求我住手，随后我钻进她的怀里躲了起来。他对我的背叛感到愤怒，逼近过来，用双节棍在距离我们脑袋几毫米的地方劈甩。

妈妈没有钱，我又是个蹒跚学步的孩子。所以她无处可逃。

那段时间前后，我怂恿隔壁男孩穿过绝对禁止通行的主干道，害他被汽车撞倒，摔断了腿。我用海滨铲把自己喂养的金鱼杀了个精光，还喜欢把从杂乱的前院里挖出的虫子压在两块木头废料之间。我相信自己是邪恶的。

我不知道吉米和我们在一起待了多久。我不知道我们三个人——而不是两个人，在一起待了多久。某天半夜，妈妈把我从床上拽起来，走到我家前门的台阶上，对着邻居大喊："他要杀了我们。他要杀了我和我的孩子。"他一只手拽住我，另一只手把我们拖回屋内。但在我们居住的马诺大道上，人人都有自己的麻烦。家家户户窗帘紧闭，灯光也没有亮起，任由他重新把我们拖了回去。那天晚上的其他事情我都不记得了。在那之后，他就搬走了。

我最后一次见到他是在多年以后。当时我们被重新安置在阿伯丁另一个地方的另一片住宅区里。妈妈和他都喝得酩酊大醉。她问我敢不敢把冰激凌抹到他的脸上。我把整个冰激凌筒都按在了他的鼻子上，然后屏住了呼吸。妈妈笑个不停，他则气得浑身发抖。

这是我第一次尝到反击的滋味。

4

利物浦
2017 年

　　回到英国之后，我们选择了在利物浦定居，理由无非
是这里既不是伦敦，也不是苏格兰——这两个地方，我们
始终无法达成一致，于是希望能在利物浦找到工作和家的
感觉。

　　托克斯泰斯（Toxteth）和百灵巷（Lark Lane）之间碰
巧有间宽敞便宜的底楼一居室公寓。托克斯泰斯是利物浦
最贫困的区域之一，因 1981 年骚乱而闻名。贵族化的百灵
巷则充斥着复古商店和时髦酒吧。我们乘坐出租车来到空
无一物的公寓，坐在地板上吃着外卖培根三明治，身旁丢
着破烂的帆布背包。

接下来的几个星期里，我将用慈善商店淘来的笨重廉价木制家具塞满这间公寓，然后将这本书的二十二页大纲打印出来，钉在卧室的墙壁上，准备投入工作。

彼得躺在我们刚刚组装好的床铺上，一脸狐疑地紧盯着整齐排列的纸张。上面记录着我经历过的每一段艰辛与苦难。"你确定这样可以吗？"

"必须可以。"

"不会让你难过吧？"

我耸了耸肩。"我必须得把这本书写出来。"

但我并没有落笔。如果你在一个家庭忠诚仅次于家庭秘密的环境中长大，那么即便是面对你爱的人，大声说出自己的遭遇也会令你感到难以启齿。把同样的话写进书页，然后放到陌生人的手里、心里，甚至有可能是他们喜欢品头论足的脑袋里，就像是在学习使用左手替代右手（并且要用一把生锈的耶鲁牌钥匙边缘锯掉那只右手）。

我找了一位心理医生，协商每两周预约一次看诊，因为我只能负担得起这样的频率（即使在那时，每月一百英镑的费用也像是一种疯狂的奢侈——毕竟我家那个有点脏的沙发也才花了我五十英镑）。我在乔治亚区一栋热得不行、空气中飘浮着学校晚餐气味的老旧建筑顶层见到了她。

她是个温柔的女子，喜欢燕麦粥色的套头衫。治疗期间，她看上去总是面露伤感，以至于我想在疗程结束后请她喝杯咖啡，问问她过得如何。听说我在写作方面碰到了瓶颈，她表示自己的客户经常会有这种感觉：如果他们从小到大一直被警告不能说出童年的遭遇，或者总是在诉苦时遭到否认与贬低，他们就会感觉身体僵硬，一个字也说不出来。是的，我同意。每当我坐下来写作，都会感觉仿佛真的有一股力量在阻止我。

大约在这个时候，我去了趟伦敦，第一次参加了本书的会议。我跟随出版商的公关一起前往《深潭》（Pool）杂志办公室，与他们探讨这本书的内容，以及在出版前夕我能为他们写些什么。

我很早就梦想着能为这家杂志撰稿。它很酷，宣扬女权主义。我崇拜的人都在为它撰稿。不知何故，它体现了一种接纳，一种达成。

我扬起下巴，直截了当地说："这本书真正讲述的内容是，如果你出身贫寒，那你就完蛋了。如果你出身贫寒，而且还是个女人，那更是彻底没救了。"老实说，我的脚底都能感觉到自己的心跳。

二十分钟的会面过后，我带着一纸协议离开了。未来的一整年，我每月都要为他们写一篇专栏文章，探讨英国的贫困问题。

第二天，我站在企鹅兰登书屋（Penguin Random House）闪闪发光的塔楼里，为出版团队的成员分发时下流行的酵母甜甜圈，然后和我的经纪人、编辑一起吃了顿泰式午餐。

我花了两天的时间与许多人微笑、拥抱，发出令人不自在的庆祝感慨。这本书曾经只是一个念头、一个想法，如今却即将变成现实。我完美地保持着自己的形象。表面上，我是一个刚刚在事业方面取得两项突破的女人：在一个群英荟萃的行业里拥有了第一份非小说类书籍合约和第一个专栏，还与结束了一年海外生活归国的心爱男子订了婚。从外表上来看，我想我看起来也许和他们没有什么差别。

但最后一次会面结束后，我站在皮姆利科（Pimlico）静谧的公共花园里，紧紧攥住黑色的栏杆哭了起来。我之所以落泪，是因为我现在确信，创作这本书将是一个彻底揭露自我的过程，意味着我再也不能以迷人的方式穿着体面的衣服"掩人耳目"。我之所以落泪，是因为不知道该如何从沉默的桎梏和无声的痛苦耻辱中解脱；是因为害怕去写这本书，也害怕如果我不写，就必须永远以这种装模作样的方式生活下去。

"你还好吗？"一位年轻的女警察向我走来，"要我打电话找人来吗？"

我挺直腰板，礼貌地微微一笑，用我开会时的优雅嗓音答道："谢谢你。你真是个好人。我只不过今天过得有点倒霉。我现在就给我的爱人打电话。"

"你确定吗？"

我笑得更灿烂了。"我确定。谢谢你，你真好。"

我拨通了彼得的电话，和他又哭诉了两个小时。屏幕在我脸上滑来滑去，我的呼吸都跟不上我在街上踱步的速度。挂上电话，我去见了一个也在为自己的事情烦恼的朋友，喝了五品脱①的酒。喝到三点，我就不哭了。

坐上返回利物浦的长途客车时，我还是不知道自己要不要写这本书。

我打算趁着冬季返回我曾经住过的各个城镇。我预定

---

① 1 英制品脱约等于 568 毫升。——编者注

了一系列复杂的火车和长途汽车转乘车票，还利用谷歌图片搜索了一些我可能依稀记得的地区，研究自己要去的地方。我阅读了一些有关预期寿命和青少年性健康问题的报告，以及关于持刀伤人事件和倒闭工厂的报纸文章。

我打电话给阿伯丁地方议会，声音因为紧张而嘶哑。

"你好，我是……我想拿到我的儿童救助档案。我记得我接受托管的时间应该是从1982年到——"

"请别挂断电话。"

这种情况发生过好几次。我不得不一遍遍地重复这些话。这些我甚至从未对自己最亲密的朋友述说过的话。

不知为何，作为一个成年人，在所有令我感到羞耻的事情中，我最忌讳大声说出口的是曾经被寄养的经历。也许是因为新闻中充斥着脆弱的孩子被交给陌生人后发生的糟心事，也许是因为当时我年仅三四岁，只留下了些许大致的印象，就像深色调复古照片中的红色会特别红一样。又或许是因为我花了太多的时间为童年的伤害与混乱寻找借口，但依法被强行带离父母身边这种事情就是无可辩驳的证据。因为有一种特殊家庭的孩子肯定会被带离母亲的身边，而我不想认为我的家庭就是其中之一，尽管它的确十分复杂。把那些档案找出来，甚至说出那些话，就像是在挥舞一个牌子，上面写着"这就是我们"；是在向那些喜欢说一切都好，没什么可抱怨的人宣战。即便那个人有时就是我。

当我终于接通"投诉与咨询"电话，听到电话里那个也叫凯里的女子略带阿伯丁口音的熟悉话音，我能感觉一股恐慌之情在身体里蔓延开来。她向我解释了流程，包括填写表格和支付十英镑的费用。我放下电话，摇摇晃晃地从窗边的桌子走到床上，钻进羽绒被里睡了一个小时。

这不是她——另一个凯里的错，她的人生可能与我截然不同。我发了封邮件，想要澄清某个细节，却没有得到回复。于是我又发了一封邮件，解释称我是一名记者，正在创作一本将由企鹅兰登书屋出版的作品。令人惊讶的是，这样的措辞、身份的标志，以及某种权力的象征，竟让事情的进展变得顺畅了起来。他们免除了我的费用，将我的那份档案从那些已经被人遗忘了的档案中找了回来；这些被人遗忘的档案也属于其他孩子，属于那些暂时或已经永远破碎的家庭。

我坐在办公桌前，面对着高高的窗子，眺望窗外商铺和外卖门店林立的繁忙街道。

我正在和两位STV（苏格兰电视台）的制作人开视频会议。他们坐在苏格兰某演播室的小房间里。我只能隐约看到他们像素化的面孔在认真地点头。他们解释称，自己正在寻找隐性无家可归者①参演纪录片，作为电视台年度筹款项目的一部分。听到这里，我也频频点头。

"拥有这样的成长经历是什么感觉？"他们问我。

我笑了笑。每当遇到让我不太自在，甚至痛苦得无法面对的事情，我总是会微笑。在创作这本书的过程中，我的脸上也经常挂着灿烂的傻笑。

我当然明白，他们是希望我能示弱，但不是要利用我。我知道，他们是在试图创写一个故事，和我此时此刻所做的一样。所以我不怪他们希望看到戏剧性的场面、眼泪和悲伤的故事。毫无疑问，我平静、微笑的表情肯定令他们大失所望。

"要知道，当你还是个孩子时，这就是你的世界。你不会意识到情况有多糟糕。"我低声笑了笑，再次暴露了

———————————

① 隐性无家可归者：与传统意义的流浪者不同，它指暂时与他人住在一起，但无法获得继续居住的保证，且没有固定住房的人。该类人群也无法享受社会为流浪者提供的福利。——编者注

我正处在自己可以忍耐的边缘。

"那你觉得在那种环境中长大之后，现在的生活怎么样？"

我笑得更灿烂了。"哦，我的生活比我想象中要好。我真的非常非常幸运。"

这两种说法都不完全正确。

的确，我在贫穷与混乱中长大，知道日复一日的生活中没什么是稳定的，任何事情都有可能在一瞬间被夺走。我思考未来的方式要么充满幻想（我会被星探发现，然后拍一部好莱坞电影！），要么充满绝望（谁会在乎我能否完成学业？）。这就是我所知的一切。那段过往，那种心态，就是我的底色，是它造就了我这个女人。

但要说我不知道自己的境况很糟，和电视里的家庭不一样，或者和学校里很多孩子的家庭存在差异，就不对了。同学们的妈妈从不让我和她们的孩子一起玩。而且我从小就知道家里很穷，穷得要命。

在大约五六岁时，我经常玩一个游戏。在破破烂烂的民宿里，我躺在床上，任由妈妈睡着漫长的午觉。我会想象一切都是相反的。房间中心这张行军床变成了一张四柱床，上面铺着粉红色的缎子。我拥有的不是三个脏兮兮的二手玩具，也没有破旧的童书，而是一只塞得满满的玩具箱。每逢周末，妈妈不用紧绷着苍白的脸颊，注视着公共厨房架子上的食物，因为我们其实很有钱，想买什么就买什么。孩童时期的我经常身处陌生的环境，接触陌生的人。这种成长方式不仅让我学会了保持高度警觉，还训练并滋养了我的想象力。

不过没错，我也非常幸运。我现在的生活幸福美满，每天都惊叹于自己竟能拥有一份自己擅长且充满意义的工作，以及一个深爱着我、与我保持着健康关系的人，还有一间租得起的小公寓和装满食物的冰箱。

正是运气带给了我朴素、温暖、稳定的幸福生活。

我并没有什么特别之处。我很聪明，学东西很快，适应能力强。我想象力丰富，并找到了表达的途径。我知道如何审时度势、读懂人心。但比起与我一起长大的许多孩子，我的能力并不突出，有时甚至差之千里。

所以，如果不是纯粹、愚蠢、偶然的运气，创作这本书的人为何是我，而不是楼上公寓的伊莱恩或两条街之外的山姆？

简单地说，这条路"一路攀升"与我相遇，而对那些陪我玩过亲亲追逐游戏、在操场上练过劈叉、排过辣舞的人；陪我闯入废弃建筑，在偏远的大桥上喝过苹果酒的人；陪我跌跌撞撞从一家夜店走向另一家夜店，裙子勉强遮住小巧的屁股、数着我们今晚和多少个男人调过情的人，这条路却从他们的脚下坠落。

参加报纸和电台的公关访谈时，在现场活动中，抑或在文学节的休息室里或各类聚会上，我总是很感激能有免费的吧台让我一来就能喝上两杯，缓解紧张的情绪。有时与我交谈的人还会一脸赞赏地看着我说："你知道吗，谁能想得到呢？你是这样长大的。"

我知道这本应是一种恭维。在他们眼中，我的牙齿洁白如新，只不过略有歪斜，身材微胖却恰显丰腴，因为我为了平息骨子里挥之不去的焦虑，一直在坚持锻炼。他们会看到我穿着精心挑选，但大多是从二手店里淘来的衣服，脸上挂着灿烂的笑容，笑声响亮而从容。这些都是我为了驾驭这个世界而学会的。他们仔细打量着我，然后给了我一张通行证。

其实他们真正想说的是："你和他们不一样，你看起来真的很像我们中的一员。"也许我会大笑，碰碰他们的胳膊低声回答："等我喝完第四杯酒再看吧。"或是说上一句："哦，我还是很像个渔家女的，我保证。"紧接着向他们抛出一个问题，把谈话转向某个更安全的方向。

因为我怎么能说，他们看到的一切根本就不是真的呢？我怎么能说，他们眼中的我的成就不过是一层可以轻易撕掉的东西呢？

我为什么要试着向他们解释，虽然"过关"是必要的，但我的骨骼、血液和肌肉以及本质都取决于我成长的方式？取决于我早年间在潮湿混乱的公寓中度过的岁月？

我在人生的前二十年中听到过的字字句句如同纹身，已经刺满了我皮肤下的每一寸空间，和我在聚会欢宴、节庆活动中听到的话语一样，鲜活而真实。

我怎么能对那个朝我露出善意微笑的人坦白，我心里还是无法摆脱当初的那个孩子呢？大部分时间里，她都沉重得令人难以置信。但我有时也会感觉，其实也许是那个孩子在背负着我，而他们看到和认可的那个人只是打扮成成人模样站在他们面前的我。

5

阿伯丁
2017 年

　　我的首次阿伯丁调研之旅即将到来。我试着和马克舅舅取得联系，表示我在北上期间要是能和他见上一面就好了。我把可以约定的日期告诉了他，但一直没有收到他的回复。能够卸下压力是一种解脱。

　　这趟旅程本该是我第一次踏上回乡之路，现在反而变成了一段短片拍摄之旅，主角就是我这种有过不为人知的流浪经历的人。这是我在那一次的电话会议中与STV募捐活动制片人达成的协议，以为这样就能进一步减轻我的压力。但启程的那天早上，我却再一次被焦虑淹没。一直在另一个房间里工作的彼得走了进来，发现我正坐在电脑前，盯着火车订票网站。此时距离出发时间还有三十分钟。

"亲爱的，你要迟到了。"

"我知道，我知道，只不过……真希望你能陪我一起去。如果有你在，我会感觉好一些。"

三十分钟后，我们花了几乎相当于半个月房租的价钱，在最后关头为彼得买了一张车票。我们一起登上了火车。我抱着他没来得及洗澡的身体，还有他匆忙收拾的一包脏衣服。

如果我在这里听上去像个孩子，那是因为这的确就是我的感受。我就如同一个孩子，即便床铺已经检查了一遍，房门也上了锁，灯也还亮着，但仍害怕床下有什么东西。我已经二十四年没有回过阿伯丁，以至于开始相信只要我以某种方式踏进那里一步，我编织的咒语、创造的生活就会统统分崩离析，仿佛我从未离开。和孩子心中的恐惧一样，这种念头完全不合逻辑，却让人感觉如此真实。

如果彼得听上去是如我所愿最好的伴侣，那是因为他的确就是。我从未被一个人如此全心全意、始终如一地爱过，也从未在一段感情中被允许感到悲伤或愤怒。在他身边，我不用担心存在缺陷、支离破碎的自己会破坏我们所拥有的一切。在他身边，脆弱不会受到惩罚。

　　彼得只是陪伴在我左右，爱着我，如同一种魔法。我希望他能陪我踏上这段旅程的第一步，因为我希望这种魔法足以护我周全。

　　每当想起阿伯丁，我都会想到坚硬的灰色花岗岩建筑拔地而起，钻进更显灰暗的天空，若隐若现。布满裂缝的黑暗人行道在冻雨中闪闪发光。雨水砸在排水沟里的塑料袋和碎玻璃上，发出一声声脆响。若是非要我挖掘一些快乐的回忆，我会告诉你，我和妈妈喜欢直接从纸袋里拿烟熏鲱鱼吃；冬日里乘坐温暖的巴士或冒着狂风暴雨步行前往尼格湾（我们念作"买个尼哥"①）。在那里，我任由蓬松的金发在耳边飞扬，仿佛随时都有可能被风卷起、飞往他乡。我只有一段关于阳光的回忆，仿佛阿伯丁根本没有夏天：我和妈妈、吉米身处花园之中，身边是蔓生的荨麻，摊开的毯子上散落着空易拉罐。但事情发展到最后，完全不是什么阳光明媚的记忆。

---

① 此处作者将"Bay of Nigg"发音为"buy-a-nigg"。"nigg"为对黑色人种的侮辱性称谓。——编者注

我知道城市是会变的。如今，每当有人听说我来自阿伯丁，都会感叹一句："高级！"或者"你的家庭肯定非常富裕。"抑或，最令我困惑的是"哦，真不错！"我知道这座冷酷无情的城市脚下遍布石油。这些资源就算不能让它改头换面，也能让它看上去光芒万丈。我知道这里如今被看作一个时髦的地方，拥有高尔夫球场和四星级酒店。但不知为何，我觉得我还是了解它的。

　　抵达后，我们穿过一家巨大的玻璃幕墙购物中心，走出火车站，一路上经过了卡鲁齐奥餐厅、星巴克和"哟！寿司"。每样东西看起来都售价不菲，每个人看上去都腰缠万贯。我和妈妈过去常说的"有钱"是指："他们可以不假思索地花掉二十英镑，还可以随心所欲地出去吃晚饭或是买瓶酒。他们甚至不知道自己的钱包里有多少钱。"这一切都是合情合理的，因为在2018年的美世生活成本调查（Mercer Cost of Living Survey）中，阿伯丁上升了12位，在全球高生活成本城市排名中位居第134位。

　　穿行在购物中心里，经过雨果博思（Hugo Boss）和迈克高仕（Michael Kors）的专卖店，那种晕头转向的感觉只能被形容为，仿佛置身于一部以我的生活为背景的未来主义电影——地方无疑是对的，但一切似乎都错位了。

但感觉错位的人不仅是我一个。我老家的境遇也是每况愈下。尽管物价飞涨，但城市多年来一直面临着严重的经济衰退问题。石油价格暴跌，而阿伯丁的基础首先是渔业，其次就是石油。失去了这些可以维系的产业，阿伯丁正在衰败。

起初，听说石油公司高管开着保时捷去食物赈济处，我很难感同身受，后来才明白其中真正的含义。这意味着出租车司机没有车费可赚，女服务员没有班可上，意味着就业机会全面减少。自 2015 年油价从每桶一百二十美元暴跌至每桶三十美元左右以来，这座苏格兰第三大城市的失业率就上升了 25%，反过来意味着阿伯丁食物赈济处的使用率创下了纪录。2017 年，东北社区食品计划分发了约 110 万份餐食，合计 71 000 个食品包。当我听说特朗普的高尔夫球场因为没有人负担得起场地租用费而即将倒闭时，我并没有感到一丝心碎，紧接着想到当富人阶层开始出现问题，会向下影响到那些本身就只能靠小智小谋勉强糊口的穷人。面对这样的境况，除了从悬崖边上滑落，就别无选择了。

我们当晚入住的是车站旁一家昂贵的商务酒店，内部装修采用了柔和的棕色、米色和栗色。登记入住后，我们躺在冰凉清爽的棉质床单上。彼得吻了吻我的太阳穴。

"你还好吗？"我摇了摇头。一言不发。"想想看，你当初离开时有没有想过，当你有一天重归故里，会住进一家豪华酒店，紧接着还要约见一个因为你在创作小说而想采访你的电视团队？"

不，我没有想过，也不确定自己是否喜欢这个念头。我不知道，我的阿伯丁在哪里？我原以为，不管多不情愿，我都要回家了。

也许如果我直接返回托里区——我的家人生活了几十年的地方——就不会产生最初这种奇怪的错位感。根据苏格兰6 976个"数据区"收集的所有数据显示，托里区处于最贫困的前7%，特别是在就业、教育和住房等关键领域。考虑到阿伯丁在美世调查中的排名，这一点尤其令人震惊。昔日的阿伯丁显然还有许多遗存，只不过我们尚未找到。

第二天一早，我套上"适合上电视"的漂亮衣服，去和制片人、摄影师见面。我们穿过阿伯丁，赶往第一次访谈的拍摄地——书店。我还是什么地方都没有认出来。

为了给图书做宣传，我偶尔也会接受电视访谈，但这是我第一次谈论自己的生活，谈论无家可归这种可能引起争议的话题。我做了研究，掌握了一些数据，考虑过自己的身份和童年经历的代表性，也思考了我愿意透露多少，底线又在哪里。制片人和摄影师都是热情亲切的人，会向我展示他们伴侣和孩子的照片。制片人告诉我，她养了一只腊肠小狗，喜欢用腰包，爱听席琳·迪翁的歌。尽管如此，坐在灯光下，我还是感觉非常紧张。

采访结束后，制片人对我的评价是："你说起话来很像个政客。"我答了一句"谢谢"，虽然我毫不怀疑那并不是恭维。

接下来，我们打算开车去看看我住过的第一套公寓。虽然我大约三岁时就搬走了，但那套公寓在我的脑海里仍旧历历在目。记忆经常令我沮丧。我为什么还清晰地记得小腿晒伤后的皮屑是如何成片地剥落的，或是光滑的塑料水果是如何挤出冰果汁的？我为什么还记得在操场上与凯莉跳过的舞，还有我渴望已久的、状似蜗牛公主和推推糖的"秘密守护者"小玩具（"别推我，去推推推糖！"[①]）？为什么是那些东西，而不是我们住过的地方的顺序、它们

---

① 此为零食"推推糖"（Push Pop）的广告词，即"Don't push me, push a Push Pop!"。——编者注

之间的路程以及我就读和离开过的学校？

可能是因为，这些东西构成了我童年生活的基本结构。我关心的是巧克力饼干、《神勇小白鼠》（*Danger Mouse*）和蒂米·马莱特（Timmy Mallett）[①]，还有兄弟乐队和生日派对，以及我能不能钻进缝隙中（剧透：我不能）。

关于这些空白点，还有另外一种解释：我只是屏蔽了压力，仿佛有人用橡皮擦掉了我意识中那些纸张上的内容。但那栋房子，我还记得。吉米，我还记得。那种没人关心我的感觉，那种身处险境、被人抛弃的感觉，我还记得。

制片人租了一辆车，把我们送到了我过去居住的居民区所在的马诺大道。他们以为我会开车，问我能不能用我的名字上保险，这才知道我年轻时从未学过开车。后来我搬去了伦敦生活，学开车又有什么意义？就像我不得不解释，我小时候的照片很少，甚至有可能一张都没有。（因为我们没钱买相机、胶卷或洗照片，又搬了那么多次家，东西都被丢掉了。）我坐在后座，被麦克风包硌得生疼，他们则在前座上拍我。

---

① 蒂米·马莱特：一名英国儿童节目主持人。——编者注

"跟我们说说你的感受吧。"

车子驶出城区，路过了一栋栋美丽宽敞的房子。房前的树篱都被人精心修剪过，长椅也粉刷一新。我们经过一家壳牌汽车修理厂，驶向同样由块状灰色建筑组成的街道。那里的一切看起来都疏于维护，多了一丝破败的气息。

"哦，现在我有点认得这个地方了。"

车子一转弯，我就知道了。一来到房子外面，我就知道了。我以前可能是从壳牌汽车修理厂所在的位置走到这里来的。那个麦克风毫无意义。因为我已一时语塞。

这是一座由四套公寓组成的巨型花岗岩建筑，看起来十分稳固，但外观极其朴素，一副还没有彻底完工的样子。当然，它看起来比以前小了不少，出乎我的意料。前院还是和以前一样邋遢，到处散落着玩具。我走到后院，看到了一间温蒂小屋①，周围零星倒着几辆自行车。

我抬头望向我家的窗户。记忆在我的眼前奔流而过。但仅此而已，我只是站在更高、更受保护的有利位置观察

① 温蒂小屋（Wendy house）：供孩子玩耍的游戏室。——编者注

它，就像一台摄像机正在观察我。刹那间，从一个充满恐惧的孩子到成年那一刻之间的岁月仿佛形成了一道安全屏障。

镜头中的我双臂环抱着自己，发丝在风中飞扬。我抬头盯着旧家的那扇窗，红了眼眶。相反，我露出最不易察觉的微笑。

就在我凝视着眼前的一切时，一个大块头男子开着面包车停了下来。他穿着工装裤，一头浓密的姜黄色头发，脸上长着几颗雀斑，让我想起了马克舅舅。

"你们在拍什么？"

我本能地笑了——我想让他知道没什么好担心的。于是我伸出了手。他看了看自己的手，伸手和我握了握。

"抱歉。可以在这拍吗？我以前住在这里。就是上面那间。那时候我还是个婴儿。我已经三十四年没有回来了。"我朝他摇了摇头，"你也清楚，这里一点也没变。"

我看到他放松了一些。制片人和摄影师已经移步去了街上，只剩下我和他，还有我们的房子。

他点点头，把手塞进工作服里，然后又掏了出来。他没有看我，而是抬头看向了窗户。"我是几个月前回来的，这里是我奶奶的家。"

"有没有感觉很奇怪？你是怎么找到这里来的？"

"是啊，很奇怪。"他看着我，露出了和他魁梧身材不符的害羞笑容，"我只记得自己曾在她家的花园里被一只蜜蜂蜇过。"他指了指周围。"再过几个月，这里就要拆掉了。"我俩又盯着大楼看了片刻，"好了，我该进去了。"

"非常感谢你允许我们拍摄。我很感激。"

"没事，没事。"他抬起一只手，走进了我曾经的家。

我对着镜头，站在已经上了封板、亟待拆除的房子前录了一小段，谈到了让家能被称之为"家"的要素：温暖感与舒适性，屋中家具和对周围环境的自豪感，稳定性与社区氛围。我还说道，在一个明知没人在乎你是谁，或者你在什么地方长大的社区里生活有多艰辛。我想知道，那些在我旧家后院的温蒂小屋里玩耍的孩子，在看到邻居家被木板封住或是人们一个个死去时，会作何感想。"你希望自己能在一个充满活力的地方长大。不然你对未来还能有什么指望呢？"

在我们坐回车里之后，一个身材瘦削的家伙从房子里钻出来，向我们走来，靠在车窗边和我聊起了天。

"嗨，我看见你们在拍摄楼上我姑姑家的窗户。"

"可以吗？我小时候住在那里。今天我第一次回来。

多有打扰，很抱歉。"

"没事，没有问题，只不过——"他笑了笑，凑上来压低了嗓门，"我姑姑把洗好的衣服挂在靠窗的干衣机上了，她很担心。她希望你们把她的内裤做一下模糊处理，就是这个意思。"

我们哄堂大笑。我向他保证，洗好的衣服不会出现在电视上。"有道理。我也不喜欢那样。"

就这样，我离开了曾经的家。他与我们挥手告别，而我还在为他的姑姑差点儿出名的短裤笑得前仰后合。至少有那么一瞬间，这里的确有一些家的感觉。

我觉得这趟旅行是成功的。回到旅馆，我坐在床边大口地喝着金汤力，向彼得述说这种感觉有点奇怪，还有点悲伤，但我意识到自己已经长大了，不会再被伤害了。那天晚上，我们晚餐吃了芝士汉堡，看了一部很糟糕的电影。

不过，到了第二天，我却筋疲力尽，一直泪眼蒙眬，感觉易怒且脆弱。

回到利物浦之后，我在床上睡了好几天。还是一个字也没有写。

几个星期之后，《书商》（Bookseller）杂志刊布了《重返阿伯丁》这本书的消息，可我还是没有动笔。那一天，大家都兴奋不已，激动万分。消息一出，那些我热爱和尊敬的人纷纷发来了表达支持与热情的信息。突然之间，面对所有人的鼓励与善意，我感觉一切似乎没那么可怕了。我可以说出自己所有的秘密，回到内心所有黑暗的地方，看着那群身陷困境几十年的人，努力不去体会无助的沉重。

一个想法激励了我：也许我真的可以有所作为，也许有人会愿意倾听。与其行可耻之事，不如行善积德。我打破秩序与沉默的行为也许并不会招致什么看不见的可怕惩罚。我要接受来自朋友、同事与陌生人的善意，用他们的声音来掩盖自己脑中更加响亮的轰鸣。

然而第二天凌晨，我4点20分就醒了。这个时间对我来说不太友好。躺在床上，我感觉心中的兴奋逐渐化作了焦虑。那天上午晚些时候，我和彼得吵了一架。我已经记不清是怎么回事了。在那天剩下的时间里，我们都在奇怪而不安的意图和解的气氛中度过，试探性地在彼此身边走动。我洗了个澡，换了套睡衣，打算给我的指导作家写封电子邮件，但写了三句话就放弃了。

那天晚上，我仍旧沉浸在不安的漩涡中，于是在无意义的电视节目和裹面糊烤肠中寻求安慰。晚上11点，我听到了电脑的提示音。最近我一直在各个账号间来回切换，用已经不再真诚的感叹号回复祝贺的信息。

消息是马克舅舅发来的，留在我脸书网主页上一则俗气的笑话下面。消息这样写着：

> 嗨，我是马克舅舅。我本来希望你过来时能够联系我。我不傻，你联系我是要为你的STV"无家可归者计划"提供信息。别来偷看。别再试图利用我来给你的脸上贴金，不管是谁读到这条信息，小心这个女孩，她会利用你达到自己的目的，然后过河拆桥。我真不好意思说你是我的外甥女。

这段话就这样贴在了我的主页上。虽然它的拼写、语法和往常一样古怪，但其实比平时好了不少，让我感觉他并不像我当初想象的那样，是来斥责我的。他似乎是想故意羞辱我，让人们与我反目成仇。这段话的内容阴险卑劣，诋毁中伤，而且是一派胡言，于是我立即删除了它。

我把彼得从他的桌旁叫了过来。他坐在我的旁边，和我膝盖顶着膝盖。我们把两台电脑并排摆在一起，搜索了好几个论坛，想知道我如何才能阻止他再这样公开对我大放厥词。

我给马克舅舅回复了一条私信。不，我说，我没有利用你。此私信上方的最后一条信息就是我发的，里面提到了我什么时候会回家。他在我主页上发的帖既伤人又幼稚，却也让我明白了自己可以从他那里期待得到什么样的关系。

于是我拉黑了舅舅。按下按键的一瞬间，我和家人之间的联系再次消失了。

然后，我开始动笔写作。

6

拉脱维亚
2017 年

　　圣诞节前三个礼拜，我收到了我的儿童救助档案。档案送达那天，彼得在利物浦，而我已经到达拉脱维亚的文茨皮尔斯（Ventspils），入住了"作家与译者之家"，准备开启为期三周的写作。

　　文茨皮尔斯是一座港口小镇，距离里加（Riga）只有几个小时的路程。进入这座镇子就像步入了圣诞贺卡中的场景。主广场上矗立着一棵二十英尺①上下高的圣诞树，

①　1英尺约等于0.3米。——编者注

树上洒满了童话般的点点灯光。我将住的"姜饼屋"窗外就能看到这棵大树。楼里有一间宽敞的厨房，一个舒适的图书馆，还有穿着宽松套头衫的和蔼德语、俄语翻译，以及一只名叫鲁迪的慵懒老黑猫。

那天我的情绪本来就很紧绷，在彼得留言说我们的公寓收到了一个厚得如同装了炸弹的信封之前，我的心情就已经十分紧张了。几乎所有的社交场合都会令我感到害怕。我的本能总是告诉我，大家是不会喜欢我的。我热情友好地关心他人的表现反而会过犹不及、遭到拒绝。我的笑容太过殷勤热烈，笑声又太过响亮急促。我的问题往往太多，也许是为了转移人们对我的关注，因为我确信自己身上的一切都经不起推敲。

趁着在文茨皮尔斯的街上寻找超市的空档，我拨通了彼得的电话，耳边充斥着哔哔啦啦的杂音。我穿了两件外套，埋头顶着横刮而来的雨夹雪，在镇子的街道上转圈，感觉身边全都是几乎一模一样的木屋。

"拜托，你能扫描一下发给我吗？我感觉这一刻我已经等了好久，现在终于能有一些……一些头绪了。"

头绪。我经常提到这个词。它好像有些抽象，仿佛我是一名私家侦探，正在挖掘另一个曾经存在的人身上的秘密。事实上，我经常会有这样的感觉。

"好的，凯里。我只希望你不会难过。"他的声音听起来十分微弱，像个小男孩。我意识到他是在替我担心。

"老实说，彼得，没关系的。这些事情都是我需要知道的。不管它是什么。说不定它能让某些事情变得更加合理。证明我不是无缘无故地夜惊或焦虑，也不是无缘无故地害怕一切社交场合。"我发现自己又绕回了起点，来到了一家无疑属于东欧风格的百货公司门口。橱窗里摆满了穿着米色厚夹克的假人。"就算发现了什么我能想象的最糟糕的事情，我也不会感到惊讶。"

"那就好。那就好。"他听上去非常难过，"我非常爱你。"

档案共五十六页。布满颗粒的扫描件，成堆的报告与信件，一长串的日期与事件。内容全都被划上了粗粗的黑线，即"模糊化处理"，隐藏了真实的信息。我只在间谍电影中见到过这种情况。它当下给我的印象是，只要我能破译其中的内容，这份档案里可能就有我需要的所有答案。

我坐在还不太熟悉的房间里，打开音乐，泡了一杯茶。我当时心情很好，自言自语地念叨着，你现在长大了，又远在他乡。你看，你竟然来到了拉脱维亚！我急不可耐地等待着扫描件下载的过程，像在撕开敌人送来的礼物，或者是心爱之人的日记。那种心情带着几分急切，又包含一丝内疚，而且笃定里面不会有什么好东西。

前几页内容是我在阿伯丁上托儿所时负责人撰写的第一次转送记录。上面写道，我妈妈被发现"醉酒，身体状况不适合照顾孩子"。我被安排送往某"安全地点"，进入紧急寄养状态。那是 1983 年 9 月，我已经快满三岁了。"安全地点"一词解开了我心里的某种东西，我一下破防了。从来就没有什么安全可言。

下一份文件是此事发生前几个月的托儿所申请，里面提到了一个"已结案件"。后来我查了一下，发现妈妈在我一岁时就申请过托儿所。由于她拖欠房租和水电费用，这个要求遭到了拒绝，所以我直到两岁才有托儿所可上。他们建议妈妈去找社会保险部门。

接下来是一些正式表格。其中一份文件提议将我带离妈妈身边。妈妈的花体签名很像少女的笔迹，和我十几岁时学写的那种漂亮签名一样。

这些年来，关于我最终为何会沦落到被寄养的故事的版本五花八门。其中许多版本都提到了"乐善好施"的社会工作者的干预；另外一些则说我是因为某种心血来潮的原因被送走了，然后妈妈如同灾难片里的英雄，想尽一切办法要把我救回来。但没有一个版本提到过妈妈醉醺醺地出现在托儿所，或是表现出一丁点合作的意愿。

档案中还有五封信。其中三封信试图安排我与妈妈见面，然后信中遗憾地表示妈妈在约定的拜访时间内并不在家；另一封的内容是申请报销我的养父母安装火炉护栏和购买衣物的费用。最后一封信来自社工，信中说我妈妈一定很高兴我可以回去，但如果将来遇到任何困难，她一直都在。我从这封信中觉察到了她的一丝挫败。如同用打字机的墨水在纸上竖起的一面白旗。

下一份文件中的第一份报告日期为1983年10月5日，大约是我被送去寄养的第三周之后。这是档案中第一次出现大面积涂黑，仿佛它们属于某种极权主义政权。第一份文件详述了妈妈第二次来看我时的情景，说她直接把我留给了（姓名已涂黑）。后来我才知道，她被一辆铰接式卡车撞倒，被送进了急救室。"警方表示，她非常幸运。"

解释事情始末的整个段落都被一个实心的黑色方块遮住了。文件接着写道，妈妈试图给我的外祖母施压，让她接我回家。至于社工认为外祖母不适合照顾我的理由，被一条粗粗的黑线遮盖了。其中一行提到，妈妈和男友一起搬进了新家——我猜这里说的是吉米，拿双节棍的那个。报告称，"自从我出生，妈妈就陷入了一次又一次危机……导致了许多家庭成员和机构的介入。"报告称妈妈"不成熟""冲动"，建议在进一步审查之前，再将我寄养二十一天。在我三岁生日那天，社工把我送到了外祖母家，在那里为我举办了一个小型派对。记录中提到，妈妈"大费周章"地为我购买了"礼物、气球和生日蛋糕"。

10月底，不顾社工的建议，我被寄养中心送回了家。

接下来的报告写于12月1日，也就是我被寄养中心送回家的两个月后。报告称，妈妈拒绝与社工合作，在托儿所工作人员询问她的工作以及谁会来接我时与其发生争执，将我从托儿所带走。

然后是一份2月的报告，里面提到社工为我妈妈缺乏改变的决心感到沮丧。无法如约与社工见面的次数就证明了这一点。她说我的家庭生活和健康状况仍旧令人担忧，可能还会遇到更多的困难，但"在进一步转送之前，我们无能为力"。

我不明白，我知道有很多孩子的经历比我还要糟糕；但我也明白，应该有某个人——任何人——站出来保护我。毕竟我才三岁啊。

　　接下来的报告有两大段都被涂黑了。如同页面上的巨大黑洞。看着它们，我感觉自己屏住了呼吸。我已经如此靠近自认为的真相，却被拒之门外，这让我万分沮丧。他们有什么权利告诉我，什么是我应该知道的，什么是我不应该知道的？我去谷歌上搜索，想找办法擦掉涂黑的色块，复原那些句子，这样就能让所有的点归位，再由我自己亲手连线，拼凑出真相。但这是不可能的。我继续读了下去。

　　另一份报告概述了妈妈在醉醺醺地现身托儿所之前的情况：没有工作，总是把我留给各种各样的"保育员"，自己疲于应付生活。报告中描述我是个"聪明可爱"的小姑娘。彼得也读了这些报告。他告诉我，这证明我始终都"热情洋溢，再看下我的处境，这种现象十分反常"。但我的解释也许更能说明问题：漂亮的小姑娘不应该无人保护，不应该和陌生人待在一起，天知道会发生什么。报告称，托儿所的工作人员觉得我"太容易满足"，离开家时"丝毫没有表现出不开心或不安的迹象"。内容提到，这些"观察结果令人担忧"。

　　报告对我的总结是："快乐，开朗""个子娇小，但很活跃""话很多，但口齿严重不清""十分孤僻"。身处拉脱维亚，听着屋外的雨水敲击地面，我笑出了声，因为这些话也可以用来形容如今的我。记录中经常提到母亲为是否留下我犹豫不定，还说我食欲不佳、不爱走路，很喜欢上托儿所。上面写道，我离开她的照顾后"再也没有要求过"要找妈妈。仿佛某个地方响起了钟声，读到这里，我为自己的不忠感到愧疚。

创作本书的过程中，我拿到了社工照顾我时带我参加聚会的照片。照片的背面还留有妈妈的笔迹："凯里的三岁生日"。其中一张照片里，我正在吹蜡烛，美丽动人、明眸皓齿的妈妈就站在我的身后。另一张照片里，妈妈和外祖母都喝得酩酊大醉，靠在一起。我脏兮兮的小脸就夹在二人中间。外祖母歪戴着一顶儿童牛仔帽，裙子掀起，露出了衬裙。想想在拍照的一周前，妈妈差点被卡车撞死，外祖母又拒绝收留我，我几个小时后就会被送回一个陌生人身边，我十分好奇她们怎么能如此轻易地找到快乐。我试图在照片中寻找能够表现懊悔甚至是歇斯底里之情的蛛丝马迹，却只看到两个醉酒的女人和一个吃饱了蛋糕的孩子。

我上一次看到这张照片，是在大约二十五岁那年去探望妈妈时。当时我正处于一段稳定的恋爱关系中，在努力地理解自己的世界。我告诉妈妈，我正在接受心理咨询，以应对童年经历留下的问题。她勃然大怒。她的愤怒总是始于沉默，接着是作几次深呼吸，好像是在积蓄力量，最后突然爆发。这是纯粹的、没有掺杂任何其他情绪的愤怒。她小巧修长的身体紧绷着，拳头攥成了球状。虽然你知道你比她高大，可能也比她强壮，却还是会颤抖。然后如同你学会的，你会闭嘴，告诉她你要离开了。你会开始收拾自己的东西，哭着顶嘴。她会跟在你的身后，在又小又热的客厅里朝你大喊大叫。

她会暂时消失，一分钟而已。在此期间，你颤抖着加快动作，检查自己是否已经收拾好了所需的一切——钱包、钥匙、电话——把它们全都塞进包里，哭得头晕眼花。

那次去探望她时，她发完脾气又回来了，手里拿着一只破旧的海军蓝色皮质手包。她曾经在哥哥的婚礼上用过这只包，但现在用它来存放照片。她把照片拿出来，尖叫道："你不幸福？你说你不幸福？那这是什么？"她把里面的照片全都掏出来，塞给我看，然后将那张生日照揉成一团，丢在了我的脸上。

我一把将她推开。再收拾几样东西，我就可以逃之夭夭了。说真的，作为一个只有五英尺高的人，她太可怕了。

我不停地啜泣，心怦怦直跳，耳边充斥着她的尖叫："那这是什么？这个呢？这个呢？"她在房间里追着我转来转去，她手里攥着我小时候那些面带微笑、看上去幸福从容的照片，然后把它们撕成碎片，甩到我的脸上。

临走时，我告诉她，我再也不会回来了。情况很糟。她尖叫道我不是她的女儿。

读到这些文件时我才意识到，她当着我的面撕毁的那段快乐童年，其实是一段颠沛流离、充满混乱与不稳定的经历。而无论发生什么，我都会装出一脸微笑。

66

接下来的这份文件描述的是，我从寄养中心回家后大约四个月，社工前来家访，发现工人正在装修公寓。妈妈住在一个单间里。当时正在举行一场派对。妈妈"言语咄咄逼人"，要求社工离开。

由于社工没有看到我，想知道是谁在照顾我，于是晚些时候又来了一趟，结果发现妈妈不见了。后来警察来了，确认妈妈在家。她在，但我不在。她告诉他们，我和她的表姐待在一起。在此之后，事情变得有点难以追溯。我似乎被丢给了妈妈的堂兄克雷格。但他又把我送去了别的地方——（姓名已经隐去）——也许是某种寄宿公寓。后来我在另一个寄养家庭里住了四天，直到一场儿童问题听证会。尽管社工表示担心，但我还是被送回了妈妈身边。

社工采访了我的外祖母、姨妈、妈妈的一个表亲以及两名身份不明的保育员。他们都表达了自己的担忧，但妈妈就是不配合。碰到社工来做家访时，妈妈的"咄咄逼人"还会把我吓哭。

25号文件上只写了"信函"两个大字。其中的第一封信写于1984年7月。"通过采访不同的家庭成员，进一步调查这个案件。虽然大家都很担心凯里的母亲对她的照顾，但都无法找到确凿的证据。"

我想知道，他们怎么能把我留在那里呢？除了家人认为我留在妈妈身边没什么好处之外，还需要什么证据？信中接着写道："同样重要的是，我们得承认，就算麦基小姐同意配合……她的配合水平也很低。"

1984年8月21日，在我第一次被转送后近一年，案子结案了。在"进一步转送"之前，他们无能为力。

我坐在办公桌前，享受着由英国文化协会报销的美好住宿环境，感觉自己的生活和事业似乎都处于舒适期。作为一个始终希望尝试理解原因，而非简单去做最坏打算的人，我想给每一个参与其中的人一点同情。我想试着去理解这种复杂情况下的动机与困难。

但是，还有那个孩子。我意识到，童年经历的每一天都在影响着我，影响我与他人交往的方式，影响我何时睡觉、何时吃饭、吃些什么，还有那些似乎是故意要贬低我、让我觉得低人一等、让我以各种方式乞求他人认可的思维方式。处在深入骨髓的孤独中，我常常自称是"爱的黑洞"，不管成年后被爱过多少次也无法被填满。

我想到了伴随心脏的每一秒跳动产生的恐惧。它久久挥之不去，如同一声尖锐的耳鸣。顷刻间，我看清了其中的联系，仿佛伸手就能拨动连接"现在"和"过去"的琴弦。可尽管努力了这么多年，我似乎还是没有能力切断或改变它们。我对每一个人感到愤怒。

坐在远离家乡的小房间里，身处这座满是陌生人、温馨舒适却令人孤独的房子里，我像个孩子似的无缘无故地哭泣和愤怒。我尽量不哭出声来，以免别人听见，最后还是拨通了彼得的电话，将自己读到的内容一股脑地讲给他听。他告诉我，这让他很难过。他简直无法想象。他很高兴我长成了现在的样子，无论其中的缘由是什么。

说着说着，我突然怒不可遏地对他说："如果我有了小孩，绝不会让他离开我的视线和陌生人待在一起，哪怕只是一个小时。我会全心全意地爱他。"电话的那一端，他沉默片刻后答道："我知道，我知道你会的。我很抱歉。我爱你。"

那天晚上，我辗转难眠，想起了妈妈曾对我说过最具威胁意义的话："你觉得这很糟糕吗？小心我把你送到寄养中心去！"

从小到大，我听过很多这类空洞的威胁。但我知道它并不空洞。虽然我已经不记得其中的细节，但我知道，自己曾经被送去过那里。我非常清楚我的世界有多脆弱，简直不堪一击。

我七八岁那年，她有一次虚张声势，为我和小妹收拾了一包行李。那天晚上，我上床睡觉时以为第二天一早"等办公室开门"就会有人来接我们去寄养中心。但当我们捧着麦片碗在电视机前坐下时，就把这件事情忘得一干二净了。

我十几岁时，应该是十五岁那年，还曾被远送到大雅茅斯（Great Yarmouth）的社会福利办公室。妈妈说她已经受够了我，而我也不想再住在她家的房子里。她把话说得很有吸引力——"他们会让你住到十六岁，然后你就可以自谋生路了。"

办公室的接待员（天知道她任职期间看到过什么样的人走进那扇门）冷冷地看了妈妈一眼，问她是否确定。妈妈一言不发，我耸了耸肩。于是我们不知怎么又回到了外面的人行道上，并行穿过城镇，愁眉苦脸地往回走。我还记得嘴里有股避开灾难后的焦灼味。

躺在拉脱维亚的床上，我想象着照顾孩童时期的我的情形。我要如何为她做早餐，鼓励她吃饭，听她那孩子式的没完没了地说话，满怀崇敬地寻找那个能够保护他们、教他们如何在这个世界上生活的成年人。我会把那个孩子抱在膝头，将下巴靠在她柔软的金发上，让她知道她是安全的、被爱的、被需要的。

一个星期后，被拒绝带来的焦灼感逐渐消退。我这才真正意识到，这真的不是任何人的错。人生纷繁复杂，不能单纯地归咎于谁。明知是这个社会深陷病态、功能失调，我怎能责怪生活在其中病态且功能失调的人呢？明知妈妈自己也在苦苦挣扎，我怎能责怪她呢？明知爸爸的童年也经历了可怕的遗弃和虐待，我怎能责怪他呢？还有我的外祖母，她只不过是在充满艰辛的人生中勉强维生，我又如何能责怪她呢？

没人可以怪罪。我们只能捡拾起那些碎片，仔细检查，通过只言片语理解和拼凑故事，再将它讲述出来。记录中并没有答案。只能说生活对那些脆弱且别无选择的人来说有时是残酷的。

然而怨忿并不会真正消失，而是转移了。我越是去想寄养中心的经历，就越是感到愤愤不平。在我看来，从一个孩子出生的那一刻起，从他挣扎着诞出，浑身上下沾满粪便、血液和母亲体内破碎组织的那一刻起，只要这个孩子出生在边缘地带，只要母亲毫无防御能力、穷困潦倒，那么当第一缕空气钻进他娇小的肺部时，斗争就开始了。

和最富裕地区的孩子相比，这个孩子——以及来自最贫困的 10% 社区的其他孩子——被列入儿童保护登记对象的可能性要高出 18.5 倍。像我这种出身苏格兰最贫困地区的孩子，最终被送去寄养的可能性是最富裕地区孩子的 20 倍。然而，仍然没有一项政策能将贫困和社会工作干预措施考虑在内。我认为这些孩子会陷入贫困是一种必然，而没有什么理由，也不是一个亟待解决的极重要影响因素。

我四岁之前的经历正是这样一个社会所表现的症状，其结构与体制以进一步边缘化那些苦苦挣扎、穷困潦倒的人为目的。这些故事之所以需要被讲述，是因为社会希望人们看到相反的方向，因为我们不愿想象几条街之外的孩子正在吃着难以下咽、不足以果腹的食物，住在没有暖气的地方，手里连一本书也没有，身上还套着不合身的破衣烂衫，被一个自己都迫切需要帮助的家长照料。

不过，不承认因果关系也许更容易一些，因为如果我们真的亲眼得见，肯定是无法接受的，对吧？

7

阿伯丁
1983 年

在寄养家庭度过了糟糕的一年、错过了各种约定、经历了重重"混乱"之后,我和妈妈的生活似乎暂时有了些许好转。我们从马诺大道搬到了托里一座像样的房子里,靠近外祖母和妈妈的姨母、表亲居住的地方。公寓位于一个狭小的街区,周围都是人,这让我感到十分安全。我买了一个羊角球,在过道上蹦蹦跳跳,一玩就是好几个小时。街上还有一辆冰激凌车。有时,我会攥着十便士或二十便士,以最快的速度,一次跳下三级台阶,飞奔下楼,心脏怦怦直跳,生怕它会在我赶到窗口买到棒棒糖前离开。

马克舅舅靠开大卡车赚了不少钱，给我买了一匹摇摆木马，上面装饰着货真价实的鬃毛和厚实柔软的棕色皮毛。我和一个同龄的女孩以及她的弟弟成了朋友，妈妈也和他们的父母成了朋友。我们从早到晚都在居民区里跑来跑去，然后回到他们家的两层公寓。这种房子在伦敦可能被称为豪华复式公寓，但在阿伯丁只不过是廉租房。我们在楼上的床垫间跳来跳去，妈妈则和大人们在楼下喝着廉价的酒水。去他家做客时，他们总是会送些鸡蛋和冷冻薯条给我们。这也成了我打心眼里喜欢这个地方的另一个原因。

在那段短暂的岁月里，我真正过上了一个孩子应有的生活。

在新公寓里，我拥有自己的房间，但我最喜欢客厅，尤其是地毯上靠近电暖器的某个位置。我的皮肤长出了斑点。我把厚厚的橙色窗帘裹在身上不停地旋转，直到它们将我的头发吞没，把我的脸拽得紧紧的。家里有一套音响系统，收音机面板上有一只腿已僵硬的死蜘蛛，我称它为我的朋友。

我们有时会去尼格湾的海边。有一天，我们在那里的一辆大篷车下发现了一只小猫。妈妈说这只"流浪的吉普赛小猫"不会介意我们把它带回家的，于是我们收养了它。它不会喵喵叫，只会痛苦地尖叫，所以我给它起名"吱吱"。夏天，公寓里能照进金色的阳光；冬天，虽然玻璃窗上会结冰，但电炉里的每根散热管都会发出明亮的光芒。我每天喝一杯牛奶，里面会加入香蕉味的维生素滴剂。我学会了在吐司上涂抹黄油。我们还会把晚餐放在大腿上，边吃边看《达拉斯》（*Dallas*）或《沃根》（*Wogan*）。

但慢慢地，一切又开始分崩离析。每天早上，我都会比妈妈早几个小时醒来，然后各种闯祸。我会把她存放信件、收据和照片的塑料袋倒空，坐在这些东西上面，在《芝麻街》（*Sesame Street*）的背景音乐中摊开里面的每一样东西，一一查看。我还用一把青蛙剪刀给自己剪了刘海。

妈妈起得越来越晚。她有时觉得我的古怪行为十分可笑，有时又会"火冒三丈"。一开始，我以为她会觉得我这样做很好玩，等到时间一分一秒过去，她还没醒，我心里头变得七上八下，坐立不安。焦虑像一条黑蛇在我的腹腔翻滚。当她终于下楼时，我已经在哭着求她不要生气了。

几个月后，也许没过那么久，妈妈决定要离开阿伯丁。我们带上一切能被带走的东西（其实没什么好带的），登上了一辆国家快运公司的汽车。我哭着丢下了摇摆木马，心中挂念着被我们放回到当初那辆大篷车下的小猫。就这样，我们匆匆离开了，除了那一周的救济金之外身无分文，也无处可去。

也许妈妈需要"改变"。也许我们离开是因为她厌倦了社会服务，讨厌那些想"干涉"就干涉、"爱管闲事的烦人家伙"。或者她一开始就对我的家人十分不满，认为他们应该团结起来阻止我被送去寄养。也许她真的是为了幻想中的那个"崭新的开端"——在我十五岁之前，我们一直在断断续续地追逐那个梦想。

但我想，这可能还是因为她想把我交给我的爸爸。

8

利物浦
2018年

随着一月的到来，我越来越不愿意回到故乡的那个
"家"了。这个奇怪的过程似乎把我分成了两半。我是那
个保管我已死去的人生的档案保管员，又是一名私家侦
探，在自己深埋的秘密中挖掘，既渴望得到答案，又要努
力将它们隐藏。

我在柏林的一场英国文化协会会议上发表了演讲。这
是一场罕见的盛大活动——报酬丰厚；入住四星级酒店；
厚厚的信封里装着现金作为"补助"；每晚都可以乘坐出
租车去上好的餐馆喝酒，还有一本光鲜的小册子，上面印
着嘉宾作家的脸，包括我的。

与会者都很友好。我钦佩其他作家。但这段经历中有些东西令我颇为反感。第一天晚上，我朗读了《重返阿伯丁》中的内容，于是接下来的几天时间里总是感觉自己原形毕露、暴露无遗。我喝了太多的酒，被楼下街道上的有轨电车声和脑海中循环往复的思绪扰得睡不着觉。而且我正值经期，肚子胀得厉害，好像一句尖锐的话语就能将我刺穿，把我打垮。在会议剩下的时间里，我接受了报纸采访，在小组讨论中谈论了性与性别的问题，始终面带微笑、彬彬有礼，但这无法掩盖我心中令人战栗的、难以解释的伤痛和愤怒。

回到家后，我虚弱无力，泪流满面，迷茫困惑。可这不就是生活吗？能够站上舞台，让大家听到自己的心声，不是很美妙吗？有什么好抱怨的呢？"我去不了考察旅行了，"我对彼得说，"我不行。"

我改签了一个月之后的火车票，然后如愿以偿地在临近出发时感染了病毒。我拨通了铁路服务热线，听到接线员以粗暴的家长式态度告诉我，我的车票已经不能再改签。呼叫中心设在印度，所以我猜他们肯定觉得这是一种可怕的浪费。事实的确如此。由于家里没有止痛药，我只好把一整瓣大蒜塞进耳朵里，对着电话啜泣："我知道。但我病了，我无能为力。"电话的另一端传来了一声沮丧的叹息，好像我们都心知肚明：我其实是在逃避某些无法避免的事情。"还有什么需要我帮助的吗？"

我原本可以说："能不能让我确认，我不是在为自己的童年而悲伤。我的心没有为那个每天依旧跟在我身旁的小女孩而破碎，我还不算彻底走投无路。"

但我只是说了声"不必了，谢谢"，然后把头靠在了充满大蒜味的枕头上。

我的紧张也许毋庸多言。我刚从一场严重的病毒感染中恢复过来，仍然感觉胸闷气短、耳朵不畅。经过慎重考虑，我在坐上长途大巴之前吃了点晕车药，但在沉重的睡意下还是感觉头晕眼花。为此，在格德斯绿地（Golders Green）的星巴克里，趁着彼得为我校对一篇需要归档的文章时，我努力把头发盘了起来，想让自己看起来体面一些。我还额外吃了三片抑制肾上腺素的 β 受体阻滞剂，想要控制颤抖的双手，减缓狂躁的心跳。

在一次清晨写作的过程中，我决定联系姨妈艾莉森——这是我养成的一个新习惯：早上六点半起床，泡一杯黑咖啡，坐在窗前的书桌旁写作，享受宁静如天鹅绒般的静谧。寒气从玻璃窗渗透进来。利物浦苍白的灯光缓缓将深蓝的天色染成白昼的颜色，自然生长的花园风姿摇曳，仿佛在与冬日的寒风进行一场对话。那些早晨让我第一次觉得自己可以掌控这个棘手的过程。处在尚未完全清醒的状态中，童年的世界会自然而然地出现在我的脑海里。写完后，我会坐在办公桌前等待彼得醒来，喝着咖啡在网上随意浏览：一篇《卫报》（*Guardian*）的文章、一档播客、婚纱、艺术电影院、朋友脸书上的新帖、瑜伽视频、饼干食谱、推特、跑步歌单、跑步训练计划、慈善项目、我不会去的那些目的地的机票。

80

　　当然，我之前就寻找过姨妈。在和马克舅舅取得联系之后，我曾像个私家侦探一样，仔细查看过他在脸书上的联系人。只要找到妈妈，就能找到姨妈。我试图回忆之前听到过的有关她的事情，但什么也记不起来。妈妈谈起她时，总是既嫉妒又崇敬，把她当作一个榜样，一个前车之鉴。姨妈是个富有的人。她下班回家后会用缝纫机为两个孩子"汉娜和利亚姆"缝制衣服。这两个孩子被人提起时总是一同出现，如同一对连体婴。她住在萨默塞特（Somerset），一个曾经听起来充满异域风情的地方。她有着天使般的歌声。她知道自己想要什么，愿意一往无前地去追求，把所有人都抛诸脑后。她已经忘记了他们。我知道她加入了海军（但后来我发现她其实是一名直升机机械师）。她是个"优秀的女儿"。我记得我已经有二十六年没有见过她了。

那天清晨，我又刷了一遍她的脸书。一则有关阵亡将士纪念日的帖子；一张她围着花围巾、随意浏览陶器的照片；一张她和女儿的照片，她穿着粉红色的发光胸罩，搭配运动套装，似乎正要去参加某场慈善活动。我在已经成年的表妹脸上寻找着那个曾经和我一起玩耍的小女孩，但什么也看不出来。不过母女俩看起来都很开心，手挽着手，面带笑容。接下来是一张她和她儿子的照片，两人都举着比赛结束后的奖牌。

我感到一阵冲动。她就是最后一个未经考验的环节。我打开了聊天窗口。

就这样，我们即将启程，去和我的姨妈、姨父见面。我们要从利物浦出发，穿过伦敦，前往哈默史密斯地铁站（Hammersmith Tube）旁一家我推荐的小咖啡馆。这是一间充满澳大利亚风情的时髦的咖啡馆，名叫"真相"（这个名字莫名地有种不祥预兆，选这家店只是听了推特网友的推荐），可能根本不合他们的口味。

他们已经到了，而且面前的咖啡杯都空了。她穿了一件紫色的抓绒衣，戴着一枚闪亮的金属材质的罂粟花造型别针。与她结婚四十多年的丈夫鲍比坐在她的身旁，穿着格子衬衫和 V 领毛衣。两人看起来朴实无华，就像来伦敦旅行的地理老师。

我们热情地拥抱了彼此。我采用了自己一贯的开朗、教师式方式。她看起来是个爱笑的人，手势略显急促，语速很快，嗓门也有点大。要不是这是几十年来第一次见到自己的外甥女，她可能不会这样。我意识到，她也很紧张。我没想到她竟然不知道我出落得"还不错"，性情温和，身上没有一丝戾气或怨恨。我们按照惯例聊了两句开场白……旅途如何，我希望这家咖啡馆还行，我很想喝杯咖啡。

她不知道的是，自从与她取得了联系，我的心情就如同在坐过山车。首先，她没有忽视我，也没有把我拒之门外，这就已经让我热泪盈眶，如释重负。其次，随着聊天的不断深入，我开始感到一种令人心痛、不堪一击的乐观。我告诉人们："我和我的姨妈说上话了。"他们不可能明白这句平平无奇的话对我来说意味着什么。

洗碗时，我对彼得说："你知道吗，她很可能是与我最相似的同类。我就是家族里的‘她’。她也和家里人一刀两断，但过得很好，还拥有稳定的感情生活。她也切断了与原生家庭的联系。如果说有谁能够理解我，那一定是她。"可随着见面日期一天天临近，我却变得警惕起来。彼得安慰我说："能有你这样的家人，任何人都会非常开心，非常高兴的。"但如今我与姨妈在脸书上成了好友，我可以看到其他照片：有她和我妹妹的照片，有她和我妈妈脸贴着脸的照片。与她们的联系令我感到不安。我又想起了马克，想起尽管我本身对他没抱太大希望，却还是受到了巨大的伤害。因此我对这次会面是否会有不同也没抱什么希望。

坐在咖啡馆里，我感觉桌边的氛围既轻松又温暖。我们分享着最近发生的事情，有问有答，时不时地被拙劣的笑话逗乐。言语的背后，我们每个人都在竭尽所能地表达"没事，我不是来伤害你的"。

艾莉森（她现在自称艾莉）给了我几张家庭照片，并附上了对照片中人物的描述。有姨妈的、婶祖母的、外祖母的、曾外祖母的照片，还有我妈妈和里奇的结婚照，以及我在马克舅舅婚礼上穿着粉色缎面伴娘礼服的照片。

彼得只看过我小时候的一张照片。他凑了过来。"看看你！""我的天哪，"我不停地说，"我的天哪。""我的天哪"这几个字无法完全表达我重新回溯那些面孔的轮廓和线条时的那种失衡和略微反胃的感觉，它们再次对我有了生命和意义。那是我的家人。

其中一张是妈妈在马克舅舅的婚礼招待会上拍的。我还记得那场婚礼的筹备过程。我去了一趟桑德兰（Sunderland），用一匹杂色的珊瑚缎做成了世界上最丑的伴娘礼服。妈妈逛了好几家慈善商店，才找到一只完美的海军蓝手包。后来有一天，她将装在里面的照片撕成了碎片，扔在我的脸上。妈妈还买了彩色、黑色和金色的寿百年香烟，供她和外祖母在招待会上炫耀地抽着。那时她应该已经三十四岁了。镜头拍到了她放松警惕时的样子。她震惊得嘴唇微张，眼睛圆睁。我从未意识到她竟然如此美丽，也从未真正意识到，脆弱竟在她的脸上表现得如此明显。

"天哪，是那场婚礼！有个叔叔骂了牧师，最后搞得鸡飞狗跳。"大家都笑了。我一直紧盯着那张照片。妈妈看起来快要哭了。"她当时好美。"但我没有说出口的是，我当时没有意识到她的身体明显不舒服。

接下来是一些家庭文件。鲍比以前是修理潜艇的，后来在国防部工作。他追溯了我们家族几十年的历史，得出

84

了一份家谱、商船队的船舶舱单、出生证明、残存的旧地址……他停顿片刻，拿出了一份文件。"我发现……你的外祖父迎娶珍妮时，他已经结过婚了。"他又顿了顿，"他是个重婚者。"

我笑了，因为我还想象过更糟糕的情况。

艾莉在谈到自己与珍妮——她的妈妈，我妈妈的妈妈，我的外祖母——日渐疏远的过程时说道："我从来不知道和我说话的人是清醒的珍妮还是醉酒的珍妮。我过去常说：'等你没喝酒的时候再给我回电话吧。'"

她无助地举起了双手。我在试图表达自己与妈妈的复杂关系时，也经常这么做。我完全理解她。我的措辞十分谨慎，不想因为透露太多，而在妈妈和她这位刚刚与我建立联系的妹妹之间引起分歧。但我的确想说，也想让别人听到，我这么做不是无缘无故的。"我不想详细说明我为何断了和妈妈的联系，欲说还休，我似乎已陷入这个循环。"

我没有再多说什么，希望我的礼貌能替我说出剩下的话，也希望我体面的风度与温和的方式能为我辩护。因为不管怎样，我的舌头显然仍忠于妈妈。

尽管我的身体在咖啡因的刺激下激动不已，内心却感受到了些许平静。这足以让我有了一些片面的理解，足以把妈妈放在一个同样令她恐惧的女人的背景下去看待。她一直用同样的方式令我感到不安。从对面这个六十多岁的女人急于取悦别人的举止中，我看到了我自己的自卫本能。

我们聊到了艾莉与鲍比的孩子，嘲笑着糟糕的伴娘礼服，还谈起了我和彼得的旅行以及彼得的求婚。离开咖啡馆时，我停下来抚摸一只上了岁数的巧克力色的拉布拉多犬。艾莉也试着摸了摸它。有那么一瞬间，我想知道如果老天把我送到姨妈的子宫里，我会是什么样子。如果我能像她的孩子们那样，在萨默塞特郡度过平静的童年，有手工制作的衣服可穿，有酸辣酱可吃，成年后还能拥有一个愿意陪我参加慈善十公里跑的妈妈，会是什么样子。但那样的话，我就不是我了。尽管这有时仿佛令人难以接受，但我现在的样子已经够好了。

我和彼得走进了当地一家名为威瑟斯彭（Wetherspoons）的酒吧，只因它是我们碰见的第一家酒吧。屋里挤满了下班后的人群，到处热火朝天，充斥着言语喧哗和热闹酒吧该有的叮当响声。我感觉脑袋被塞得满满当当，于是不停摇头晃脑，很快就喝掉了半杯麦芽啤酒。"该死，我真不敢相信，他竟然是重婚者。"

彼得小心翼翼地看着我，心知这一天对我而言既忙碌又疲惫。他像在检查一台容易出故障的机器似的审视着我。"今天很顺利。他们都是好人。你的姨妈看起来很可爱。"

我想起我们在车站告别时，她紧紧地抱住我说："你现在有家人了。你有了一个姨妈。我有了一个外甥女。"我附和道："我有了一个姨妈。你有了一个外甥女。"

我把头靠在彼得瘦削的肩膀上。"她的确是个可爱的人。"

9

阿伯丁
2018 年

　　最终，我还是第二次踏上了前往阿伯丁的旅途。这一次我将取道格拉斯哥（Glasgow）。因为铁路出了故障，从利物浦出发要花十二个小时才能到达。列车每停一站，我都想要及时止损、调头折返。但我知道，过了这村就没这店了。我已经没钱再重新买机票或订旅馆了。

　　第二天，在继续赶往阿伯丁之前，我和一位摄影师在艾尔德里（Airdrie）度过了一天，去我小时候住过的一座建筑外拍照。我们一起搭火车去了小镇中心，经过冷冷清清，看起来需要关张的商店和酒吧，前往我曾经居住的居民区。我在一间房屋外停下了脚步。微风吹拂着我的发丝。我凝视着远处曾经住过的另外一栋高楼。我指着一处地方告诉摄影师兼艺术指导那是我小时候的卧室，内心黯然生起痛苦之情。

"那里又湿又冷。这么多年过去了，怎么一点儿都没变呢？"

尽管如此，我仍旧处于"悦他模式"，拍照时笑得十分灿烂。我的左腿裤管总是往上卷。"对不起，我的脚踝真的很期待这次拍摄。"上下午的拍照间隙，我们都会去当地的咖世家咖啡馆，聊聊我们共同认识的人以及各自的爱情生活和工作。

离开时，一直十分和善的摄影师转过身对我说："嗯，我觉得在这样的地方长大也没那么糟糕。"

我点点头，扬起眉毛。"嗯，谢谢你。希望我的书出版时，大家都能说出同样的话。"

事后，坐在开往阿伯丁的超级大巴上，我吃了晕车药却还是感觉晕头转向，不断回想起那句话。他到底为什么要那么说？是为了安慰我：你没有自己想的那么可怜？还是为了表现他有能力克服困难？（但我知道他和我不一样，他不是在贫困中长大的，因为我们聊过此事。）也许吧。我知道他不是要故意中伤我。但这确实让我想起其他人也曾无意中淡化贫穷、贫民区或恶劣环境带来的困难与伤害。

美丽的乡村风光匆匆闪过，外面绿意浓郁，一片暗沉的青紫。我也许第一次明白了人们为何会说出这样的话：因为在内心深处，他们知道这是一个不公平的体制，但承认这一点就等于承认他们为促成这个体制做出了贡献，并且从中受益。这表明他们的生活或许只是稍微占了一点优势。如果他们是在一个相对平等的水平上和我对话，怎么会不承认这种特权呢？

我想到，总是有人因为我和他们出身不同而轻视我，却不承认能让他们的人生之路更加从容的所有因素。

刹那间，我感到自己内心很强大，很久没有过这种感觉了。把事情写下来似乎并非难事，但在旁座西班牙夫妇的闲聊声和轰鸣的引擎声中，我渐渐地睡着了。那天，我高兴地意识到，游戏结束了。从此，我坚定认识到，除非某人的成长方式和我一样，否则他（她）就没有资格插嘴发表自己的看法。我决定，我要开始试着承认，我是用了多强的毅力才熬过了成长的过程，成为今天的自己。

在我要入住的阿伯丁民宿的门后，有一只吠叫的查理王猎犬和一个名叫玛丽的女人。这个女人看起来出奇地熟悉——短发卷曲、双手娇嫩，脸一看就是烟酒成瘾的样子——以至于我差点开口问她的亲戚来自哪里。

"住两晚要六十英镑。"

"我可以用信用卡支付吗？"

"可以，但我得收一英镑。"她举起双手，像是以为我要和她干上一架，"我无能为力，他们就是这么收费的。"

"不，不，没关系。我明白。我明天就去取钱。"我确实明白。我也不愿意白白花掉一英镑。此外，我看到外面正挂着"房屋出售"的牌子。虽然这座建筑一尘不染，十分温暖，但还是能够看出八十年代留下的无声的遗迹。因此我百分之百确定，眼下这个阶段，每一英镑都很重要。

她的态度软了下来。"你确定吗？"

"当然"。

"你来这里做什么？工作吗？"

"我在写一本有关自己出身的作品。"

"你是在哪里长大的？"

"托里区。"

她挑了挑眉毛。"那里已经变了。你会看到的。"她没说是变好还是变坏，我也没问。"你上的是哪所学校？"

"托里小学。我也打算去看看。"

她朝我笑了笑，笑容转瞬即逝，但足以让我明白这个表情来之不易，我感激不尽。"你订的是小单间，但为了方便我自己——"她伸出一根手指，不想让我难堪，也不想让人觉得她是在做慈善——为了我这个在这里长大、却显然没有家人可以投靠、在阿伯丁最便宜的民宿里订了最便宜的房间的女人，"我给你安排了一个双床间。"

"非常感谢。太好了。"

她摇了摇头。"我说了，这是为了我自己方便。因为房间已经打扫好了。"

我的房间是完美的八十年代复古风格。聚酯棉布床单、棕色地毯、一只白色的小水壶和一个陈旧的微波炉（"如果你愿意，可以去商店买现成的晚餐，还能省下几个钱"），角落里有一个小水槽和一条小小的格莫伦粉毛巾。冰箱里装满了我小时候梦寐以求的小盒装麦片，还有一品脱的牛奶，以及足够一家人吃的茶、咖啡和饼干。（"想吃多少就吃多少。想要什么都可以。如果你还需要牛奶，就告诉我，我再给你拿一品脱来。"）我不知道她怎么能靠我每晚三十英镑的房费赚到钱，然后想起了她对信用卡费的担忧，额头后面一阵发热。

我拉开窗帘。窗外是一片蓝色珍珠母贝般的黄昏，以及一排排整齐的半独立式房屋。其中不少也是提供早餐加床铺的民宿，窗户上挂着空房的招牌。我用微波炉加热了用塑料碗盛着的烤面条加干酪沙司，穿着睡衣，钻进羽绒被里，心满意足地边吃边看电视。房间既温暖又安静。我怀疑我是店里唯一的客人。我想起了楼下的玛丽和她的狗，还有周六晚上的电视节目，也许还有一杯酒。想到她完全没有必要的友好，我的心头感到一阵短暂且尖锐的疼痛。也许这就是回家的感觉吧。突然间，我不由地感到孤独。

第二天一早，我一个人也没看见，离开民宿，前往托里。眼前的一切都如此陌生。这里有漂亮的房子和被精心照料的花园，有周末外出遛狗的快乐家庭。我看到女人们推着童车，我知道这些童车要花好几百英镑，和妈妈坚持要为我和妹妹置办的那种有着巨大金属框架、灯芯绒软垫的婴儿车截然不同——尽管我们通常住在顶楼。

我沿着一条不太记得的大河漫步，迈上了一座我记得的桥。我曾经穿着红色小雨靴，拼命在桥上奔跑，咚、咚、咚，任由妈妈在我身后呼喊。那座桥把我以及这座城市的繁华与金钱和托里分隔开来，如同水油分离，满眼跨过大桥，我走进托里，步行穿过一排排破旧的房屋，满眼满溢的垃圾箱和只有房东才会选择的廉价破旧灰色网帘。我知道，我到家了。

我的走路姿势变了。我感觉得到。仿佛我在成长。我的肩膀变宽了，脚步变长了，面对挑战，微微抬着下巴。因为我突然认出了这座城市，知道它是我的。麦基家族已经在这里定居了几个世纪。尽管我四处颠沛流离，但我的家人在我出生之前就已经走过这些街道。现在我也有权利漫步其中。

这种感觉是我不曾预料的。一种奇怪的笃定。我想，只有当你发自内心地了解一个地方，从懵懂时起就记得它，才会有这种感觉。

我走过了一间旧车库。车库的原色招牌可能和我差不多年纪。我走过了艾特肯斯面包店（Aitkens Bakery）。它已经关门，橱窗里贴着一封言辞悲切的信，说它很快就要永久歇业。我把手指放在玻璃上，像个小孩一样往里张望。阿伯丁最好的奶油面包就出自这家紧挨车库的小巷面包坊。

就像《爱丽丝梦游仙境》里的爱丽丝，我仿佛缩小到了三岁时的样子，啃着纸袋里热气腾腾的黄油面包，抬头对着妈妈微笑，因为那是我吃过的最好吃的东西。但没过多久，我又变回了一个成年人，想要带着那个孩子一起欢天喜地，想要永远保护她，每天都带给她各种微不足道的善意，让她微笑，让她开怀大笑，让她觉得自己有人照料。那个孩子值得拥有这样的生活。我深吸了一口气，把毫无意义的想法推到一边，拐过街角，来到外祖母居住过的街道。

如果你喜欢实用主义和有点压迫的美感，这应该算得上是一条美丽的街道。起伏的山丘上，一座座花岗岩房屋仿佛在朝你逼近。我还记得自己小的时候，这座山丘曾经带给我许多欢乐。它充满了无限的刺激，宛如一条展开的丝带。那里，就在那个角落，开着我们偶尔光顾的老酒馆。同样落满灰尘的窗户，同样陈旧的斯诺克台球桌绿色油漆，同样含糊的热情。

那边，在另一个角落，有一家小商店，我过去经常跑去买刺猬薯片（Hedgehog crisps）和吉百利野生动物巧克力棒（Cadbury's Wildlife bars）。

外祖母住在她那栋楼里较高的一层。妈妈会在楼梯口按住自己的肋骨说："让我喘口气。"外祖母的小公寓里似乎总是弥漫着烤鸡的香味，虽然我知道这不太可能。我会一遍又一遍地数着自己放在罐子里的两便士，被妈妈和外祖母称为"吝啬鬼"。她们还会用我的裤子把我绑起来，同时用上家里找得到的所有腰带和围巾，让我假装自己是希瑞（She-Ra）①，想办法逃跑。有段时间，两个中东男人搬来和外祖母合住。每次我去做客，他们都会给我一盒巧克力。有一次圣诞节，他们还送了我一个能在小台子上旋转的芭蕾舞女芭比娃娃。

在我五岁之前，外祖母一直非常宠我。她穿着及膝的黑色皮靴，说要是学校里有人找我麻烦，她就"穿着大靴子去踢他们"。她还允许我像揉面团一样揉她没戴文胸的丰满乳房，和我一起咯咯地笑。她有一个"疯狂的角落"，就是沙发的扶手与主体之间的空隙。她会把各种各样的东西塞在那里——杂志、香烟、打火机、眼镜、Polo薄荷糖、纸巾，还有她正在喝的起泡酒。

小时候，我就能觉察到她的无情和她为了卑鄙而卑鄙的能力。但那种感觉最初并非产生在我的脑海里，而是一种直觉。在她面前，我会产生一种难以理解的警觉。大概

① 希瑞：一动画角色，出自动画片《非凡的公主希瑞》（*She-Ra: Princess of Power*）。——编者注

十岁那年，我开始真正理解她是如何对待妈妈，以及这反过来是如何影响了我们的家庭的。我知道她们的争吵有多频繁，妈妈曾多次试图断绝联系，但外祖母总能让她回心转意，可回来后又会受到折磨，周而复始。我开始明白，她总是强调自己一穷二白，却始终烟酒不离手。（家里经常拖欠水电费，而妈妈总是得想方设法筹钱支付。）她可能是我认识的最令人讨厌的女人。写下这段文字时，我发现没有一个人说过她一句好话。

听说她去世的消息时，我正在布拉格。当时我正去一间地下室找了个妇科医生，取出体内的宫内节育器。这位六十多岁的妇科医生身材矮胖，一头灰色的精灵短发，穿着一件不协调的医生白大褂——除了摆着一张医疗床，看起来这个诊所似乎也是她的家。她十分热情，令人安心——当你要用窥器把别人的阴道撑开时，这种品质难能可贵。收到妹妹发来的信息时，我还处在疼痛之中，正和彼得一起笑着说起，我竟然在布拉格某间陌生的地下室里，让一个陌生人乱搞我的子宫：她拿出那根T字形的钢丝时，还像变魔术一样，大喊了一句"嗒－哒"。

我记得信息中写道："凯里，我刚得知外祖母去世了。"当然，信息里不止这一句话。

彼得和我在广场上喝了点啤酒。那广场在金灿灿的阳光和盛开的鲜花中显得格格不入。我一直眼泪汪汪，既震惊，又莫名地愤怒。

"你知道的，她是个可怕的女人。她对所有人都很糟糕，却能活到终老。但她还是我的外祖母。或许我伤心只不过因为希望能有一个不一样的外祖母。"

过了几个星期，在我发了很多信息却无人回复之后，我才得知她几年前就因肝功能衰竭去世了。她的骨灰被撒在南防波堤的海滩上。临死前，她几乎一口东西都不想吃，只是抽烟喝酒，侮辱身边的家人。医院里的护士显然都很喜欢她，认为她是个了不起的女人。有一天，她在被人推着穿过走廊时，转身对一位家人说："看到了吗？所有人都拜服在我的手下，但这一切都是徒劳。"一脸冷漠。

我不打算去她的骨灰撒落的地方吊唁，反而很高兴我们身在布拉格。我突然想到，我不断地旅行，从一座大陆到另一座大陆，尽可能地远离，其实不是在寻找，而是在逃避。

但现在我选择了前往阿伯丁。我在一座她可能住过的房子外面站了片刻。倾泻而下的阳光被这座建筑的灰色吸收殆尽。除了鸣叫的海鸥，街上空无一人。尽管还是不想去看她的骨灰抛撒的地方，但我抬头的一瞬间，某种东西令我感到悲伤。我承认心中的失落，只是不太明白自己失去了什么。

毫无疑问，珍妮·麦基的一生充满了艰辛与悲情。这样的人生会把任何人推入痛苦的境地。但她留了下来，蜷缩在那里伤害着身边的每一个人，而且经常是反复伤害他们，紫罗兰色的冷酷双眼寻找着伤口。她孤独终老之际，身边只有香烟和兰姆布里尼酒为伴，还有满心的骄傲与怨恨。有趣的是，她总是告诉我，一分耕耘，一分收获。

我关掉了手机上的导航。我很清楚要去往何方。转过街角就是托里居民区的起点，低矮的街区，褪色的红色阳台，还有一个作为公共空间的草地广场，广场上空无一人，一片凄清。我在巴纳格斯克路（Balnagask Road）的一座房屋前停住了脚步。那是我的曾外祖母弗洛里住过的地方。我真的曾经站在她家的厨房里吗？当时妈妈喝着茶，弗洛里的身边到处都是颜色灰暗的犯罪实录杂志。

我总是觉得，那些在几条街道内比邻而居的家族都是些怪人。他们喜欢毫无计划地相互串门，一边喝茶一边八卦，甚至自发地留下来吃晚饭（通常只是些朴素的土豆泥），实在是令人惊讶。很难想象，我就出身于这样风格的家庭。如果我们没有"失联"（别人是这么告诉我的），童年和青少年时期的我可能也会在家族的住所间窜来窜去，为他们采买东西，听他们讲讲故事，领到一枚难得一见的五十便士硬币作为奖励。只不过我们从来都不是那种家庭。

有个亲戚告诉我，我们的家庭变化莫测、四分五裂。我还了解到，九十年代，由于男性先辈的精神分裂症发病率过高，我们的家族曾经接受过基因检测。结果显示，这种情况有遗传倾向，因此父母应该确保子女注意药物和酒精的摄入。我们的女性先辈中也发现了数量异常的双相情感障碍案例，但家族并没有对此进行测试。最重要的是，至少有一半的家族先辈是不可否认的酒鬼，其余的人就像一个表亲说得那样，"爱喝上两口"。再加上家庭关系、贫困以及随之而来的一切和彼此胶合的社区，难怪他们永远没有机会摆脱困境。

走着走着，空气变了，海鸥的叫声更加响亮。我发现自己来到了尼格湾。我喜欢和妈妈在这里散步。其实它也没有什么特别之处，只有一些岩石和小海滩，还总是狂风大作，所以既不能划船，也不能把身体埋在温暖潮湿的沙子里。但那是专属于我和妈妈的时光。我们只会在妈妈心情好的时候去那里玩耍。我记得她穿着牛仔裤和运动衫，留着短发，自信满满地走来走去，而我会自豪地模仿她。我还记得内心的喜悦，记得我对那个带我去闻大海味道的女人绝对纯粹的爱。

一切都变得渺小了许多。虽然这话是陈词滥调，却并不妨碍它的正确性。前往尼格湾的路总感觉有好几英里，可其实步行还不到十分钟。实际上，外祖母的房子、曾外祖母弗洛里的房子、大海、我家的公寓、我曾经的学校这些地方彼此间的距离都不超过二十五分钟。真是不可思议，我竟然曾经住在这样一个社区里，拥有超过二十个表亲，其子女数量更是不胜枚举，在托里随处可见；我可能会在前往商店买乐西或上学的路上碰到亲戚，只要说上一句"我姓麦基"，人们就会明白是什么意思——他们也许曾和我的家人做过同学。妈妈有可能正是因为这个原因才离开的。

我们的居民区看起来还是老样子。不过，我不记得居民区边缘还有一座巨大的迪赛德家庭支持中心，不过我听说，阿伯丁的东欧社区已经迁到了这里，所以它并不是完全没有改变。妈妈过去常说，我应该跑步去商店，然后尽可能快地跑步回来，还说那里非常危险。当年的小巷和死胡同看起来的确危机四伏，随处可见破碎的瓶子和被撕破、露出杂物的垃圾袋，里面会掉出脏兮兮的尿布和家庭废弃物。

放眼望去，这里仍旧十分贫穷。居民区边上矗立着一座孤零零的公交车站。一个老妇人和一个用童车推着小孩的年轻母亲正在那里等车。我记得我也和妈妈一起等过公交车，不过大多数时候，为了省下车费，我们都是"徒步"出行的。也许这就是为什么，无论是当时还是现在，阿伯丁这座光辉的城市对我来说似乎都十分陌生。我并不是真的出生在阿伯丁，因为托里就如同一个独立的国家。我想知道，如果这座城市多年来创造的石油收入能有一部分重新投资在托里，会怎么样？如果这里的居民也能获得那种闪亮的荣光和繁荣，会怎么样？在那种环境里长大，感觉会有多大不同？如果在成长的过程中，孩子们从小就相信，自己所在的城市认为他们应该和其他人一样，拥有一个体面的环境，结果会如何？

地面上仍旧插着一根根公共晾衣竿。我记得自己曾像钻迷宫一样尖叫着在里面穿梭。衣服随风飘扬，让我逐渐迷失了方向。那里还有一个走廊，也就是沿着楼房外的走道。我曾经假装自己是个苏格兰女牛仔，头上戴着三岁生日照片中外祖母头上歪戴的牛仔帽，在那骑着羊角球玩。

周围为数不多的几个人中，有的在倒垃圾，有的正弯腰查看掀开的汽车引擎盖。他们都用怀疑的眼光打量着我。我本以为自己会感觉受到了威胁，但反而觉得他们可能会把陌生人视为威胁，所以我尽量打着招呼，面带微笑。我找了张长凳坐下来，用手机写着笔记，注意到一个穿着紧身牛仔裤、系着一条飘逸围巾的年轻女子正好奇地看着我。她的手里拎着些杂货和一瓶红酒，看起来很像如果我住在这里可能会结交的那种朋友。

紧接着，我沿着被外祖母称为"鸡棚"的小型预制房所在的街道走去。在它们身后，我看到了一片广阔的田野。那是我永远不能单独去的地方。我突然想起妈妈曾一时兴起，想去那里放烟花。她从饼干罐里掏出烟花，让所有的孩子手拉着手一起往后退，一直走到安全距离以外。出于种种原因，这似乎与妈妈平日里的行为格格不入，但这段记忆一直留存在我的脑海之中。

从学校穿过田野回家的路上，她说要带我们去圣地亚哥，找我美国的祖母。爸爸会支付机票的费用，也许我们再也不会回来了。我抱着公用电话的话筒，听到了祖母米莉轻微而愉悦的声音。还有她寄来的包裹，里面有几只小塑料杯和一个能够神奇地自动填加黑咖啡的咖啡壶。我曾在爸爸的公寓里找到多年来祖母寄给我的生日卡和圣诞卡，上面总是写着"请给我的天使孙女一个吻"，"我每天都含着眼泪想着我美丽的孙女"。她经常要求我给她拍上几张照片。据我所知，爸爸从未转交过这些卡片，也没有寄过什么照片。他对自己的母亲也充满了怨愤，直到她因无法支付医疗费用和药费在圣地亚哥去世。我们的家庭似乎蕴藏着许多这样的愤怒情绪。

　　我沿着一长排鸡笼房走到了曾经的学校。我过去经常摘下杨梅丛里的果实，把它们扔到地上，用校鞋的鞋底将它们踩爆。有段时间，妈妈会来接我，还会给我带些零食，然后陪我走路回家，但过段时间又不这么做了。于是我只能独自慢慢走回家。我记不得二者谁先谁后了，也不记得事情是变好了还是更糟了。

　　此时此刻，我凝视着房子、花园装饰品、网帘、满溢的垃圾箱和整齐的树篱。其中一扇门打开了，一个年轻人走了出来，年纪大概不过二十岁。他戴着一顶棒球帽，身穿马球衫和宽松的慢跑裤，脸上有种倔强而渴望的表情。我曾在和我一起长大的那些男性脸上看到过这种表情。他抬起头，与我的目光相遇。那一刻，我明白他已经完成了对我的评估。他想知道我是否可以亵渎，或者是否存在威胁，抑或是否存在什么有用之处，然后发现我什么都不是。他走他的路，我走我的路。我不怪他。这很自然。这就是人类的生存之道。永远保持高度警觉。寻找安慰、解脱或利益，抑或寻找可能突然强烈爆发的东西。我敢肯定，现在的我也在不知不觉中这样做着。

远处，我看到了我的学校，一座需要下几级台阶才能到达的低矮建筑。学校的正面是圆形的，有着奇怪的装饰艺术风格，整个建筑都是用令人压抑的同一种灰色花岗岩建造的。一扇门开着，我闻到了氯气的味道，然后看到了与学校相连的新建游泳池——图洛斯游泳池。

我在空无一人的操场上走来走去。我曾经告诉妈妈，我们会玩一个名叫"亲亲追逐"的游戏。游戏过程中，男孩们会掀起我们的裙子。她让我再也不要玩这个游戏，还说任谁都不能碰我，尤其是男孩子。我拿了两便士换了一截纸条，将它穿在一条巨大的纸链里。纸链如同一条彩虹色的蛇，盘绕在学校的走廊上。我在这所规模不大的学校里度过的时光非常开心，大多数时候都很有安全感。学校总是能让我感到安全，至少在我长大之前是这样的。

能够站在自己四岁时曾经站过的地方，那种感觉有些不可思议。显而易见，我随时都可以乘坐火车或公交车回到这里，但即便如此，以一个成年女性的身份站在这里，回想起曾经的所作所为、所见所闻，回忆起自己曾经如此娇小甜美，大部分时间天真无邪，玩着亲亲追逐游戏，在鲜艳的彩色方块上跳来跳去，似乎不可思议。

穿过操场返回的路上，我经过了一小片略显破旧的区域。那里摆着一张野餐长凳。我看到了一个也许比我年轻一些的女子，带着一个肯定还不满一岁的孩子。这一幕并没有什么特别之处。他们坐在巨石上沐浴着阳光。女子轻声地对蹲靠在巨石边、身穿粉红色衣服的婴儿说着话，几乎是在耳语。婴儿抬着沉重缓慢的步子，脚跟摇摇晃晃，却并未跌倒。我望过去，朝两人笑了笑。那个女子也淡然一笑，然后又把目光转回孩子身上。虽然只有转瞬的工夫，但看着那对母子在我曾经待过的地方，仿佛看到了早已逝去的过往和即将到来的未来，我感觉内心有什么东西被触动了。

我的肚子饿了。但要想吃东西，我得步行二十五分钟才能到达一个开设着阿哥斯（Argos）、百安居（B&Q）和阿斯达（Asda）超市的大型购物中心。要想吃点好的，我就得一路走回城里。那时天已经开始下起雨来，在我还没有察觉之前，蒙蒙细雨就已经浸湿了我的衣衫。我在整个住宅区里看不到一家咖啡馆或商店，半路上只看到一个公交车站，那里贴着一张美国运通卡的广告。广告中的女子穿着白色的牛仔裤，在巴黎的一间路边咖啡馆里啜饮浓缩咖啡。我继续往前走，这样一个地方竟会出现这种广告，我感到些许愤怒，这简直是对人的羞辱。是的，我确信这片住宅区里的人都有信用卡——那种利率如同赎金一般和会随时被催债的可怕信用卡。他们会用它去购买食物、缴纳电费、修理坏掉的洗衣机或是购置校鞋。我想起小时候总有人提醒我，外面有一个我无法想象的世界。那里的人们在享受生活，而我们却要精打细算，看自己能否付得起公交车的费用，否则又得冒雨步行。

　　只不过，毫无疑问，我去过巴黎，而且去过太多次，已经数不清了。我在那里出版了自己的作品，还赢得了一个光鲜亮丽的奖项。我上过电视、上过报纸，还有人为我举行了一场盛大的派对。派对上摆满了大量的香槟、迷你奶油松饼和开胃小菜。后来我们去吃晚餐，得到了一张位置绝佳的桌子，又获赠了不少免费香槟。请客的是我的经纪人。我担心她的开销有限制，于是点了菜单上最便宜的东西———一碗洋葱汤。

我闪过一个念头：调头回去，试着将那张海报从展示架上取下来，就当是为了原则。但那时我已经过河，离开了托里，而且又饿又累。我去了一家用漂白木头做装饰、特餐板上写着"康普茶"（kombucha）的时髦咖啡馆，点了一个素食烤饼和一杯美式咖啡，然后打开苹果电脑工作了一会儿。这时的托里似乎远在天边，而我对那个愚蠢广告的愤怒也略显尴尬，这两个部分总是固执地割裂开来——如同水与油。

108

10

坎特伯雷
1986年

在前往坎特伯雷（Canterbury）之前，我们乘坐国家快运公司的汽车去了趟伦敦。这趟旅程对妈妈来说充满了艰辛。她一生的财产都塞在几只箱子里，身后还要拖着一个被吓得哭闹不停的孩子。

虽然我们没有太多的东西可以舍弃，但这是我第一次尝试放弃那些能让家和生活变得完整的东西：我们用来吃薯条的盘子、妈妈为了防止我洒掉热糖茶而买的粉红色大塑料杯（这个方法失败了）、我成年后仍在寻找的我钟爱的橙色天鹅绒窗帘。我的外祖母、舅舅、学校和朋友——突然全都被我们抛在了身后。

我明白了世事无常，明白了一切都是可以牺牲的，明白了你可以在某个清晨醒来时发现生活发生了翻天覆地的变化。

开往伦敦的长途汽车中途在高速公路服务站停了下来。一位老人给我们买了一条格子呢旅行毯。这些年来，妈妈多次讲起这个故事时都会感叹一句："还带着标签。全新的！"她总是这么说。然后我们都会停下来回想他是个多么好的人。神话中的"好人"。他看到一位年轻的母亲和她的孩子睡在那样的长途汽车上，想让她们的旅程轻松一些。这肯定花了他一大笔钱。毕竟那是一条全新的毛毯。如果你自己都得坐长途大巴出行，又怎么会有钱可以乱花呢？

我已经不记得第一次去伦敦的经历了，但似乎还能回味起柠檬蛋白派的味道，以及上唇上的甜酥皮，舌尖上的辛辣。但这也有可能是从另外一趟旅途中偷来的回忆。

我记得的是，当我们来到爸爸最后一个为人所知的地址时（他总是有很多地址，大多属于他的朋友或女朋友），他现在的朋友/女朋友琳恩见到我们很不高兴。她留我们住了一晚，然后就把我们赶走了。

我们无从知晓爸爸是在躲避我们，还是根本就不在。

他最擅长随意出现和消失，但在我们需要他时，他却从来不见踪影。

那年我生日，他送了我一本厚厚的诗集、一条昂贵的黑色羊毛披肩和另外几样荒谬的、不适合送给小孩子的礼物。这些礼物说明他花了很多钱，却根本不了解我。多年来，我从没有和他通过电话，也没有见过他。他怎么可能了解我呢？

最终，我们坐上了前往坎特伯雷的大巴车，我猜很大程度上是因为我们只能买得起到那里的车票。

从阿伯丁出发的途中，妈妈带我们去找过当地的救世军，说我们没有地方过夜。她告诉我，有个"又丑又胖的姜黄色脑袋混蛋"只是耸耸肩，给她拿了一堆毯子就打发了我们。从那以后，妈妈在街上碰到救世军，再也没有给过他们一分钱，即便我总是乐善好施。毕竟我不记得那个晚上，也不记得那些毯子。

到达坎特伯雷之后，我站在电话亭外，看着妈妈抱着从附近商店借来的电话号码簿，一个接一个地拨打民宿的电话，不知怎的竟找到了可以让我们落脚的地方，真是不可思议。

一开始，我以为斯通夫人是个好人。就像童话故事里的人物，比如仙女教母或者好心的女巫，让我们免于露宿街头。

她是个看上去天真幼稚的"童女"，身高比只有五英尺的妈妈还要娇小，但年纪比妈妈大得多。知道"童女"这个词之前，我只觉得她长得像只小鸟。她给人的印象是，仿佛整个身体都是由柔软娇嫩的树枝构成的，如同一只鸡的叉骨——星期天的午餐后，我经常和外祖母一起用小指折断这种骨头。而且她又矮又黑，一双炯炯有神的眼睛永不停歇，还会将头发吹成硬挺的造型。

斯通夫人总是笑个不停，歪着脑袋，爱穿浅色西装，看起来精致漂亮，如同电视里的女人。即便是穿牛仔裤的时候，她也会精心打扮一番，佩戴很多珠宝，身上的香水味在她离开后仍在房间里久久无法散去。

经历过阿伯丁的沉闷，能在坎特伯雷一条像样的街道上住进一幢宏伟高大的住宅，就如同生活在一档电视节目中。

我记得妈妈坐在占据了半个房间的双层床下铺，抬头看着斯通夫人，听她为我们讲述这里的规矩。我则打量着早餐托盘里用保鲜膜包裹的面包片和令人无法抗拒的小盒麦片。

从上午十点到下午五点半，我们都不能待在房子里。除了住房补贴外，还需要从我们的社会救助金里扣除一笔"补缴"费用。至于每周的早餐托盘，我们也需要付钱让斯通夫人亲自送上门。

我敢肯定，妈妈这时才开始意识到，斯通夫人是想利用我们。

我能从妈妈的话音中听出熟悉的咆哮声。她抿紧了嘴巴，意味着她即将"爆发"。即便是想到这一点，也令我满心恐慌。我什么也不明白，只知道我想留在那个温暖的房间里，和妈妈一起睡在双层床上，吃着那盒小包装的麦片。我不想回到电话亭，或是坐上另一辆大巴，抑或是另找一家我们只能买得起一杯饮料的咖啡馆。我想要留在这个故事里，留在眼前这个迷你女子拥有的、摆着迷你早餐的迷你房间。

我不明白，戴着金戒指、发型如同《王朝》(Dynasty)里的亚历克西斯的斯通夫人居然要占我们便宜。我不明白，她那引以为豪的小小劣质早餐托盘，居然让我们付两倍甚至三倍的价钱；而且加上额外的租金，会让我们那仅够维持生计的福利金一无所有，有时甚至连最基本的生活必需品都负担不起，而那福利金本身就是算计着能维持生存的最少金额了。我不明白，在被迫离开那个小房间的时间里，漫长的日子有多空虚无聊，也不明白当你妈妈因为已经花了两英镑买一片保鲜膜包着的面包、一块变质的黄油和一小盒早上被你狼吞虎咽吃掉的麦片，而没钱购买足够的零食时，你会有多饿。

我不知道，听到我抱怨那些寒冷乏味的日子，或是抱怨自己有多饥饿、口渴，抑或是听到我恳求她回去拿个玩具或是看看电视，妈妈会有多伤心。

但我很快就学会了闭嘴。

114

我不明白，在那里住了几个星期后，斯通夫人竟然给我带了一堆包装整齐的生日礼物。妈妈气呼呼地说："这是她用我们的钱买的。礼物其实是我送给你的。"

后来我才渐渐明白。在我们离开那家民宿几年后，斯通夫人成了我们家一致认定的反派角色。即使是十年后，我们坐在四管小电炉旁偶尔聊起她时，还是会骂她贱货。我十几岁时，妈妈告诉我，斯通夫人遭到《看门狗》（*Watchdog*）节目曝光，被指责作为贫民窟房东，收取高额租金却提供恶劣的住宿环境。遗憾的是，我没能找到这方面的任何证据。也许这只是个一厢情愿的想法。我本来可以看着她得到应有的惩罚。

坎特伯雷的经历让我第一次接触到那些"有权有势"之人。斯通夫人就算是有权有势。她有地方让我们住，意味着她拥有权力，并选择利用这种权力获得更多的金钱和更多的权力。她在慷慨分发礼物时发出了清脆的笑声，确保我和妈妈在社会秩序中的地位再次下降。

我不知道我们是如何适应在那个小房间里同住的生活的。我记得外祖母曾在我过生日时出现，给我带来了一套化妆工具作为礼物，里面有一支亮粉色的子弹唇膏，然后又突然离开了。

那时我已经六岁了，无时无刻不在吸收知识。我们发现，自己陷入了生活水平不断下降的困境之中。我们身处的地方不再是妈妈熟悉的城市，不住在属于自己的公寓里，也没有家具和家人的陪伴。我们只能自力更生，带着几个行李箱，过着比以往更加穷困潦倒的日子。

我认为妈妈一直天真地以为，她带着一个年幼的孩子就能得到一间廉租房。她怎么可能不这么想呢？新闻上总是说，单亲妈妈都能得到这样的照顾。但在坎特伯雷，他们告诉她，她不辞而别地离开阿伯丁的廉租房，是"自愿流浪"。在他们看来，我们在斯通夫人的房子里已经有了

一个 "家"（尽管我认为这个词用来形容一个只有一张双层床、一个水槽和一只旅行水壶的房间十分牵强）。

从很小的时候起，几乎在我知道如何写自己的名字之前，我就已经能够背诵错综复杂的住房和福利制度规定。"积分"（指住房积分，与你多久能够得到重新安置有关）、"补缴"（除了住房福利之外必须支付的金额）和 "自愿流浪" 之类的术语都成了我词汇库的一部分。妈妈什么都会告诉我，我也像其他孩子一样，提问、吸收语言、学习知识。

我不知道我们在斯通夫人的廉价民宿里住了多久。我记得我已经开始上学了，后来又转去了别的学校。我们搬到了距离市区更远的一家民宿。住过斯通夫人的房子之后，觉得这里似乎宽敞了不少。每天早上，我们都会起床和其他房客一起吃油炸的早餐。这些人中包括一个身患癌症的女人，一个来自伦敦的胖老头，还有一个把肾脏给了别人的年轻女子（妈妈对此的评价是 "真他妈奇怪"）。我们睡的仍旧是上下铺，但房间更大，就是没什么陈设。

这个地方留给我的记忆，感觉就是社会福利机构：灰色的胶木，清洁剂的气味，人们消磨时间的闲散心态，金属味道的大杯茶水和我舌头上第一次尝到的炸面包味道。

那个从伦敦来的胖子总是穿着一件有点儿脏的T恤衫，负责做早餐。每天早上看到我从楼上跑下来，他都会多给我一片面包。

我们又要搬家了，搬去坎特伯雷的一家民宿——我们最后的落脚点。我哭了，因为我再也吃不到炸面包了。好笑的是，这种东西我如今已经难以下咽了。

无家可归者的临时住所也是存在等级差异的，糟糕的程度参差不齐。最差的要数斯通夫人的那种房子，虽然干净暖和，但其他各方面的设计都是为了尽可能地压榨房客，仅够勉强居住。我们住过的第二家民宿就像医院的候诊室，除了睡觉的地方还有一家只供应油炸早餐的咖啡馆（但至少房租是含早餐的）。坎特伯雷的第三家民宿让我们糟糕的生活有了些许改善。是的，我们仍旧住在房子顶层的一个房间里，里面除了一张双人床和一张给我睡的行军床之外，什么都没有，不过房子里有座小花园，长着雪花莲，附近还有一座步行可至的公园，里面开了间炸鱼薯条店，门口亮着橙色的灯。我经常跑进去要上一袋"锅巴"（从加热玻璃柜的底部铲出的面糊渣）。

民宿的老板名叫马吉德，妈妈似乎很喜欢他。我们在厨房里拥有自己的食品柜，还养了一盆凤仙花。每天早上，妈妈坐在公共餐桌旁和其他住客聊天时，我可以为它浇水。我是这里唯一的孩子，因此十分受宠。大家都说，我让这个地方的气氛活跃了不少。

生活似乎在日渐好转。我无疑在这里拥有了不少幸福的回忆：在公园里玩耍；在主干道上的熟食店门口停下脚步，买几片撒上了胡椒粉的火腿，将它们从包装纸里直接拿出来大快朵颐；在厨房的柜台上跳上跳下，把整座房子当成自己的家恣意玩耍。妈妈从一家慈善商店给我买了几本《闪亮》(*Twinkle*)[①]杂志和一些可爱的玩具。我连续好几个月扮演南希护士的角色，照顾这些洋娃娃和一只浅粉色的玩具兔子。兔子的毛脏兮兮的，塑料胡须也已被咬烂。

我调整了自己对"家"的看法，家如同孩子柔软的、可塑性强的骨头，即便弯曲到折断，也能毫无痛苦地粘接上，就算粘完后角度不正也无妨。也许这与很多人都是如此，不只是我和妈妈。也许是因为我们的小房间，毕竟，在那里我和妈妈更亲近了。

---

① 《闪亮》：一本儿童杂志，为年刊。——编者注

我们的生活其实并不美好，这种暗示来自其他人。每当我们四五个能领学校免费午餐的学生成群结队地去领取绿色代币时，班上同学的反应总是会令我感到羞耻。后来我才明白是为什么。我和一个住在民宿隔壁的男孩成了朋友。他们一家三口和很多成年人住在同一个地方。他们有一个巨大的饼干桶，里面装满了糖果。有一天，我说服那个男孩给我们拿了一些，却被他妈妈发现了。我能从她的脸上看到多种情绪的波动——我不是个好孩子，会带坏别人，我只是一个小孩，一个住在旅馆里的穷小孩。她问我："你是因为饿了才偷东西的吗？如果你饿了，随时都可以来这里要个三明治。我们可以请你吃晚饭，但你不能偷东西。"可我偷东西并不是因为肚子饿。我偷东西是因为我还是个孩子。橱柜里有一整罐糖果，哪个孩子不会去偷呢？

没过多久，那个男孩就不再出来玩了。那是我第一次看到伙伴的父母盯着我时流露出不喜的神色。

妈妈找了一份清洁工的工作，手头有了现金。她会带我一起去上班，让我趴在地上玩涂色。走进那座富丽堂皇、窗明几净的房子，感觉就像是去了另一个星球。自称吉莉安的女雇主对妈妈，十分尊重。我相信她很想打破彼此迥异的社会地位之间的界限。

有一次，吉莉安带我和她的侄子去看一个金发中年女子——也许是伊莱恩·佩吉（Elaine Paige）——的音乐会，然后去了一家高级餐厅吃"巧克力炸弹"。不知为什么，一个酒杯莫名其妙地碎在了桌子上。虽然我当时并不在旁边，但吉莉安和她的朋友都把目光投向了我，好像是我用意念将它打碎的。"你确定你没有碰到它吗，凯里？"如果我的年龄再大一些，我可能会问，是否因为她们对自己本就不多的自由主义善举感到后悔，才把责任归咎于我。

吉莉安在这座亮堂的多层别墅里悠闲踱步，浴室被妈妈不知疲倦地擦得锃亮。尽管如此，一天的劳作之后，妈妈只能心怀感激地领到几张叠得十分糟乱的钞票，带着我回到只有六平方米的家。我猜，他们在对待花钱请来的清厕工时，已经尽其友好。

就在这段时间前后，妈妈开始"昏睡"，一睡就是好几个小时。我现在才明白那是抑郁，是过去几个月的沉重负担压在她的身上，是她知道我身处安全的环境，于是终于可以安心休息。我明白她为什么选择穿着牛仔裤和T恤衫蜷缩在毯子下面了。我只是继续用洋娃娃玩医生角色扮演的游戏，和手中的玩具编造小段的对话，一遍又一遍地排列我的彩色铅笔，直到妈妈在傍晚时分起床。

妈妈醒来时，我会感觉自己是这个世界上最幸运的女孩，因为我又得到了她的关注。她会捋顺被枕头弄乱的头发，带我去公园。我仍然记得那种兴奋，记得当我从游乐场里唯一的滑梯顶端滑下来时，和其他孩子一样，向自己的妈妈敞开心扉。

他的名字叫作里奇。他的穿着打扮和其他人不太一样，只穿卡其色的运动服。他当时看起来像个巨人，但我现在知道了，他只是一个中等身材的男子。我们总是看到他岔着腿坐在厨房里，抽着灰色的小蠕虫一样的卷烟。他外表不好看，长着一口烂牙和一只大大的鼻子，留着一头金色的卷发。但他是苏格兰人，自信满满、能说会道，颇有魅力，还爱开玩笑。他对妈妈唱道："我梦见了留着浅棕色头发的珍妮。"他们玩杰克纸牌时，他会让妈妈陪他喝上一杯。有人陪伴与关注的感觉一定很好。

"他会照顾我们的。"妈妈这样说道。他喜欢让我们知道他是退伍军人。他总是早上出去跑步，这就是他一天到晚都穿着运动服坐在那里的原因。他似乎刚来这，就一直待在那里。

后来他找了一份送肉的工作，送肉时他会带上我们一起出门，驾车顺着那条风景优美的路线开到公园，这样我就可以去喂鹅。那段时间，家里冰箱里突然就塞满了肉。每到周日，妈妈都会为房子的所有人做大量的烤肉。

马吉德搬出了民宿，我们和里奇一起搬进了他空出来的一室户公寓。公寓位于一楼，有一扇通往花园的宽大双开门。相比昔日的顶层小屋，这里感觉如同一座宫殿。

里奇还开车带我们去过一座黑莓采摘农场。那里的黑莓是按篮计费的。他把满满一小篮黑莓藏在帆布帽里，站在称重柜台前时，红色的果汁顺着他汗津津的脸滴落了下来。我和妈妈在一旁看着，把双腿交叉起来，以免笑得尿了裤子。

不过，我对这个奇怪的巨人持保留意见。他很严厉，总是开口训斥我，尽管我们都很清楚，只有妈妈才能这么做。他经常挂在嘴巴的话是，"大人说话小孩听"，"不要让傻瓜轻易得逞"。他还经常说"我绝不会碰你一根汗毛"，好像他应该为此得到一枚奖章似的。他总是喝酒，于是妈妈也会跟着他喝。我讨厌妈妈喝酒。

有一次，爸爸短暂地来看望我，给了我一把古董儿童小提琴。我在学校上小提琴课，我把手握成爪形，以试图够到琴上的橙色小贴纸，但他们不鼓励我在家练琴。最终，这把琴被送去典当了几十块钱。他们拿这些钱给我买了一只橙色、中空的冒牌芭比娃娃，还在报亭买了一小套茶具，里面配备了几只套管茶杯。妈妈和里奇一连好几个晚上都在抽烟喝酒。

原来的生活里只有我和妈妈，现在多了这个男人。他在管束孩子上，方式独特，观点激进，无时无刻都如此。他还喜欢放屁和拿我开玩笑。

另外，妈妈有了工作，还有一个她喜欢的人，笑容多了起来，也不再长时间昏睡不起。我们有了属于自己的小公寓，我在学校里也交到了几个朋友。我仿佛拥有了一个家。至少是某一种类型的家。

他们并没有把准备结婚的消息告诉我，只是宣布我要有新爸爸了。妈妈和里奇认识的时候，他大概才三十多岁。但在我看来，他的年纪要老得多。他在一个严格的家庭里长大，有一个胆小的母亲，还有好几个能陪他喝酒、打架、开玩笑的兄弟。他一辈子都在干体力活，曾经当过兵。他总是按自己的意愿行事，喜欢把自己想象成偶像派男演员，爱用百利发乳把金色的卷发向后梳成一个背头。就算是遇到倾盆大雨也不找地方避雨；相反，他喜欢竖起衣领、慢慢溜达，按照他的说法，"泰然自若"地从缩挤在商店门口的人群面前走过。他喜欢劳莱与哈台（Laurel and Hardy）[①]，爱听古典音乐，爱玩填字游戏、象棋和纸牌。他想成为一名作家。你经常能在慈善商店的打字机旁发现他像树干一样岔开双腿，用两根被啃秃了的巨大食指打字。我记得他还给妈妈写过诗。

他也可以很友善。只要他愿意，他就可以在妈妈情绪波动时耐心陪伴。我明白妈妈为什么会依赖他和他的固执，以及他对万事万物非黑即白的守旧看法，就像抓住了沉船上最大的一块木头。

还有一些事情也令他乐此不疲。他打牌喜欢作弊，哪怕是和六岁的继女一起玩的时候。他喜欢不劳而获，或是从那些足够愚蠢的人身上捞点好处。他喜欢跑步，喜欢抽烟、喝酒、赌博，即使要用上我们吃饭的钱，也毫不吝惜。即使是他错了，他也绝不会认错。他能找到工作，但总是因为懒得去上班而离职。

我如妈妈所愿叫他爸爸，但我们三人在家中的权力关系一直不断变化。他想要成为一家之主，想要得到尊重。

[①] 劳莱与哈台：美国一对搭档演出滑稽片的演员。——编者注

妈妈想要一个强壮的男人，但一生中从未尊重或服从过任何人。我既想要一个爸爸，又想要妈妈幸福，同时还想要只属于我们母女俩的生活，怨恨这个突然出现、对我指手画脚的陌生人。

我记得他们认识一两个月后就结婚了。反正是闪婚。我不知道他们是怎么筹到钱的，但我记得被典当的订婚戒指在我们留在坎特伯雷的那几个月里就被赎了回来。他们在婚姻登记处结了婚，在场的见证人包括我的外祖母、里奇家又高又瘦、满头银发的哥哥斯图尔特、我的姨妈艾莉、吉莉安和民宿的几位住客。妈妈希望参加婚礼的人都能穿海蓝色系的衣服，为此和外祖母大吵了一架。多年以后，当我们谈起那天发生的事情，妈妈会说："她就是不肯照我说的去做，一天也不行。"

我记得我们是坐着吉莉安的车前往婚姻登记处的，也可能是坐出租车。车身周围系着一条丝带。至于当天的情景，只有吉莉安拍摄的一张照片可以见证。妈妈穿着一条二手的绿松石色铅笔裙，头发上插着一朵满天星。我穿着一套从市场买来的淡绿色西装，站在她的腿边，手里抓着我的瓷娃娃（这是爸爸送给我的另一件奢侈礼物，他还是没有为我们支付过食物、衣服和住房方面的费用），眯着眼睛望向太阳。我还记得那套小西装有多呆板，我穿着它转圈时感觉有多特别。涤纶百褶裙沙沙作响，像是在对我低语，说的可能是"避开明火"。

照片中的妈妈看起来很美。年轻苗条，如同一个模特在直视着镜头微笑，眼中充满了希望。我的新爸爸站在那里，一只手插在慈善商店买来的米色夹克口袋里，肚子周围的衬衫绷得略紧，另一只手的袖子卷着。他也在微笑，一种莫名的似笑非笑，看起来像是刚刚侥幸躲过了什么。我很快就会知道这个表情的含义，因为他在利用某件事情惹我生气时，或是在我们玩的杰克纸牌牌面上做标记时，也会露出同样的微笑。

婚礼结束后，他们在民宿的后院里设了顿自助餐。每个人都带了一瓶酒，挤在我们狭小的单身公寓里。我从未吃过如此丰盛的食物，嘴里塞满了薯片和迷你香肠卷。吉莉安也回来了，不太自在地坐在沙发边上。她没有带酒（我们在谈起那天的事情时经常会指出这一点），但带来了一份礼物，一块大理石案板，上面有一根用来切奶酪的金属丝，就好像我们经常会买上一整块布里奶酪作为饭后甜点。我们每次搬家都会带着它（因为试过几次，它根本就卖不出去），之后的几年里一直用它来切会渗出水珠的淡味切达干酪。

我喜欢汽水和香肠卷，喜欢新伯父斯图尔特表演的吉他弹唱。嗓音甜美的艾莉姨妈也一展歌喉，虽然是被大家逼迫的。（因为她非常害羞）一个下午的时光就这样慢慢过去。酒气渗入了每个人的四肢，接着大家闹闹哄哄地你争我吵。不知什么时候，我的小瓷娃娃被人打碎了。我想和妈妈睡，却不得不和外祖母睡在一起，这让我非常愤怒。

婚礼后不久，我、妈妈和里奇就离开了坎特伯雷和那家民宿。和往常一样，这次搬家几乎没有任何预兆。我也不知道我们为什么要离开。也许里奇想要和他的家人住得近点。他被解雇了，所以不可能是工作原因。也许这是必然渺茫的"新起点"的预兆。

我们把民宿里大部分的家具都塞进了一辆租来的面包车后面。我还记得自己当时的愤怒。在一个孩子眼中，这就像是家里被抢劫。我的新爸爸大笑道："我们得让她坚强起来。"在接下来的几年里，他经常重复这句话。

我学会了一个新词："乘夜逃亡"（moonlit flit）。我们开着面包车飞驰而去，车里装着冬天的外套和我上学穿的鞋子，音响里放着一盘我们不打算付钱的《世界大战》

（*War of the Worlds*）磁带。我因为想要坐在妈妈的腿上而大吵大嚷。

里奇喜欢开车，一路都沿着风景优美的路线行驶。我们盖着羽绒被睡在货车后面，吃了很多薯片。我记得我们曾经路过一间奇怪的废弃酒吧。那里的墙壁是血红色的，还挂着一只牡鹿头。离开纽卡斯尔（Newcastle）之后，妈妈意识到我们该走高速公路，而不是一条山峦连绵的乡村公路，因为这样会拉长行程，于是叫他停车。她尖叫着说他是个自私的混蛋，然后就没有然后了。

128

但她能有什么选择呢？她身在乡下，身无分文，肚子里还怀着他的孩子。

我们三人钻回了面包车。等我吃完一袋奶酪和洋葱味的薯片，他们已经和好如初。我们继续在错误的道路上朝着北方飞驰。

11

利物浦
2018 年

　　婚礼前两周，我们养了一只黑色的小猫。我在家里感觉十分孤独，想要一些可以去爱的东西。我们为她起名叫朵拉，因为虽然她小得能被彼得托在掌心，却还是想要探索公寓里的每一寸空间。4 月 12 日，我在利物浦市政厅与彼得结了婚。现场只有我们两人和两位挚友作为见证人。我穿了一件二十五英镑的裙子。我费劲地为彼得戴上戒指时，嘲讽了一句"好大的指关节"，这时我们都笑了。但在大楼顶部最小的房间里举行简短仪式的过程中，我们的眼泪却止不住地淌了下来。我们亲手烤了一个波斯爱情蛋糕，并在前往威尔士度"蜜夜"的火车上把它和小塑料杯的香槟一起分给了其他乘客。

我一直害怕婚礼当天没有家人在场。但最后，我得到了自己所需要的一切。

我最喜欢的时刻是第二天在酒店浴室的镜子前化妆的时候。彼得走进来，用一把银壶为我倒了一杯咖啡。他伸手揽住我的腰，轻吻了我的脖子，然后又心不在焉地走出去继续收拾行李。我们一句话也没说，但心知自己是属于彼此的。我从未有过如此脚踏实地的感觉。它如此温暖、如此正面，触及了我身体的每一个角落。

12

坎特伯雷
2018 年

　　和三十多年前一样，我乘坐国家快运公司的长途大巴
到达了坎特伯雷，大巴在市中心一个拥挤的公交车站将乘
客放下。几十年间，我发现这长途大巴不曾改变的众多事
物之一，就是厕所，所以一下车，我便径直走向了芬威克
（Fenwick）百货商场。进入一家如此闪亮耀眼的地方——摆
满了名牌化妆品、手袋和面霜，其中有些东西的价格堪比我
的房租——那种感觉很不舒服。众所周知，只有手头吃紧的
人才会选择长途汽车。坐在汽车上，你只会感觉囊中羞涩，
仿佛呜呜地吹着温热空气的旋转风眼式空调里喷出的都是节
俭。成年后，我常常羞于承认自己是坐长途汽车到达某个

地方的，仿佛买不起火车票是某种道德缺陷的证据。

芬威克百货的厕所门外有一群十几岁的学生，他们的领带松塌塌地挂在脖子上，站在一间展示用的客厅旁。客厅里摆着一张油桶红色的 L 形沙发，一张镀铬玻璃的咖啡桌，一台巨幕电视和一幅表现主义风格的罂粟田画作。大多数孩子都聚在一起聊着天，其中一个女孩用拇指在手机屏幕上滑动。有个男孩站在后面，双手插在口袋里，盯着那些家具。一个女孩喊他了一声，他才走到他们中间，摇着头说："想象一下，住在那种地方。"然后他最后回头看了一眼，和其他孩子一起离开了。

我看着他走远，心像被一块石头压在了肋骨下面。因为我看得出来——毕竟同类是最了解彼此的——对于他的家庭来说，这种商店的财富可能是遥不可及的。也许这不过是我在以己度人。我很清楚想象别人的生活是什么感觉：渴望又充满怨恨。我考虑过追上去告诉他，他可以拥有自己想要的一切，告诉他那幅罂粟花画作糟糕透顶，要记住，金钱买不来品位。

我打开手机导航，去找爱彼迎上订的那间号称"波希米亚式隐居之所"的民宿。我在走到一个复杂的交通环岛时迷了路，产生了一种似曾相识的感觉。我的脚带着我，走过很长的路。我记得上一次走这样的路，是在越南创作我的第一部小说的时候，我把它重新想象成一条挤满了酒铺、博彩店和烤肉店的路。虽然这里的店面可能稍显华丽——其中一家只卖装饰家具的把手——但毫无疑问，这是那条路。路上有家炸鱼薯条店，也许还有家熟食店。妈妈经常在店里花几便士买上五片意大利蒜味腊肠。是的，还有一家古董店，里奇总是琢磨着把家里所有值钱的东西都拿去卖，我猜，包括我的小提琴。

虽然我并不清楚我订的民宿的位置，但还是为自己碰巧把它订在了曾经住过的社区里感到惊讶。我没有理会手机不断提示我应该走去哪条街的嗡嗡声，而是像只猎犬一样寻遍了每条大街小巷，试图找到我们以前住过的民宿。那里是妈妈举办婚宴的地方，我们一家人还在那儿的厨房里靠着冰箱的食物以及煤气炉取暖，躲避"1987年大风暴"①。

---

① 1987年大风暴：1987年发生于英国的一场风暴。它始于10月15日夜晚，肆虐至次日早晨。风速高达每小时160千米，席卷了英国南部地区，造成18人死亡，更多人受伤。这场风暴因无人预测到而被人们铭记。——编者注

我满头大汗地拖着行李箱，急匆匆地从一条街转到另一条街，但它们看起来都不太对。我面红耳赤、头发凌乱地透过窗户张望，还站上台阶，想看看脚下是不是我、妈妈和里奇曾经手捧茶杯，望着雨燕划过天空的地方。当时里奇转过身来对我说："它们在空中飞翔的时候会张着嘴吃虫子。"而我愤怒地回答："不，它们不会的！它们只是在享受飞翔的乐趣。"

当我跟着手机导航，穿街串巷，终于来到我订的住处时，离办理入住的时间已过了半小时。这个房间的确充满了波希米亚风情，挂着好几张大幅的裸体画作，还有成堆落满灰尘的桌面画册。

那天晚上，我进城去吃晚饭。虽然我的确记得我小时候觉得坎特伯雷很美，肯定比托里美得多，但让我难以忘怀的是我们的民宿、肮脏的街道，还有妈妈傍晚带我去的公园，公园里只有孤零零一架滑滑梯，也权当一个游乐场。

我走在鹅卵石铺就的街道上，翻翻小酒馆里的菜单，看着时髦手工艺品店橱窗里数不胜数的商品，似乎很难相信这里曾经是我童年的一部分。当然，这里没有我的童年。我的童年是在炸鱼薯条店讨要残羹剩饭，在福利办公室漫长的等待过程中自娱自乐，或是在我和妈妈之前许多无家可归之人都用过的吱嘎作响的金属双层床上度日。

　　我去了一家装饰着大片天鹅绒，摆着宽大扶手椅和镀金镜子的咖啡馆，点了一份蘸着意大利浓缩香醋的帕尔马火腿烤饼和一壶伯爵茶，却无心下咽。我想要是我能在这番美景中长大，人生会有多大不同。这里有两所大学，到处都是准备大展宏图的聪明年轻人。我想知道它会如何改变我对世界和未来的看法。妈妈为何要从一个似乎充满了机会与可能的地方，搬去当时正在迅速衰落的北拉纳克郡（North Lanarkshire）？也许是因为里奇的想法。但我紧接着想起了芬威克百货里碰到的那个男孩对那间客厅的向往，想起了我曾经交谈过的一位伦敦政治经济学院心理学家说的话——攀比是不满的根源。在一项实验中，同样的人可能会因为处于不同的收入阶层而感觉更加富有或者更加贫穷。他们的收入从未改变，只是变动了上限和下限范围。

　　事实上，"学生化"是坎特伯雷持续存在的一个问题。当然，拥有两所蓬勃发展的大学对这座城市和贫困的居民都有巨大的好处，这既能促进经济发展（长期就业率高于全国平均水平），又能享受聪明的年轻人带来的活力，而且至少有一部分人有可能在这里安家。事实上，在2017年的大选中，年轻人的投票可能正是确保工党在坎特伯雷取得百年来首胜的原因。

　　但真实存在的困难同样显而易见。坎特伯雷的自有住房比例位列全英最低，仅43%。当地某知名居民协会的副主席大卫·肯斯利最近表示，他认为该市有九百多套空置的多人居住房屋，而等待申请廉租房的名单上有两千多人。不难理解，像我这种住在临时住所或破烂房屋中的家庭可能会对学生心生怨恨，不过无疑真正应该受到指责的是房东与大学。学生必须有房可住，但让房子一直空置，希望学生房客能够出现，意味着可用的廉价住房被占用，人们在成为法律意义上的流浪者的边缘备受煎熬。另一个问题是，许多学生宿舍不必缴纳地方税，通常也没有儿童房客和需要对这些孩子负责的社区机构和资金。因此小学纷纷关闭，夜店则隆重开业。虽然并非总是如此，但这些学生知道他们只是暂时借住，往往不会与当地社区的活动产生太多联系。

　　当然，英国公共卫生部2017年健康概况的统计数据说明了坎特伯雷的情况：因酗酒和自残而住院、暴力犯罪和法定无家可归者都高于全国平均水平。

　　也许妈妈比我想象中更聪明。因为在艾尔德里，我们可能身处泥沼，但至少大多数人都是一起身处泥沼。而且北拉纳克郡总有廉租房可住，因为没有人想要住这种房子。

我放弃了晚餐的安排，在这个人声鼎沸、酒气冲天的周六夜晚，步行穿过城市，返回住所。我的房间里摆着公羊头骨，还有跳蚤在我的袜子上跳来跳去。我睡着了，如同一个背井离乡的人，进入了时断时续的梦境。

第二天一早，我决定趁着早饭前的工夫上街走走，看看还能回忆起什么。那是个晴朗的日子，头顶是湛蓝的天空，阳光照亮了地上每个角落。

我走到一个类似游乐场的地方，还没看到大门，就听到了孩子们的叫声。大门里是一座全新的游乐场，里面拥有你想要的一切：各种长度的滑梯，网子、隧道和隐蔽的洞口组成的攀爬架，三种秋千，包括一个可以躺在上面仰望天空的圆形扁平秋千，木制的摇摆动物和拉链滑索。

公园中央有一根被砍倒的树干，直径有四五英尺，上面放了一只苹果。我把手放在温热的木头上。这是我十分熟悉的一棵树。我曾绕着它奔跑，在树下做游戏，在斑驳的树荫下把头枕在妈妈的腿上。我走到曾经摆着滑梯，如今却空空如也的地方。我不记得公园里有过其他孩子，只记得我和妈妈，那棵能够遮风挡雨的老树，以及锈迹斑斑的绿色金属滑梯，滑梯的银色滑道上，还留着孩子们脚后跟的凹痕。

我在树干下坐了片刻，看着孩子们玩耍。妈妈们把童车从一个地方拖到另一个地方，眼睛一直紧盯着孩子，一只手始终空着，悬停在他们身边，但还是会让他们尽情地攀爬。

离开公园，我来到那条曾经构成我整个人生的繁忙道路，心想自己也许必须接受一个事实：一个人可以同时是许多不同的角色。

13

艾尔德里
1987年

　　艾尔德里给我的第一印象是潮湿的灰色和青苔般的绿色，拥挤的市镇中心，密集的商铺，以及总是充斥着茶缸蒸腾的热气、弥漫着烟雾的咖啡馆。

　　我和妈妈怀着不安的心情被迎进了这个家庭。里奇最亲近的哥哥是曾来参加婚礼的斯图尔特。他又高又瘦，长着一双淡蓝色的眼睛，住在里奇所说的"单身公寓"里，离他们的妈妈家只隔了几条街的距离。

　　斯图尔特经常失业，和弟弟一样喜欢打牌、喝酒。有一次，里奇和他打赌，把他的裤腿剪了下来当赌注。他在自己狭小的廉租公寓客厅里挂了整整一面墙的摄影作品，画面上都是森林里的水磨坊。

他们的妈妈，也就是我的新祖母家和斯图尔特的公寓布局一模一样，一间局促的客厅、一间卧室、一间浴室、一间小小的厨房，还有一座窄长且似乎总是结霜的后花园。不过，帕特祖母的公寓闻起来充斥着浓郁的茶饼干香气和煮过头的蔬菜的味道。

在客厅里，斯图尔特除了挂上水磨坊壁画，还挂了一幅热带海滩日落图。画中描绘了棕榈树和拍岸的绿松石色海浪，还有芒果色和西瓜色的地平线。走进她家时，我曾认为那是我见过最好看的东西。我常常躺在它前面那张散发着霉味的薄地毯上，假装在晒日光浴，仿佛随时都能从冰冷的小房间里跳脱出来，钻进海浪。写到这里，我感觉洋洋自得，因为成年之后，我确实在许多遥远的热带海滩上做过这种事情，仿佛这一切之所以能够成真，就是因为昔日迫切的渴望。

他们家里还有一个大哥名叫布鲁斯。他有体面的工作，做的是一些至关重要的事情，可能是在从事天然气或石油行业。里奇和斯图尔特会用"富得流油"来形容他。他们称他为"大兄弟"，但你总能感觉到两人对他拥有他们没有的东西而感到有些不满。

一开始，我们和帕特祖母住在一起，挤在她的公寓里。她当时一定有七十多岁了。现在回想起来，我猜她应该是得了精神分裂症。她笃信宗教，可能因为脸上布满了深深的皱纹、皮肤晒得黝黑，脸颊如同一只皱巴巴的纸袋，所以看上去比实际年龄还要大个二十岁。她的假牙白得发亮，头发打着卷，如同顶着一团光晕，整个人有种退休到佛罗里达的疯狂科学家气质。

她是个温和安静的女子，说起话来经常断断续续，音量从轻声到耳语，逐渐弱化，随后摆出一副恳求你理解她的表情，以此摆脱遣词造句的痛苦。

她喜欢把周围的所有东西——坐垫套、自己的衣服、茶巾——都剪开，然后再缝起来。她所有的衣服都被剪成了两半，然后用又长又宽又流畅的针脚重新缝合在一起，仿佛她自己就是一件手工艺品。妈妈和里奇最严重的一次争吵是因为她把妈妈的"婚礼毛巾"剪开后重新缝了起来。妈妈确信这是出于恶意："她很清楚自己在做些什么。"里奇却反驳说："她把它们缝回去了，不是吗？"

继祖母很高兴家里多了一个孩子，而且小儿子也回来了。当她发现我大多数时候想说什么就说什么、想做什么就做什么时，就不那么高兴了。"大人说话小孩别插嘴"对我来说是种矛盾的说法。

她肯定不喜欢看到妈妈，因为妈妈留着随意的短发，穿着牛仔裤和套头衫，满嘴脏话，还爱抽烟喝酒，笑声响亮，脾气更大。妈妈的身上充满了叛逆的气质。要知道，她曾经逃去过伦敦，住过非法占用的空屋，喜欢朋克音乐，对女性角色有一些有趣的想法。而且她有一个难缠的母亲，不需要另一个不认同她的母亲。她不适合住在一个严格的天主教徒家里。这两个女人就不该待在同一间公寓的屋檐下，甚至不应该生活在同一个时代里。

但帕特祖母对我很好，她经常从钱包里掏出一枚闪闪发光的二十便士硬币给我，还会教我怎么做燕麦片——一种漂浮在加糖牛奶中、口味醇和的咸味麦片。她带我去领过圣餐，也许是希望我还来得及皈依。

天知道我们这些人是怎么睡觉的。我记得我、妈妈和里奇睡在双人床上，祖母睡在沙发上。慢慢地，我和妈妈在烦躁中融入了这个由盘式烤面包、鸡蛋、薯条和豆子组成的世界。这个"不要妄信上帝之言"的世界，这个里奇爱去迪莱酒吧、博彩店或斯图尔特家喝酒打牌的世界。妈妈也想去，但有了我就只能被困在家里等待，担心他又挥霍了多少钱。这个世界里还有奥兰治会①的游行和新的福利办公室，以及妈妈和里奇频繁的争吵。在公园里，我会被问及是选择凯尔特人队还是流浪者队，而我并不明白错误的答案为何会害得我被赶回家。这里的寒冷似乎能将我双腿最上面的一层皮肤冻掉。每当有婚礼结束，当地居民区的孩子们都会在教堂门外等待新娘在派对上抛撒硬币，然后争先恐后、你推我搡地"争抢"。和妈妈一样，我明白自己直接进入了一个传统的天主教父权家庭，身处一座举目无亲的小镇，仿佛被关进了一个狭小、冰冷且根本不合适居住的灰色盒子，搞不懂事情是如何发生或为何发生的。

继父一直对我说："你知道你的问题在哪里吗？你太敏感了，你得坚强起来。"最后，妈妈也接受了这种看法。没错，我太敏感了。对居民区里赤裸裸的暴力行径、大喊大叫、争抢硬币——不管那天有没有婚礼，都太过敏感。我敏感到无法在这样的房子里长大，因为我知道这个令妈妈发自内心感到绝望、愤怒到无以为加的男人讨厌我的存在，因为有了我就相当于多了一张嘴要吃饭，而这些钱本可以

---

① 奥兰治会：又称奥兰治兄弟会，一宗教社团。——编者注

花在巴克法斯特酒和香烟上。我敏感到无法去游乐场里游玩，无法和那些嘲笑我滑稽的口音和衣着的孩子们玩耍。

家里家外，我似乎和一切都格格不入，我的选择似乎也只有哭泣、挣扎或消失。我哭过、我挣扎过、我无时无刻都怒气冲冲。但我至少没有消失。

我们搬去了朋友的朋友的朋友转租的廉租房。关于这间房子，我的记忆已经基本模糊，只记得屋里摆着常见的四脚壁炉，棕色的地毯散发着酸臭，用的还是十年前的二手家具。木雕的鹿装饰品成了我最喜欢的玩具。我清楚地记得，全家人始终承受着害怕被人发现、流落街头的压力，还得学会用谎言解释我们为什么要住在那里。我入读了一所学校，但在搬进"永久"公寓后又转学了。那是多么好的一个房子啊。

一个人蹒跚学步时、三四岁时和年满七岁之后，在居民区里生活是有很大区别的。五岁之前，世界是混乱与喜悦的交织体。躺在妈妈的腿上，把头靠在她的胸前，嗅着她身上代表着的家的气息，一切都会变得更好。日子在忙乱中流逝，所有不好的回忆都能被一声刺耳的高音勾起，然后随着一块巧克力、一次小睡或是某个电视节目而被忘记——或者至少表面上看是被遗忘了。我创作这本书的过程表明，那些断续的情感高音就埋藏在某个深处，等待几十年后轮番上阵。

在艾尔德里，如果我摔倒、饥饿、害怕或是因为什么感到激动不已，我还是会奔向妈妈。但搬进公寓后，我感觉仿佛戴上了眼镜。那些原本看似模糊的东西，那些我只能依稀辨认出轮廓的东西，突然变得清晰起来。这副眼镜的度数并不精确，因为我仍然无法理解某些事物的细节、构造和组成，却开始意识到事态并不明朗。也许妈妈无法一直保护我。事实上，我可能需要保护她。

我们的新公寓位于霍尔希尔斯（Holehills）巴尔奎德法院（Balquider Court）众多高层建筑中某一栋的顶层，周围都是类似"斯拉西布什"（Thrashbush）这样的名字。"鸟不拉屎的地方，"（"Hellholes，"）妈妈过去常说，"烂疮堆！"（"Thrushbush!"）她仰天大笑，而里奇面无表情地坐在那里，用粗大的手指抹去舌头上的烟丝。如果说他还有什么别的愿望，那应该就是希望自己的女人能"像个淑女一样"。

写到这里，我发现了一张巴尔奎德法院和隔壁混凝土垃圾箱棚的档案照片。我仿佛仍旧可以闻到某种味道——

某种动物腐烂在我的鼻孔里的味道。街区比我印象中的更加狭小。不是我记忆中的高楼大厦，如同灰色的手指伸向天空，而是只有六七层高的低矮建筑。

我们的公寓散发着新刷的油漆和昔日火灾的烟雾熏出来的味道。正是那场火灾让前任租户搬了出去，给了我们一个栖身之所。妈妈本来不想搬进来。为了让我们放心，里奇在窗边的墙上钉了一圈粗壮的橙色尼龙绳。

"这有什么用？"妈妈问。

"我们可以把毯子、床垫扔下去，然后用这根绳子逃出去。"

"这相当于自杀。"

里奇微笑着转向我。"断几根骨头也没什么大不了的。"

住过帕特祖母家和其他的地方后，这套公寓住起来相当宽敞。但没人想要这种电梯从不运行、垃圾箱就在家门口的顶层公寓。而且电梯里到处都是涂鸦，还散发着尿骚味。其中一个楼层总是充斥着消毒水的味道。一想到那个女人——因为那肯定是个女人——每天都要提着水桶出来，绝望地试图阻止这栋楼和周边环境的恶化，我就感到难过。

男孩子们会拿着旧网球拍和木板钻进垃圾箱棚猛捶，那些栖息在房梁上的小鸟被吓得四散飞逃。妈妈过去常常跑下楼朝着他们大吼大叫。我为她感到骄傲，觉得她很勇敢。里奇一动不动地坐在椅子上，齐膝高的小桌子上摊着烟纸和烟草。他会用一只小玻璃杯喝巴克法斯特酒，仿佛那是什么上等的法国葡萄酒。

垃圾箱棚在八十年代末就被拆除了。我猜是因为它们成了害虫的温床，而且这种设施其实就是卫生灾难。六栋住宅楼的中间，孩子们玩耍的地方，堆着成堆腐烂的垃圾，如同一座腐烂的屋前花园，简直就是对贫民窟的一种严重控诉。

我们搬到巴尔奎德后不久，妈妈的孕肚渐渐大了起来。我开始在居民区里四处玩耍。流浪者队和凯尔特人队的问题仍然是你要回答的最重要问题。我交到几个朋友，也有了学校可上。我开始在垃圾箱里寻宝，找到了一套不完整的"自制泰迪熊"材料包，用它为我的芭比娃娃缝了件亮橙色的人造毛衣服。我会在生日派对上跟着亚兹音乐跳舞。我想成为一名舞者或时装设计师。

只要出示福利簿，我们就能从穿梭在居民区里的货车后面领到没有标签的罐头肉和大块奶酪。里奇拿着东西大摇大摆地走进来，仿佛肩上扛着一只猎来的鹿。但是妈妈拒绝吃罐头里的肉，说你不知道里面都是些什么品质低劣的东西。我们会用大瓶的仙女清洁剂来清洗头发、身体、衣服、房子和盘子。我们拥有一台电唱机和一台贝塔麦卡斯（Betamax）视频播放器。里奇会用这些设备观看《兰博》（*Rambo*），而一条波浪状的静电线将屏幕分成了两半。

里奇和妈妈的争吵比以往更加频繁了。他经常消失，而且一走就是好几天。家里有时会有一些钱——如果里奇在投注店里赢了奖金——大多数时候分文没有。只要我跟里奇出去玩，就会模仿妈妈的话教训他："妈妈说，你不应该把钱都花在赌博上。妈妈说，要去买面包，没说买方便面。"我像个小老婆子一样唠唠叨叨，而且和真正的老婆子一样，感到愤怒和无力。

妈妈孕晚期时，外祖母从阿伯丁前来探望，但和大家喝了一顿酒后没几天便不辞而别。妈妈正试着给即将降生的孩子粉刷房间。有一天，所有人都喝到深夜，妈妈尖叫着控诉他们联合起来对付她，骂他们"狼狈为奸"。也许有人将油漆扔到了房间的另一边，也许是另外一次的事情。我猜妈妈以为外祖母在和里奇调情。当然，我不觉得她能做出这种事情。

最终，我多了一个妹妹。一个长着漂亮蓝色双眸、被紧紧包裹起来的小娃娃。生产后，妈妈留在医院里做了

"输卵管结扎手术"。她出院后，我必须完全保持安静，丝毫不能惊扰到她。里奇越来越爱对我发脾气。现在我明白了，我的继父是个会在责任的重担下惊慌失措的人，因为这与他只为自己着想的需求截然相反。

妹妹出生时我才七岁。我爱妹妹。我知道她不能吃固体食物，便用自己的零花钱给她买棒棒糖。每天放学之后，我都会跑步回家，这样我就可以喂她吃饭。我把她当成了自己的小洋娃娃。有一天，她从床上滑落下来，鼻子前面被地毯擦伤，好几个月后才恢复。从那时起，我们就叫她"樱桃鼻"。

家里的很多迹象都表明，事态不太对劲。可一个孩子大多只能感觉到莫名其妙的胃痛、失眠，以及明知肚子饿，却不该再开口要吃的。

妈妈被叫去参加她舅舅罗伯特的葬礼。罗伯特是个酒鬼，如果家族传闻无误，他是在圣诞节前后醉醺醺地去了儿童之家，想给孩子们捐钱，结果被工作人员拒之门外，然后横穿马路时被一辆汽车撞死的。这是我们家族最接近于殉道者故事的一件事，每个人都备感震惊。和以往从阿伯丁探亲回来时一样，她面色苍白，疲惫不堪，就连一个七岁的孩子也能看出她明显不太舒服。毫无疑问，葬礼期间发生了一些争执。我从没见过像我家这样爱吵架的家庭，仿佛他们是在为生命本身而战。

妈妈不在时，里奇弄丢了我们的福利金，于是我们去社会救济机构申请了一笔危机贷款。他说钱是从他的口袋里掉出去的。妈妈把一整锅咖喱饭都泼在了他的身上。那本是我们那周的晚餐。这么做没有任何帮助，但谁又能怪她呢。

我猜那段日子里，她的内心肯定充满了愤怒、失望和悲伤。我不知道邻居或老师看到我时会怎么说，但在他们眼中，这就是一个崩溃、挣扎、只能勉强维生的家庭。

150

里奇第一次正式离家出走时，我的妹妹才一岁多。他是趁着半夜离开的，什么都没有给我们留下。于是我们只能步行前往遥远的福利办公室申请另一笔危机贷款。

福利部门的人有一点说得对：我们家似乎总是有紧急情况发生。

我们搬去了艾尔德里另一个居民区的另一套公寓，但距离不远，所以我上的还是同一所学校。公寓位于一楼。我猜我们之所以能住在这里，是因为妈妈成了单亲母亲，不能指望她拎着大包小包或是推着妹妹那辆老式的巨型婴儿车上下楼梯。

那是一栋十分陈旧的建筑，冬天很冷。湿气顺着窗框钻进来，留下黑色的污垢，水渍爬上了墙壁。妈妈找到的打折光亮油漆只会让情况变得更糟。洗完澡后晾衣服、换衣服、吃东西和各种活动都尽可能发生在客厅的四管暖炉附近。

照着图书馆里借来的食谱，妈妈开始用镇上小店买来的小袋面粉和糖做面包。有一段时间，家里总是会出现法式小饼干或蛋糕。你绝对想象不到，我们这些廉租房的孩子能在潮湿的公寓里吃上精致的自制糖衣蝴蝶酥饼干。

那一年，我们买了一棵美丽的圣诞树，还养了一只黑猫，取名"吱吱2号"。爸爸来探望我们，一切似乎进行得十分顺利。我们会用意大利面打架玩，看似滑稽又有趣，直到打到一半妈妈哭了起来，生气地说我们把家里搞得一团糟，尽管这一切最初是她引起的。他只待了一两天，但为了留下深情的印象，他送了我一双白色的皮革流苏牛仔靴。那段时间，这双靴子曾让我在其他的女孩中拥有了些许人气。

我不知道里奇是什么时候回来的。我不记得他是和我们住在一起，还是和他的家人住在一起的。我只记得那次争吵。妈妈和他站在一家酒吧漆黑空旷的停车场里，两人都尖叫着说妹妹是自己的。我也尖叫着让他们闭嘴，直到另一个成年人把我拉到一边。我记得，在那个简陋居民区边缘的简陋酒吧里，旁观者的脸上无不带着震惊的表情。我知道事情一定非常糟糕，因为在这种地方，想要令人感到震惊可不那么容易。

不久后，里奇再次离家出走。妈妈和楼上的邻居喝了一夜的酒。后来我们回到公寓，在饼干桶里翻来翻去，发现里面只有消化饼①的碎渣，可能还能摸出一两片完整的。和往常一样，我对妈妈的失控、脏话、摇晃的脑袋和狂笑感到怒不可遏，七窍生烟。我朝她扔了一小块饼干，喊道："你醉了。"她笑了，于是我又扔了一块，然后跟着笑了起来，扔了一块又一块，从而引发了她的怨恨。

她骂我是头自私的小母牛，是个讨人厌的小婊子。她对我大吼大叫，却因为醉得厉害根本无法提高嗓门。"走吧，"她说，"滚出去。我受够你了。"我肯定也咆哮着顶了几句嘴，说我恨她，说她太可怕了。"哦，你恨我，对吗？"她把我拖到了楼上的邻居家。我哭得不知所措。

邻居笑着打开门，发现我们显然不是来串门的，表情一下子僵住了。妈妈宣布她要和我断绝关系。他们可以把

---

① 消化饼（digestive biscuit），起源于英国的微甜饼干，可搭配咖啡、茶一起食用。——编者注

我带走，直到第二天社会服务人员过来。"算了吧"，他们跟她讲道理。"不，她完了。"我是一头忘恩负义的小母牛。

邻居的孩子们穿着睡衣站在后面，满脸惊愕。耻辱如同一股热浪，席卷了我的全身。最终，邻居家的妈妈把我迎了进去，给了我一套睡衣。那天晚上，也可能是第二天早上，一想到一个小孩就这样被送了人，这些孩子的心中就充满了恐惧，纷纷围过来问东问西："接下来怎么办？"我回答："我不知道，她不想要我了。""那你妹妹呢？"我耸耸肩说："我不知道。"

第二天早上，妈妈来了。她刚洗完澡，脸色苍白，头发十分光滑。她向邻居们道了歉，把我领回了楼下的公寓。她说她永远不会伤害我，还说她爱我，再也不会那样做了。我恳请她别再喝酒，我总是这么说。但我不记得她是怎么回答的了。

没过多久，我回到家，发现妈妈又像过去一样，带着"重头开始"的狂热活力收拾着行李。原来我们收到了里奇寄来的明信片。他在明信片背面用粗头的圆珠笔写道，他在北希尔兹（North Shields），一个"很棒的地方"，还有"大量的工作"。于是我们拖着大包小包坐上前往另一个地方的另一辆国家快运大巴。

14

艾尔德里
2018年

　　"爱与光"康复咖啡馆位于距离艾尔德里火车站几条街远的一座教堂内。我在浏览艾尔德里的脸书网社群时偶然发现了比尔和朱莉经营的这家咖啡馆。

　　我直接从车站走了过去，一心只想再用一个小时左右的时间回避自己的过往。艾尔德里的天空依旧如记忆中低垂，淅淅沥沥下着雨，却让我感到了些许安慰。我走进门，看到一名女子身上的红色T恤衫背面写着"康复"，表情却疲惫不堪。她说别把行李放在外面。我猜想她一定就是朱莉。看到我朝她迈开脚步，她举起手摇了摇头。

　　"你去找比尔吧。我有个女性会议要开。"

　　一个身材高大的男子出现了。他穿着一件北面牌夹克，戴着粗大的金项链，项链上挂着一只祈祷之手。他的头发很短，脸上明显留着历经风霜的痕迹，一双明亮的蓝色眼睛始终坚持着眼神交流。他做了个自我介绍。我解释说，我小时候就住在这个地区，现在正在创作一本书，想找人聊聊他们的经历。

比尔的口音很重，但对于这样一个大块头来说，说话的声音却很轻。他告诉我的第一件事是，他自己也是个正在康复的瘾君子，"曾经吸过……任何能让人上瘾的东西"。

我问他咖啡馆是怎么开起来的。

"某个委员会认为，北拉纳克郡存在这样的需求。那些遭毒瘾折磨的家庭和孩子存在这样的需求。大家意识到，没有人会为他们做任何事情。我相信这是命中注定。我相信宇宙，相信上帝，随你怎么称呼它。我相信这是神的旨意。"

我感觉有些不安。面对笃信宗教的人，我总是会感到不安。我不愿拒绝他们拯救灵魂的善良提议。但他说，他不认为这属于宗教行为。

"如果你想为它加上一个标签，我们觉得它是'精神方面的'。但我们这个群体很少提及这个词，因为它的用处并不多。'精神'这个词在这里是指为了别人或群体的更大利益所做的任何事情。"

　　他带着我在屋里转了转，介绍我认识了两名志愿者。这两人都是十几岁的青少年，一个留着芭比粉的头发，另一个戴着牙套，但都穿着同样的鲜红 T 恤衫。每周六的十二点至四点，"爱与光"会为那些受毒瘾影响的家庭供应早餐，举办研讨会，也许还会有一些音乐或娱乐活动。店里摆着几张搁凳，一张用来放自助书籍，内容主要与"十二步法"①有关。他们称之为"康复图书馆"。另一张凳子上坐着一位妇女。她正在编织精致的新生儿衣服，准备送给需要的人。还有一张桌子上摆满了捐赠的超市面包，可供到访者带回家。

　　我们在入口外找了个安静的地方。比尔告诉我，这不仅仅是为了支持瘾君子，也是为了帮助他们的家庭，以打破这种功能失调的循环。我点了点头。"在我的家庭里，各种成瘾问题是真实存在的。这本书的大部分内容讲述的正是这种代代相传的功能障碍，以及如何才能阻止它们。"

---

① 十二步法：一种结构化的自助康复计划，由一个名为"匿名戒酒者"的组织发起，最初用于帮助个人克服酗酒问题，后用于处理各种成瘾问题。——编者注

一瞬间，我们两人都沉默了，因为我们见识和知晓的许多事情足以填补我言语之间的空白，理解简单的一句话所代表的千言万语。在那个难堪的时刻，我感觉热泪正在眼眶后积聚压力，赶紧拿出手机为他们的横幅拍了张照。比尔看着我拍下了这张没有必要的照片。"我们理解，这里85%的志愿者都曾身陷那种困境。我们理解。"

他滔滔不绝地讲述着，我则在可以插话的空档发出赞同的声音。

"谈起问题本身，你可以说到脸色发青，但我们应该集中精力寻找解决问题的途径，这个途径就是克服羞耻。你懂的，一个人可以带着羞耻活上四十年，然后再带着羞耻死去，也可以在两分钟的羞耻过后走进来，花上三十秒的时间开口说：'你能帮帮我吗？我有问题。'所以这是四十年对两分钟的问题。"他还说，他们正试图尽早解决孩子们的成瘾问题，并与他们的父母合作，找出问题的根本原因。"现在的情况是，海洛因成瘾在我们这个时代已经成了一种流行病。生活的范围逐渐扩大，节奏加快，内容愈发丰富。随着环球信贷的加入，人类的生活将变得更加广阔。我们想寻求政府拨款去帮助这些人，却被告知政府没有钱。这样一来，很多慈善工作就只能依靠那些正在乞求帮助的人来做了。"

他陪我走回了咖啡馆。屋里的人都注视着我，也许是出于好奇，也许带着些许怀疑，尽管比尔就在我的身旁。他告诉我，他们每年都会把那些本来得不到休息的家庭送去静修，让他们在那里学习有助于康复的技能。他们会让瘾君子把自己的过去写在一张长长的纸上，然后在最后一晚将它丢进篝火——"写作具有疗愈的效果"。我怎么可能不同意呢？他还告诉我，他接受过培训，可以提供藏式声疗服务，令我吃了一惊。

"哦，我接受过一次声疗。在印度的达兰萨拉。过程很舒适，但我睡着了。"

不过他没接话，为我取来了名片，好让我写信为他提出创作康复书籍方面的建议。我告诉他，我会竭尽所能，并把我的联系方式也写了下来。此时朱莉也开完会了。她大声喊道："这是你的东西吗？"

原来我把电脑和钱包整齐地放在了入口处的桌子上。"天呐，确实是。"

"我不是告诉过你，看好你的东西吗？"

"是的。对不起！"

我赶紧把东西一一收了起来。她边看边摇头。

"你知道的，我们都是瘾君子。我们不需要那种诱惑。"

她是在开玩笑，至少在一定程度上是这样的。但我还是道了歉，然后说了再见。

离开时，我渴望糖、温暖和安静，就像一个刚刚献完血的人。于是我去了某条后巷里的咖啡馆。那里的墙壁上摆满了新奇的盐瓶与胡椒瓶。我点了一份特趣巧克力和一杯茶，杯子的把手是鹦鹉造型。尽管十二步法的宗教元素令我感到不安，但他们在"爱与光"所做的一切已经触动了我。艾尔德里不是一个鼓励人们审视自身习惯的好地方——我所知的艾尔德里肯定不是。他们只是普通人，看到了需要做的事情，就放手去做了。这让我觉得尽管自己游历了很多地方，在事业上取得了成就，却仍旧欠着一笔还没有开始偿还的债。

吃饱喝足，我从镇里朝着山间高耸的塔楼走去。我穿过陈旧的居民区，路过破旧不堪的房屋，看着黑色的乌鸦在屋顶间跳来跳去。四下无声，只有几个孩子在玩耍，一个女人拉着她的孩子在落着薄薄一层雪的斜坡上滑来滑去。我微笑着望着那个孩子喊她再来一次。她把双手举在空中。"我还没想好呢。"

　　我原来住过的居民区现在多了一个被称作"门房"的人，像是他们可以送你进入什么上好的餐馆，或是安排电影票似的。这是人们对坐在低矮红砖小屋里、监视谁可以通过电动门的保安的笑称。后来我才知道，门房一职的设立属于一项针对问题小区的新举措。到处都有摄像头，谁来谁去都有控制。但我并没有在任何地方看到门房，大门也敞着，于是我决定碰碰运气。

　　我沿路走到了里奇教我骑自行车的地方。考虑到他认为教别人游泳的方法就是把他们丢进深水区，我其实不记得过程有多糟糕。妹妹出生后，外祖母赶来探望却与我们不欢而散的那一次，我也是在这里和义愤填膺的她挥手告别的。

　　我不喜欢待在这个地方。这里十分静谧，但我明显感觉自己进门后一直如履薄冰，平日里的微笑和自诩的身份背景、怀旧情怀并不能解决问题。

　　我的前面有个身穿运动服的男子。他看上去满脸睡意，正靠在一辆冰激凌车旁，和柜台里面的人说话。看到我的出现，两人都目不转睛地盯着我，直到我把目光移开，朝另一个方向走去——这是我从小就学会的一种方式。我想知道那辆送冰激凌的车多久能被放进电动大门一次。

我看见有个男子正往小区里走，于是开口询问哪里可以搭上返回镇上的公共汽车。我之所以拦下他，是因为他搭配的芥末黄色无边帽和围巾看起来傻里傻气，却充满了安全感。近距离看，他的皮肤上布满了红色的血管，还顶着一只酒鬼的酒糟鼻。这样的特征在我的家庭里也曾出现，所以我一眼就认了出来。他听到我的口音，问我是从哪里来的，我照例解释称自己到哪儿都会学上几句，所以口音"混杂"。他告诉我，他的两个女儿都有爱尔兰口音。

　　"我八十年代时曾在这里住过。老实说，那时候这里的生活条件相当艰苦。现在如何？"

　　他笑了。我感觉他很高兴能有人和他说说话、听听他的声音。他告诉我，他过得还行。"我家附近有几个白痴出没。我会说——"他提高了嗓门，"——你们给我滚远点儿。"

　　我指了指大门和那间派不上任何用处的砖房。"那个有用吗？"

　　"它们派不上一点用场。门口的闭路电视是朝门外架设的。我倒是无所谓。我住在角落的顶楼里，不跟别人来往，也没人会打扰我。我哥管那栋楼叫特朗普大厦。"

　　我笑了。我们挥手告别。

我还有一站要去。下山，远离那些高楼大厦，跟着八岁时的记忆为我绘制的地图前进。我看到两个孩子，兄妹俩正努力控制一只过分活跃的柯利牧羊犬，于是停下来抚摸它。小狗蹦蹦跳跳，吠叫着舔舐小男孩的脸。

"它喜欢雪吗？"我问。

他咧嘴一笑。"它不喜欢雪。它只是喜欢我。"

街角就是圣塞尔菲斯（St Serfs），我以前的学校。在那里，我们每天要念上六次"万福玛利亚"和"我们的天父"，却还是被告知可能要下地狱。在那里，我学会了忏悔自己的罪过，当其他人都在学习初次领圣餐的仪式时，我却坐在储藏室里，因为妈妈不信宗教。看着其他人都因为初次圣餐得到了新的连衣裙和礼物，我号啕大哭，于是一位好心的老师给我买了一幅画着恐龙的天鹅绒涂色书和一大袋彩色笔。

我顺着山坡朝我们在艾尔德里的第四个家走去。巨大的灰色廉租公寓楼里，我们曾经住过的底层公寓挂着新的金属防护链。山上积雪及膝，我的双脚都已湿透。冰冷的空气刺痛了我的脸，阳光使我的视线模糊。但站在那里，在那个我几乎没有什么快乐回忆的家门外，我竟然感到了一丝欣喜。

我走到公寓外那根锈迹斑斑的门柱前。我过去经常穿着心爱的白色流苏牛仔靴，倒挂在上面荡来荡去。如今它几乎还没有我的胸口高。我摸了摸它冰冷的金属，轻声说了句谢谢，感谢回到这个地方的人是现在的我，而不是其他可能的我，那个很容易就支离破碎的版本的我。

在返回格拉斯哥的火车上，我在推特上搜索"艾尔德里"这个词，看到的都是"酒鬼""缺乏肥皂"之类的推文。我再也不想去艾尔德里了。

我之前就有过这样的感觉，但我现在不这么想了。令生活变得艰难的并不是这个地方或人，而是在艾尔德里这种贫穷小镇里流进流出的其他东西。这里臭名昭著的同时也在被人遗忘。

不到半小时的工夫，我就回到了格拉斯哥，但仿佛去了另一片大陆。在那个城镇里，尽管日子举步维艰，一些正直之人还是在竭尽全力地生活。我仿佛与他们感同身受——感受到了一种热烈的、夹杂着迷茫的忠实与愤怒。

15

北希尔兹
1988年

　　我不知道里奇承诺了什么，但我们来到了泰恩河畔（River Tyne）的一座工业城镇。他在一排红砖排屋里为我们找了一套私人出租的房子。和我们离开的地方相比，这房子相当不错。我们过了一段平静的日子。里奇会教我下棋，和我打牌。他还是会作弊，但已经有所收敛。家里没有电视，因为里奇鄙视那种东西。我们也没有微波炉，因为他说微波炉会让食物充满辐射。

　　家里有几件从别的地方买来的家具，附近还有一座漂亮的公园。日子还不赖。但没过多久，一切便分崩离析。里奇再次不辞而别，害得我们不得不离开那所房子，搬去了民宿。

这间民宿很大，几乎正对着我的新学校。其他住客大多是上了年纪的男子，所以这里本质上就是无家可归者的庇护所。房费包含现成的早餐，但妈妈最后让他们把这笔费用从我们的房租中扣除了，因为她不喜欢我们母女和一群男人一起吃饭。

我们居住的顶楼公寓拥有倾斜的天花板，屋里摆着一张双层床、一张行军床，还开了一扇长方形的小窗。一块石膏隔板背后是一台迷你冰箱、一个插电式的小煎锅和一个水槽。他们管这种房型叫单身公寓。民宿提供公共淋浴，洗一次二十便士，每周可以洗上两次，直到我们发现可以在别人付钱后溜进去飞快地冲个澡。妈妈会守着门。

民宿的"经理"是一对年轻夫妇。两人似乎总是卿卿我我，穿着配套的宽松套头衫，住在一楼。他们有一张巨大的公告板，上面罗列着电影列表。我可以下楼挑选电影，不是《浑身是劲》（*Footloose*）就是《辣身舞》（*Dirty Dancing*），或者二者都要。选好后，只要你调到某个频道，电影就会神奇地出现在顶层公寓的电视屏幕里。我看了一遍又一遍，在电视机前跳舞，在所有消磨时光的房客头顶上跳舞，震得地板都在颤抖。直到其他客人开始抱怨他们厌倦了那些电影，我被告知每周只能看一次。

那是电视上第一次开始播放《喜剧救济》（Comic Relief）的一年。妈妈希望我们能从头到尾看一遍。我想和里面所有的孩子做朋友。我们吃了很多苏格兰煎饼配果酱和罐装奶油，还有香肠配芥末。我和还不满两岁的妹妹就坐在距离电视屏幕几英寸的地方。

我可以步行横跨马路，穿过公园去上学。学校的规模不大，特别重视板球运动。孩子们知道我来自苏格兰，便叫我尼斯湖水怪。

那年晚些时候，他们中有些人得知我住在民宿里。我猜大多数人上学的路上都会经过那里。我否认了。有一天，他们跟踪我回家。我发现无法在后巷里摆脱他们的纠缠，于是选了一栋带温室的漂亮房子，一路走到门口，然后藏进了后花园里。当房主出来问我在做什么时，我语无伦次、痛哭流涕地解释了一番，然后在她悲哀地表示理解的目光中跑开了。

爸爸与我还有联系，还在以昂贵礼物的形式支付抚养费。最新的礼物是一个长绒毛的全尺寸猫咪抱抱玩具，名字就叫"黑猫"。我的年纪可能已经不能带着它走来走去了，但我还是非常喜欢它。当有人假装它是真的时，我会打心眼里感到喜悦。

里奇又回来了，巨大的身躯挤进了我们狭小的房间。就这样，喝酒、抽烟和争吵的日子再次拉开帷幕，直到他离开，就像他来时那样突然。妹妹还太年幼，无法理解日常生活中的这些变化，她巨大的脑袋摇摇晃晃，不知什么该做什么不该做——和那一年之前的我一样，直到现实慢慢渗透我充满焦虑的脆弱骨骼。

一天晚上，凌晨时分，民宿里的全体居民都被疏散了。大家一同挤在人行道上。在消防车的蓝色闪光中，我用毛巾包裹着身体。

"他说他要把这地方烧光，真是个疯子。"

我一言不发地站在那里，抬头紧盯着我家的窗户，想着我们所剩无几的财产，担心自己身上只有背心短裤和一条毛巾。原来有个男人一直拿着打火机待在烟雾探测器下面，还反锁了房门。大家必须把他劝出来，因为他威胁要把整座房子和他自己都点着。

当然，谁最终都有可能和精神病人成为邻居，但那是我第一次意识到，我们的家并不安全。我突然明白了妈妈为什么不让我们在走廊里玩耍，为什么要把守着浴室的房门。我那时才明白，生活在陌生人的房子里是会出岔子的。因为我们对其一无所知，只知道这些人和我们一样，不知何故沦落到了社会的边缘。

16

豪顿勒霍尔
1989 年

"豪顿勒霍尔（Hetton-le-Hole）？是大坑的意思吗？"
妈妈问。开车来接我们的那个男人笑了。住房协会的人来
民宿探望我们。我看到妈妈在跟他抱怨天气有多糟，就插
嘴说："而且我们洗个澡还得付二十便士。""嘘。"妈妈让
我安静。

我一直不明白，什么时候可以道出事情有多糟糕的真
相，什么时候又该假装情况并非如此，以及什么事情应该
对哪个成年人说。即使只有八岁，我也能看出他在走进破
旧的房间，看着脏兮兮的小窗和摇晃的床铺时，努力不让
自己露出震惊的表情。待他迈出不堪一击的房门，走下楼
梯，经过众多的房间和众多的人，妈妈才转身对我说："一

切顺利。"

几天之后，也可能是几周之后，我们坐上他的汽车去看房。一座房子！一座像样的房子！我没怎么坐过汽车，可能偶尔会坐出租车。这名男子的打扮非常时髦，穿着一件干净的衬衫，在我喋喋不休时露出了善意的笑容。我和妹妹坐在后座上，翻看着他家孩子的图画书。妈妈和他坐在前排亲切地聊着天。我暗自希望他能成为我们的新爸爸。

其实那根本就不是一座房子，而是一栋小红砖楼的二层公寓，坐落在死胡同里的某片小红砖楼居民区里。我猜想，在八十年代初的某个时候，它肯定是优秀社会住房设计的极佳范例。死胡同的四周点缀着长满灌木的花园，看上去不是用来玩耍的。反正我们这些孩子钻进去肯定会擦破膝盖。

居民区的尽头，在距离我家几分钟路程的地方，有一小块灌木丛生的土地，上面竖着一架秋千，还有几只被篱笆围起来的马和一些小块的菜地。穿过菜地旁临时铺设的狭窄土路，便是成排的矿工小屋。沿着屋后的小巷走下去，你会发现自己来到了一家板球俱乐部，最后再顺着这条路走上三十分钟，爬上爬下才能进城（因为豪顿真的坐落在一个大坑之中）。

妈妈称这里为"地狱大坑"。但那一天，一直向往城市的妈妈一言不发。可能只说了一句这里非常"安静"或十分"偏僻"。

看完房子和小区，妈妈和那个男人之间的关系突然冷淡了。返程的途中，"去冒险"的愉快气氛逐渐被另外一种东西所取代。也许他认为她应该更加感激。也许他对她的失望感到失望。坐在后座上，我满心惦记着拥有自己的房间，还有我肯定能学会骑的小马（它们其实又肥又老）。我的手指可以和它们的鬃毛交缠在一起。

我们搬进公寓时什么都没有。妈妈领到了一笔布置房子的生活费补助。我记得大概是一百七十五英镑。考虑到我们从不曾拥有超过五英镑的存款，这听起来像是一笔巨款。但我们必须用它购置整个家庭所需的物品。盘子、平底锅、刀、碗、冰箱、炊具、沙发、床、被褥和毛巾，还有衣柜、浴垫。这笔补助根本不够添置画、靠垫、地毯或玩具，因此无法让一个地方变得温馨或舒适。

不久之后，我们又领到了一笔校服补助。我们学校没有校服，所以妈妈为了这笔钱肯定是据理力争。她总是很擅长争取。我有时会想，在另一个世界里，她可能可以成为一名出色的金融交易员，或是离婚律师，因为这些职业可以发挥她小猎犬般的本能，面对最轻微的挑衅也要咬住不放。

回想起来，对于当时那个地区的学校来说，不穿校服是一种进步，但妈妈还是必须为我寻找能让我体面上学的衣服。破衣烂衫只会让我们出丑。

妈妈带我和妹妹去了桑德兰购物。她偏爱那些耐穿的东西，因为她知道，下一次补助还有一年才能到账。于是，我们在BHS百货购买了海军蓝色的针织裙和套头衫，还有一件打折的漂亮漆皮雨衣。她认为这些衣服可以被当成"校服"。于是，我这个新来的口音滑稽的女学生，连续两周每天都会穿着同样的衣服去上学。我重复妈妈说过的话，称这是我的校服，我在校外还有别的衣服可穿，回家后就直接把它丢进洗衣机（这一部分倒是说得没错），但同学们还是说我身上很臭。那件漂亮的黑色雨衣（成年后我很想拥有它）为我赢得了"垃圾袋"的绰号。第二周结束时，我放学回家后脱下所有的衣服，穿着背心短裤愤怒地站在那里，说我再也不要穿那些衣服。

豪顿的莱昂斯小学（Lyons Primary）是一所规模不大但校风严谨的学校。我的老师都很优秀，十分敬业。我觉得他们非常关心我。校长格林先生特别热心地帮助我，会给我布置一些小任务，让我觉得与众不同。这是一所老派的学校，拥有自己的传统（越野跑步、乡村舞蹈、五朔节花柱、铜管乐队），同时又力求进步（不穿校服，提倡环保主义——尽管这种理念在当时会被视为"嬉皮士作风"，老师们还会弹着吉他教我们唱抗议歌曲）。我在那所学校的表现比在其他任何一所学校都好。但我不可能永远待在那里。

我们搬到豪顿勒霍尔时，最后的采矿工作竞争十分激烈，最后一座矿井即将关闭。所以，虽然我们穷困潦倒，而且穷得惹人注目，但总算是生活在一个理解贫穷、同情贫穷工人阶级的社区里。社区里的另一位单亲妈妈送了我妈妈一大袋衣服。我很喜欢那件超大号的耐克 T 恤衫，搭配上一条破烂的打底裤，整个学年都穿着它。

这里的人经历过罢工与裁员，知道贫穷有多痛苦和不可预测，也知道真正的责任应该归咎何处。我明白我们买不起太贵的东西，每一分钱都要精打细算，却没有意识到贫困也是存在不同层次的。至少在学校举行另外一项传统活动——一年一度的春游时——我才明白这一点。一位对我很感关照的好心老师愿意为我出钱，恳请学校同意我前往，这样我就不会是唯一落单的孩子了。

她私下里向我妈妈提出了这个建议。妈妈表现得既高兴又感激。但她其实既不高兴也不感激，她不想让我参加：别人有的东西我不可能每次都有；别人会取笑我的；难道我不想念她和妹妹吗？而且她认为："我们不需要她的施舍，对吗？"我告诉老师，我们不接受施舍。直到现在，我还记得她脸上的悲哀。我猜她的教室里肯定有过许多像我这样的孩子——很聪明，可能本来可以做些什么，但也许不会去做。

我们在豪顿勒霍尔总共待了大约三年的时间。我在学校里有两个最好的朋友。索尼娅，一个身材高大的女孩，撒谎成性。我们都喜欢胡克·霍根（Hulk Hogan）[1]，会亲吻她的霍克海报。我的另一个朋友史黛西的爸爸是一名警察。妈妈对她总是充满怀疑。我还和一个信教的女孩有过一段短暂的闺蜜情谊，直到她的父母见到了我，觉得我不是他们想要女儿拥有的那种玩伴。还有一个女孩的名字我已经忘了，但是她的妈妈对我极其不友善。"对不起，凯

---

[1]　胡克·霍根（1953—　）：美国摔角手、演员。他对职业摔角贡献巨大，将这一行业带入体育娱乐界的主流。——编者注

里，早知道你会来，我就烤个蛋糕了。"她会用极尽讽刺的语气对我说话。最后，她也告诉女儿不要和我玩了。

我在居民区里也交到了一个朋友，年纪比我小几岁，家里也只有她的单身妈妈。她们的房子非常漂亮，妈妈爱跳健美操，还有个开豪车的男朋友，家里经常举办女性派对。我试着让妈妈和她成为朋友，因为以小孩子的逻辑来说，这是有道理的。但妈妈经常嘲笑她，甚至可能非常讨厌她。

经过一番斟酌，妈妈最终和住在我家附近的一个人成了朋友。对方是个迷人的女子，肩膀上垫着垫肩，留着八十年代的发型。妈妈说，她"只想谈论她自己"。还有楼下的肯，一个身材高大、头发花白的男人。他的公寓里全都是棕色的家具。现在回想起来，我的脑海里会浮现出一间乡村和西部风格的客厅。我们刚搬来时，他总是对我们大喊大叫，还猛敲扫帚柄，抱怨我们在制造噪音。不过有一天晚上，妈妈下楼找他喝了一杯。后来他就只会偶尔对我们咆哮了。

在我八岁到十一岁之间，还发生过其他事情，但没有多少能够留存在我的记忆中。当地报纸的一则报道中，我试吃了几款冰激凌，并选择了最便宜的一款作为自己的最爱。我入选了学校的铜管乐队，得到了吹法国圆号的机会，但我想吹长笛，所以放弃了。我们又养了一只猫。它想进门的时候，就会跳上邮箱"敲门"。我上学路上途经的那一小片竖着秋千的空地上到处都是狗屎。即便我的鞋破烂得满是孔洞，还是用蓝丁胶粘起来的，妈妈还是会让我从那里穿行而过。

我们曾因吃了变质的鸡肉导致严重的食物中毒——在那之后好几个月，沙发和地毯都散发着酸臭的呕吐物气息。

大约在这个时候，爸爸开始给我寄来为数不多的钱。但他后来发现妈妈会把钱花在家里所有人身上（我告诉他，妹妹得到了一辆三轮车），而不仅仅是供我一个人开销，就突然停止了寄钱。尽管如此，每个星期天，我还是会走到棚屋背后的板球俱乐部，用外面的公共电话给他拨一通反向付费电话。也许是听了妈妈的话，也许是出于某种顿悟，我经常报喜不报忧。没有怨言，没有故事。

有一次他来看望我，小住了几日。他走在豪顿勒霍尔的街道上，就像一个喜欢刺激的游客。那几日他一直都在喝酒；妈妈也一样。我发现他们会一起躺在床上。他在当地的酒吧里因为"芭蕾"（ballet）一词的读法和别人打了一架（对方认为"t"的音应该读出来），又和妈妈因为"意式面条"（vermicelli）的发音问题吵了一架。（她把这个词读成了"verma-selli"）后来他突然就走了，离开时依然醉醺醺的。

这段时光在我的心里千头百绪。我觉得学校很好，家却是个糟糕的地方。妈妈的状态格外低落。有一次，她坐下来告诉我，我切番茄的声音（我在为午餐做三明治）让她想要尖叫。她经常酗酒，迟迟出现在学校门口时也是醉醺醺的。（这一幕回想起来让人很不舒服，因为多年前，我第一次被送进寄养中心正是因为这个原因。）有时她根本就不会来学校接我。我回到家，发现她就坐在椅子上，妹妹把家里搞得一团糟——有一天，她甚至钻进了一大盆人造黄油里。和往常一样，我刚回家时她很开心，为有人回来陪伴和取悦自己感到高兴。可一旦她意识到我心情不好——"妈妈，你喝醉了！"——她的态度就会变得十分糟糕，开始对我破口大骂。

我愈发感觉自己不是她的孩子，而是她的伴侣。我会倾听和分担她的烦恼，照顾妹妹，替她与人结怨，拥抱她、搀扶她、安慰她，时时刻刻都在为全家人提心吊胆。

我毫不怀疑妈妈也在苦苦挣扎。她已经有段时间不跟外祖母说话了，但外祖母是个喜欢掌握主动权的人。最后，她报警谎称家里有人去世，这样他们就会帮她寻找我们的下落。

当时我们家没有电话，因为话费超出了我们的承受能力，但没过多久，我们不知从哪儿找到了一笔钱，于是妈妈每天都会给外祖母打电话，直到外祖母要求我们给她寄电费。我们把钱寄去了（天知道钱是从哪里弄到的），但后来不得不听她吹嘘自己又有钱买烟买酒了。即便我还是个孩子，也能看出我们被骗了，因为这些钱本应用来填饱我们自己的肚子。

妈妈继续长时间地赖在床上。有时我也会和她一起赖床，或是负责照看妹妹。我九岁或十岁那年，妈妈认为我已经长大了，可以独立照顾妹妹了。我学会了烹饪简单的食物，记得需要时可以拨打的电话号码，被告知不要让陌生人进门。

某段时间里，情况的确有所好转。她去看了医生，并加入了专为单亲父母设立的慈善机构"姜饼"（Gingerbread）该机构承诺可以送我们去度假（我们从来没有度过假）。她在桑德兰找到了一个针对女性的项目，在那里结交了自己喜欢的人，还上了一些课程。她打造了一个引以为豪的小书柜，突然间拥有了朋友，还开始读杰梅茵·格里尔（Germaine Greer）①的书。但项目完成后，她就再也跟不上那些女人的步伐了。她报名参加了开放大学的英语课程，读了狄更斯的书，在扶手椅上一坐就是好几个小时，用廉价的记事本和圆珠笔写文章，但在写完第一篇论文后，她就放弃了，因为她的导师"无法理解"。

回想起那段时光，我既觉得幸福，也有一种不祥的预感。我们住在那里时，里奇曾经短暂地回来过一阵，但什么也没给我们留下，就跑去哈特尔普尔（Hartlepool）住在一辆房车里。后来他和妈妈和好了。为了妹妹，我们挤在他的房车里度过了几个奇怪而寒冷的周末。

我家没有客人会来串门。妈妈不允许我的朋友进屋。她长期抑郁，经常穿着晨袍坐在壁炉旁的扶手椅上，不停地抽着卷烟，俯视盘着腿坐在地毯上的我，嘴里没完没了地自言自语，念叨着"外面的人"，以及我该如何成为一个"戴着天鹅绒手套的铁腕"。她将这些话称为"鼓舞人

① 杰梅茵·格里尔（1939— ）：澳大利亚人，西方著名的女权主义作家、思想家和斗士，代表作有《女太监》《完整的女人》。——编者注

心"的长篇演讲。她的眼睛亮得耀眼，脸上却没有笑容。"嘿，凯里，凯里，过来。过来，我得给你打打气。这取决于我，我是你的妈妈，我得保护你。"

我大约十岁那年被诊断出患有生殖器疣，病情十分严重，不得不去医院治疗了好几次。我无法告诉你，如果你是一个小女孩，被一名成年男子治疗的画面会有多可怕。虽然妈妈当时也在屋里。

众所周知，HPV病毒被认为是性虐待的一个指标。那一年，我的性征的确发生了变化。也许那只不过是我变成一个女人、展开性探索的开端。不过我总是担心还有什么其他原因。我无法解释这种恐惧，因为它已经伴随了我近三十年。

我想过其他所有可能的解释。那一年，我和朋友去一个男人家里看过电影，后来我发现他被指控有恋童癖。我是被两个朋友带去的。他们告诉我，你可以去他家转转，他会给你糖果和饮料，你还可以看电影。最后发生了什么我已经不记得了，我想也许是妈妈去了他家，让他离我远点儿。但也许他只是个孤独的老人，喜欢有孩子做伴。

大约同一时间，在房子后面通往学校的菜地土路上，我好几次发现了从赤裸色情杂志上撕下来的照片。照片中的女人张开双腿，裸露着阴道。

有一天，一个男人出现了。我记得自己当时拾起那张照片，正盯着它看，他就从田野里钻了出来。我尖叫着跑向学校，幼小的心灵里充满了恐惧。

不久之后，我和一个朋友在报纸上找到了性服务热线，会假装低沉的嗓音选择故事场景，聆听各种对性行为的描述。

我经常一个人待着，无拘无束地晃来晃去。妈妈可能不会注意到我身上的变化。我非常需要爱，满心渴望为爱做任何事情。

180

没有任何迹象或警示告诉我，我其实还是个孩子。我看了妈妈会看的所有电视节目，其中很多都有十分露骨的色情情节。我得到了相当于成年人的待遇，没有得到任何保护。从来没有人认为我可能是天真无邪的，有些东西应该被屏蔽和逐渐削减。

从那时起，我真正开始害怕入睡。我会试着尽可能长时间地保持清醒，屋里还需要开着灯。我的全身和头皮上长了大片的牛皮癣，仿佛焦虑正从我的毛孔中渗透出来。

那年夏天，我开始玩"德国人来了"的游戏，我和妹妹会在晾衣橱里躲上好几个小时，理论上是为了躲避纳粹分子，因为他们会把我们带走［那年上映了一部改编自安妮·弗兰克（Anne Frank）[1]经历的电视剧］。我们会屏住呼吸，心怦怦直跳，等待坏人的到来。后来在苏格兰，已经十一二岁的我又开始相信三K党会来抓我。我一生都在担心这样或那样的妖魔。

的确有社工上门进行过调查。房子干净整洁，我正准备和朋友一起去滑冰。我坐在那里兴高采烈地回答他们的问题。他们走后，妈妈就像中了彩票一样兴奋，还祝贺我"回答得很好"。

我知道这是她长期对抗社会服务领域的对手的一次胜利。她对自己的调查结果非常满意。几天前的晚上，我们躺在沙发上，她询问是否有人碰过我。我说没有，当然没有。

我认识很多经历过虐待的幸存者。我不会因为自己的经历而贬低他们的勇气。也许这只是混乱童年的诸多症状。我必须接受我永远不会知道真相。

---

① 安妮·弗兰克（1929—1945）：生于德国法兰克福的犹太女孩，二战犹太人大屠杀中最著名的受害者之一。其《安妮日记》成为纳粹灭绝犹太人的著名见证。——编者注

　　社工来家访后不久，里奇带着礼物来了。他送给我一个粉红色的便携式音箱，送给妹妹一只超大的毛绒玩具。他找到了新的工作，一份很不错的工作。我入读中学两周之后，妈妈带着我们坐上国家快运大巴，去了北拉纳克郡，搬进了他空出来的房子。

17

豪顿勒霍尔
2018 年

豪顿勒霍尔之旅的开端并不平凡。它始于纽卡斯尔的一场颁奖典礼。我要在那里颁发我评选的几个写作奖项。典礼是在大学的一栋美丽建筑里举行的，入场后会有座位安排，我记得会场里甚至还布置了几棵假树。

我紧张地走进去，看到一个与我有过几面之缘的人。他脱口而出："你想见谁？"我这才明白，当人们说出这样的话时，并不是因为他们觉得你有什么交际任务，而是因为他们不想再和你说话了。这是最有礼貌的托词。我好奇人们是从哪里学到这些东西的，于是开口回答："其实没有谁。但别担心，我能照顾好自己。"我祝他们度过一个美好的夜晚，说罢便带着灿烂的微笑捏了捏他们的手臂。这是属于我的那个世界里温柔拒绝他人的方式。

座位的布局告诉我，我要和另一位作家、该组织的负责人、一位电视历史学家以及许多重要的长者一起坐在主桌旁。

我没有喝酒，因为当晚晚些时候我还要发言。我的身上裹着塑身裤，热得浑身大汗淋漓，但我很高兴能来庆祝获奖作家之夜，成为一个行善的好组织中的一员。不过坐在那张桌旁，面对它所暗示的一切，我的内心只觉得忐忑不安。

我和那位历史学家聊了起来。他也出身于工人阶级，在当地长大。我们谈到了这本书，谈到了我们的童年。我不擅长闲聊，一向如此。"问题在于，我认为如果你要被迫改变自己，才能驾驭一个不属于你的世界……嗯，就可能有点分裂。变得有点怪异。"

我们靠向彼此。虽然他看起来非常自在——事实上，他是餐桌上的重要人物——但我想知道，在一场奢华的晚宴上，他是否也宁愿坐在更远的地方，或者根本不想出席。他告诉我，他第一次被大学教授和另外几个学生邀请去参加社交活动时，都不知道人们对他说了些什么。他在学术环境下从来不会支支吾吾，但在外面，他对"软实力"

（soft power）一无所知，因为从来没有人教过他。

我没有告诉他，在他说起这个词之前，我也是闻所未闻。相反，我笑了。"但你现在已经游刃有余了，不是吗？"他笑着说："是啊，现在我很喜欢这样的场合。"软实力。我想到人们似乎经常在生活的各个房间里穿梭自如。他们知道我从未学过的舞步，还会冷静地问我："你想见谁？"

晚餐后，同桌的一位长者走过来对我说："很高兴认识你。我感觉自己像是见到了伟人。"我刚才和他聊过一会儿，不过对他知之甚少，只知道他觉得利物浦的工党腐败得可怕。他显然是个重要人物，而且可能十分富有。这句话明显带有讽刺意味，但我还是在他的脸颊上亲了一下，大笑着拍了拍他的肩膀说："好吧，亲爱的，照顾好自己。"就像我十六岁那年当酒吧侍女时对晚上离开酒吧的老家伙们所做的那样。

软实力。我很庆幸自己知道如何称呼这种模棱两可的神秘语言，也很感激我的成长经历可能给了我另一个版本的软实力。

我回到酒店。不知什么原因，酒店给了我一间几乎和我们在利物浦的公寓一样大的套房。我躺在床上，一边给彼得打电话，一边吃着赠送的姜饼。早上离开时，我把所有的茶包、咖啡包和卫生纸都塞进了背包，还在床头柜上给清洁工留了几英镑。我知道他们若是和我处在同样的位置上，也会这么做的。

和我成长历程中住过的许多城镇一样，豪顿勒霍尔似乎与世隔绝，远离一切事物。事实上，从纽卡斯尔到这里只需要一个小时的公交车车程。我坐在公交车上层的前方，双脚搭在窗台上，望着郊区的小楼逐渐变成更小的矿工小屋，然后是高速公路，还有华盛顿购物中心阴森的水泥外墙，最后是霍顿勒斯普林（Houghton-le-Spring）的小商业街，街上开着一镑店、酒吧和装饰过度的咖啡店。车子绕过拐角时，我看到一只六英尺高、饱经风霜的毛毛熊被绑在篱笆上。它垂着头，身上的毛也已斑驳，算不上是一种"放弃所有希望……"的标志，但感觉已经很接近了。我有点迷惑地四处张望，发现一只更小但同样饱受摧残的熊被绑在一辆白色货车的车顶上，车身贴着床和床垫的广告。大巴车在空荡的大街上缓慢行驶。所谓空荡，我指的是世界末日的那种空荡，黑死病造成的那种空荡。虽说现在是工作日的中午，但街上难道不该至少有几个退休的老人吗？

　　从霍顿勒斯普林到豪顿勒霍尔，距离并不遥远。以前
上芭蕾课的时候，我经常乘坐这趟路线的反方向大巴。一
开始是和妈妈一起，后来到了我十岁那年，为了省下成人
车费，我都是自己一个人去上课的。大约三个月后，我意
识到无论自己多么努力练习，一周一节课也无法让我成为
一名芭蕾舞演员。这样的不公搞得我心烦意乱。我可以成
为班上最好的学员，但没有钱买课、买衣服或参加试镜，
也就到此为止了。那晚我回到家，气呼呼地朝妈妈哭诉了
好几个小时。最后，我们连每周几英镑的学费也难以承
受。于是妈妈让我告诉老师，我不会再回来了。老师提出
免除学费，我告诉她我们不接受施舍，继续下去也没什么
意义，然后就再也没有回去过。

　　车子驶入豪顿勒霍尔时，我看到了陈旧的图书馆大
楼。这座图书馆是使我第一次真正爱上书籍的地方，不
仅仅是因为图书馆所代表的安全、温暖与舒适。在那之
前，我读的书和三岁的妹妹是一样的，都是大开本的图画
书，有可翻拉的书页和超大的文字。我猜每个人都认为我
是在补救，但在我看来，数量才是最重要的——还有谁能
说"我这周读了八本书"？但在那座图书馆里，我开始阅

读与我年龄相符的书，然后很快就开始阅读成人小说。每周去一次图书馆，把那些书带回家，进入另一个世界，看到书中人物的行为如同你所希望的那样，是我童年最大的礼物之一。好心的图书管理员也一样。不管我们还回来的书籍被妹妹撕坏或涂坏了多少次，他们总是说没关系，并且允许我们继续借阅最多数量的书籍。

妈妈会利用这座图书馆来研究自己的健康状况。在里奇不愿意和她离婚时，她还在这里研究了有关房租和离婚的法律。看到我突发牛皮癣，胸口和膝盖上出现了红色的鳞状裂痕（导致我每周都要接受痛苦的热油和细齿梳疗法）时，她也预定了相关书籍。有的时候，她还会把我和妹妹留在那里，自己去逛街购物。这座破旧的小楼如同教堂，简直就是一条救生索。只不过当我坐着大巴经过时，它已经不再是图书馆了。

豪顿勒霍尔的主要中心区有十至十五家商店，店面呈紧凑的椭圆形排列。街道如同蜘蛛腿般延伸开来，一条主路贯穿其中。这里十分安静。不是城镇或乡村的那种静谧，而是死一般的沉寂。比霍顿勒斯普林还要安静，安静得如同停尸房。店铺都开着，却没有一个顾客。如此空旷的街道与我多年前熟悉的繁忙小路形成了鲜明对比，让我有些喘不过气。

　　和其他任何地方相比，在这座小小的村子里漫步更让我感觉自己像个巨人。我走到医生的外科诊所后面。妈妈曾在这里吵过架，我则在这里被检查出生殖器疣和耳部感染。转诊的医生说，我的感染如果得不到及时治疗，就有可能失聪（那个瞬间，我闻到腐烂的油性棕色液体顺着脖子流了下来，下颚感到麻木的疼痛）。我来到新装修的游泳池——那里已经不再是美丽的维多利亚式浴池。十一岁那年，我终于在这个泳池里学会了游泳。学校的游泳课结束后，我喜欢用塑料杯从自动售货机里接上一杯加了碎冰的雪碧，我的头发冰冷，浸透了氯水，贴着我的双颊和脖颈。

　　进屋后，我询问接待员图书馆在哪儿。离开时，我像个讲述着只有自己才能看到的奇迹的疯子似的，告诉她我曾在这里学会了游泳，就像我开头说过的那样。她礼貌地笑了笑——她怎么会知道，十多年来，我甚至没有最细微的线索可以把我和曾经的那个孩子联系起来，就连照片、朋友和探亲之旅都不曾有过。我常觉得自己根本就没有过童年，十八年来仿佛一直背负着成人生活的重担。

　　小学还会开设免费的游泳课吗？我问。

"是的，每周都有。今天就有一节。我也是在这里学的。"

"真不错。我很高兴他们如今还在延续这个传统。"

"是啊——"她吃惊地轻声笑了笑，"真的很不错。"

新图书馆只占据了村镇中心的一小片空间，它让我想起了干净整洁的社会保障部办公室。标准的玻璃前台，亮蓝色的布告栏，上面贴着学徒工作、戒酒会活动和福利咨询会议的海报。屋里大概摆放了四个书架，上面大多是有关犯罪和爱情的书籍，还有一小片儿童区域。看到我走进来，图书管理员吃惊地抬起了头。我低声说了声"嗨"，她一脸讶异地点了点头，然后又把头钻回了柜台下面。我猜她很惊讶竟然会有人到访。

我花了不到两分钟的工夫，就逛完了整座图书馆，还看了看布告栏。这地方如此宁静空旷，就连踩在地毯上的轻柔脚步声都有种越界的感觉。迈进室外明媚的阳光时，我为老图书馆哀悼。它曾为我和妹妹这样的孩子和妈妈这样的母亲提供了一个充满助益、安全温暖的空间，昔日的模样如今却只剩下空洞的模仿。

我回到主干道，走进了一家慈善商店。当我的目光与收银台后面那位老人浅色的双眼相遇时，我陷入了冰冷的恐慌之中。我的手慢慢滑过涤纶套头衫，偷偷瞥向他粉红色的下巴和毛茸茸的大手。我慢悠悠地浏览着这些小物件，选了两个小小的乐高人偶——一个是牛仔，一个是宇航员——来纪念这一刻，打算把那个地方的一小部分以及它对我或好或坏的意义带回家。

付款时，肾上腺素令我的手臂感到麻木，尽管这并不是什么可怕的事情。他只不过是一个志愿在落满灰尘的慈善商店里做义工的退休老人，面对一个他无法辨别口音的高大成年女子，他露出了很不自信的表情。

我认识回家的路，清楚地记得从住房协会的居民区通往镇上的那条路，无论是晴是雨——虽说大部分时间都在下雨。我们绝不搭乘公共汽车，除非是星期一，并且有要买的东西带回家。当然，这条路根本不是没有尽头的。不出十五分钟的工夫，我就经过了十岁时剪过小精灵短发的理发店，还有因"看起来像个男孩"，妈妈为了安慰我而给我买糖果的旧报亭——不知怎么回事，这两家店竟然还在营业——然后就到达了我的小学。

学校坐落在豪顿两座小山之间的一处洼地里，旁边仍然是妈妈曾经带我去过一次的酒吧。那一次，她以"家里有紧急情况"为由，早早把我从学校接了出来，结果却带着我坐在学校背后发霉的野餐长凳上，让我吃着美乃滋鸡蛋（一种涂了沙拉酱的煮鸡蛋，老实说，那是我最幸福的美食记忆之一），喝着一小瓶冰可乐，她则喝着啤酒，和某个新认识的女性朋友大声说笑。我想我后来再也没有见过那个女人。

我发誓一定要去那里吃顿午饭。我要去点菜单上想吃的任何东西。但后来，学校分散了我的注意力。

我妈妈讨厌豪顿的莱昂斯小学，讨厌没完没了需要家长参与和出席的活动——圣诞集市、五朔节舞会、复活节彩蛋和软帽装饰活动、铜管乐队演出、学校戏剧、书展，不胜枚举。另外，这里的老师都是妈妈所说的"多管闲事之人"，他们经常亲切地询问家里的情况。格林先生允许我挑选最好的工作：书展监察员（你可以挑选一本免费的书，于是我选了最贵的那一本，一本漂亮的立体书，对我来说很有意义）和"放映机女孩"。[每天早上，在大家照着屏幕上的赞美诗唱歌时，我负责在醋酸布上滑动比对歌词的尺子——我每天早上都会选择《奇异恩典》（Amazing Grace）和《舞蹈之王》（Lord of the Dance），这让大家开始感到有些不耐烦。]

即使站在学校的门槛上，我也能产生一种归属感和秩序感。那所学校，那些愚蠢的活动，老师们的奉献与默默的关怀，是我童年最美好的经历之一。

我没有安排任何形式的会面。当回家之旅开始让我感到难以承受时，我就不再这样做了，而是决定改变方法，遇到谁就和谁聊聊天，后续再进行电话采访。反正我的着装也不适合会面：糖果粉色的运动鞋和袜子，七分裤，一件红色条纹的T恤。这套衣服是为了舒适地行走一整天而搭配的，但看上去的确略微有些古怪——有点像儿童节目的表演艺人，又有点像达尔斯顿的咖啡师或是电视综艺节目主持人。

我并不是一个勇敢的人。出于种种原因，我害怕陌生人。于是我学会了在绝对不得已的情况下展现自信。我喜欢和陌生人聊天，但会竭力避免可能让我被品头论足的互动。（奇怪的是，我最后竟然把自己的一生都写在了这里。）

尽管怀揣着紧张的心情，我还是抬脚迈进了学校。好奇心与归属感是我内心强烈的本能，它也许战胜了我的社交焦虑或对被人评判的恐惧。

我记得学校走廊里铺着油毡布，到处都是深色的木头，随处可见拖把和水桶，但眼前出现的却是一所现代化的校园。学校的大门变成了玻璃质地，还有一个令人印象深刻的大型接待处。接待台背后的女人约莫二十五六岁，面带微笑，通过口音可知她即便不是本村人，也是在这片地区长大的。

"有什么我可以为您效劳的吗？"

"哦，嗨，是的，我……"难道我要说，我只不过想再次感受穿过这些大门时的惬意？或者我正在进行一项奇怪的个人实验，而这里是实验过程中最重要的一个点？我在寻找过去二十年间丢失或抛弃的东西，你能帮帮我吗？

"很抱歉，我只是顺道来看看。我曾在 1989 年至 1990 年在这里上学。我只是好奇。你们重新装修了吗？"

她的表情礼貌却不露声色。

"是的。"

"你知道吗，我在这所学校只待了两年，但它是我上过最好的学校。"

她的表情略显松弛；虽然她至少比我小了十岁，却像母亲一样歪着头。"我在想，那时候的人会不会还在这里。"

"斯坦福夫人？麦克拉伦夫人？班主任是格林先生，他是一个非常优秀的班主任。"

"道格？道格·格林。他还在这里工作。我的意思是，他已经退休了，但现在是一名培训师。我几个月刚和他一起培训过。"

"我的天哪！你有他的联系方式吗？或者，不，抱歉，也许我可以留下我的联系方式？其实我只是想说声谢谢。我明白学校里有安全措施之类的规定，不可能允许我到处乱逛。我的童年——"我该用什么词来形容呢？"充满艰辛——但格林先生、这所学校，是如此鼓舞人心。我现在是一名出版过作品的小说家……"她看着我，脸上流露出印象深刻的表情，或许只是很喜欢这个在普通的周五下午沿街走来、为她讲述自己人生故事的人。我的脸红了。"要不是因为这所学校，我永远也不可能做到。它真的非常特别。"

她突然明白了什么，仿佛下定了决心，点了点头。

"你知道吗？我去看看副校长在不在，她可以多跟你谈谈。也许可以把你介绍给史密斯夫人，你在这里读书的时候，她也许也在这里工作。"

她颇有效率地认真忙活了一阵，迈着大步从书桌后走出来，穿过巨大的玻璃门。门后传来了孩子们的喧闹声。

副校长是一位魅力超凡的职业女性，让我为自己穿得像个邋遢的船夫感到尴尬不已。她把我领进了她的办公室。我向她解释写书的事情，还提到了我和学校的关系。

"事实上，我明天的聚会正好能见到斯坦福夫人。"

"真的吗？啊，好遗憾我不能多待些时日。请代我问候，好吗？我相信她不会记得我，但她是个好人。"

斯坦福夫人开的是吉普车，爱穿二十世纪七十年代的棕褐色及膝长靴，只喝好立克饮料（在九岁的我眼中，那似乎就是最高档的饮料，所以我发誓长大后也只喝这个）。

我问她这个地区是否依旧贫困，她告诉我是的。

"你知道吗，在我上过的所有学校中，只有这里的老师会努力不让我因为贫穷而感到尴尬。"

"听你这么说，我很高兴。其实我们刚刚完成'贫困防护'的工作。"

她解释称，"贫困防护"是东北儿童慈善机构（Children North East）设立的扶贫项目，始于2011年。他们会为该地区的孩子发放一次性相机，让他们拍摄当地的贫困状况，并回收了近1.1万张照片。拍摄者们通过这些照片传达了一个信息：最无法忍受贫穷的地方是学校。于是东北儿童机构开始对豪顿莱昂斯等学校进行"审核"，以确定校园生活中的哪些环节对出身贫苦的孩子来说特别困难，以"防护贫困"。

对低收入家庭的孩子来说，困难之处包括：因为领取免费的学校餐食而为人所知；因为缺乏资源或合适的校服而遭到斥责；因为费用问题而错过旅行；因为缺乏体育装备而错过体育课；在展示与演讲活动中遭到冷落；因为没有和同龄人一样的品牌服装、手机或小饰品而被霸凌；以及如果错过了校车，就没钱搭乘公共交通，从而失去参加课外活动的机会。

该慈善机构得出结论，学校应该试着从最贫穷孩子的角度来想象在学校一天的生活，在开展任何活动之前都应将这一点考虑进去。

副校长告诉我，他们在审核过程中发现的最大问题之一是水壶。收入有限的父母无法为孩子购买最新的昂贵水壶，而其他孩子很快就会注意到谁是富人谁是穷人。我想起了自己的海军蓝针织"校服"。所有的孩子都说我的身上有味儿。我告诉她，我完全理解那是什么感觉。他们推出了一种价格实惠、统一标准的学校自有品牌水壶，从而解决了这个问题。这种微不足道的体贴让一些孩子的生活轻松了不少。

"你想四处逛逛吗？"

"如果您有时间，我会非常感激。"

学校很美。我们走过挂满图画的走廊，耳边传来了教室里发出的欢声笑语。所有的东西，甚至是厨房里的炊具，都是孩子的尺寸，让我再次感觉自己如同一个巨人。她告诉我，他们还有一个早餐俱乐部和一个课后俱乐部，这样能帮到双职工父母。而且学校旅行是免费的，一切都尽可能包容。

"我在这里的时候，这个镇子……"举步维艰，"一直在苦苦挣扎。"

她点点头，在前往操场的路上略微压低了嗓门——我曾经在这座操场上编排过《油脂》（*Grease*）的舞蹈。"没错，这里仍旧属于最贫困的20%城镇之一，但所有的父母都会参与进来。无论我们要做什么。这里最大的问题是毒品……他们把目标对准了那些脆弱的年轻母亲。"

"天呐，太可怕了。"

片刻间，她看起来不那么光彩照人了，更像是一个肩负着数百个孩子生命重担的女人。我试着想象要是明知要把孩子送回一个不太稳定、可能并不安全的家里是什么感觉。他们纤细的四肢和充满希望的愚蠢行为；他们的天真与信任。"你们做得太棒了。我永远也做不到你们做的事。"

回到室内，我们经过了一间音乐教室，听到里面回荡着铃鼓和录音机的刺耳声音。

"我带你去见史密斯夫人。她可能还记得你。"

我先是和一位年轻的老师握了握手，然后又和在校工作了四十年的史密斯夫人握了握手。她身材瘦弱，头发、脸和粉红色的套头衫在原色的走廊下显得不自然的苍白，让我感觉十分亲切。

"我想你应该不是我的老师——不然我会记得的。不过，能够见到你真是太好了。"

"我可能教过你跳乡村舞。"

"没错！多亏了你，我在同乐会上才能有立足之地！"

"还有铜管乐队。"

"哦，我是有史以来最差的乐队成员。我被分配到了法国号，但从不练习，只会观察其他孩子的手指，而不是看谱。"我觉得我从她的脸上看到一丝不满的表情一闪而过，于是赶紧试图弥补："我现在是一名小说家。我的作品由企鹅兰登书屋出版。我写过两本书。这将是我的第三本。"

她睁大了眼睛："真为你高兴。恭喜你。"

我感觉就像得了一颗金星，心中既羞怯又自豪，仿佛正在向她展示我刚刚画好并撒上了闪粉的一条龙。我看了看鞋子。"没有这所学校，我是不可能做到这一点的。你懂的，我猜老师们知道我家境不好……都十分照顾我。麦克拉伦夫人还把她女儿的衣服送给了我妈妈，让我和我妹妹穿。斯坦福夫人知道我们负担不起，便想方设法地送我去露营。"

"我很高兴。听到这些我很高兴。"

不知怎的，在那条闷热的狭窄走廊里，我和这个刚刚认识的女人伴着录音机与铃鼓声响牵起了手。我握着她纤小轻盈的手，两人都泪流满面。"对不起，返校真的会让人情绪激动。非常感谢。真的。"

我们拥抱着道了别。我还答应把自己的书寄给她。

临走前，我再次向大家道谢，记下要送书的姓名，与他们挥手告别。

出了门，我向右拐上了通往我家老房的山坡。阳光明媚，天气温暖，我一边爬山一边微笑着迈动脚步，经过了一家养老院。我过去经常跑去那里，询问能否"志愿"陪老人们聊聊天，虽然他们谁都不想被我打扰。我走到了板球俱乐部。有时我会用零花钱在那里买杯菠萝汁。我还看到了那如今只剩下一块水泥地的电话亭。每个星期日的下午，我都会在那里等待爸爸打来电话（或是不打）。或者，拨打反向收费电话，一直到我们意识到电话费有多昂贵。我沿着矿工小屋的后巷往前走，路过了破旧的木门和摇摇欲坠的红砖。这里几乎没有什么变化。我也没怎么变，仍然会为好学校里的好老师表现的善意与关心所感动、所温暖。他们都在竭尽全力应对城市带来的一切挑战。

为了赶往我家老小区的红砖房围成的半圆形区域，我选择了一条捷径。这是一条几十年来被人踩出来的小土路，位于一块田地和一些小块菜园之间。就是在这条路上，我捡到了色情图片，被那个老头发现我在盯着它看，接着被吓了一跳。显然我永远不该孤身一人走在那条路上，尤其是在我九岁或十岁的时候。即使是阳光明媚的日子，成年人走在这条路上，看着这一边是摇曳的高大黄草，另一边是从铁丝网栅栏里溢出的明艳野花的场景，也会让人感到一丝微妙的警觉。所有女人在这种安静偏僻的道路上都会有这样的感觉，生怕被人拖走、追逐、触摸、擦碰。无论天气有多晴朗，安静的小路有多么短，你都会产生这样的感觉，肌肉也会轻微地紧张。

然而离开小径，眼前的美景令我惊讶。一望无际的田野，目光所及之处尽是笔直的绿色地平线，成群肥胖的老马在草地上吃着草，就像我小时候那样，就像我从未离开过一样，在那里等着我喂它们吃薄荷糖。我把手掌摊得平平的，上面残留着黏糊糊的马的唾液。

秋千已经不见了，但我想，真是个风景如画的地方啊——目之所及的一切，属于你一个人的马匹。我想起来我是如何在长着高草的田野里捕捉飞蛾的了，我让它们在我捧起的手心中扇动翅膀，以此来捕捉它们翅膀上闪着青铜色光泽的粉末；我想起来如何与朋友们在大街上玩耍，又是如何与妹妹一起走到附近的人造池塘，从温暖的泥浆里挖出和鹅卵石一般大小的青蛙的了。我们离开时，我才十一岁，可能正是开始感受城镇严酷的限制带来刺痛的年龄。但是，有一段时间，和其余的一切一样，我曾拥有一段已经几乎被完全遗忘的快乐童年时光。是的，我想，掌掴确实比抽打更痛。

仿佛是为了配合这地方的主题，整个居民区也是一片死寂，鸦雀无声，就连微风也吹不动任何东西。我转身迈向由四座公寓楼组成的月牙形小道，发现一对男女正坐在楼外铺满灰色铺路石的狭窄公共区域里。两人坐在厨房椅上。其中那个中年男子赤裸的身躯在阳光下显得更加黝黑。瘦小的五十多岁女子还穿着一件开襟羊毛衫，双腿交叉，一只脚盘在椅子腿上，盘得特别紧密，与男子大刺刺敞开的双腿形成了鲜明的对比。两人之间放着一大瓶橙汁，他们嘴里都叼着烟，看起来既舒适又亲密。我为自己的闯入感到有些不好意思。但在一个似乎看不到其他人的小区里，我不可能不停下来解释一下自己为何在四周徘徊。

"我以前住在这里。"

我指了指他们身后那扇曾经属于我房间的窗户。他们对我的打扮、我似乎漫无目的地闲逛、我脸上热切的微笑都感到困惑。男子比女子稍微友善一些。"那里是她现在住的地方。"

如此的运气，如此的巧合，让我露出了微笑。"我的上帝。真的吗？"

她看起来不以为然，因为对她来说，坐在自己公寓的外面当然没什么好惊讶的。

"是啊，我在这里已经住了五年了。"

"你介意我在外面拍几张照片吗？只是为了纪念一下。"

我感觉她想拒绝我，但说出的话如同覆水难收，否则就得深入探究一下她为什么不愿意让我拍照。再说，我还是觉得那是我的房子，是我先住在那里的，为什么我没有拍照的权利呢？可那已经不是我的房子了，我根本没有这个权利。男子向后靠了靠，咽了几大口汽水。一副事不关己的样子。

"你确定没问题吗？"

"确定。"

我拍了几张，然后回头朝两人走了过去。

"非常感谢。你介意我问问小区现在怎么样吗？这是不是一个适合居住的好地方？"

她耸耸肩，吸了一口烟。"他们给我们安了新的门。"

男子猛地坐直身体，大笑起来。"新的门，但注意，里面的情况很糟。"

我跟着两人一起大笑起来，然后问道："还是只有一个房屋协会吗？他们做得够不够？能保证足够的安全吗？"

那个女人看了看他，又看了看我。"你不是他们的人吧？"

男子大吼了一声："间谍！"

我又笑了，试图让他们宽心，说道："不，我只是故地重游，想调查一下。我是个作家。"我知道，这话其实根本不可能让他们宽心，但撒谎似乎是不对的，即便是有所保留。

有那么一刻，我以为她有可能邀请我去看看我的老房子。我看得出来，只要我开口，哪怕只是多一点底气，她都会让我进去，尽管她不想。而我也非常想去看看。但她就像我家里的女性常说的那样，似乎"一直活在紧张和疲劳之中"，所以我一点儿也不想打扰她。"好吧，非常感谢你们。谢谢你让我拍这些照片。能够看到这里真是太棒了。"

就在我转身离开时，她在我身后喊了一句。

"你可以试着和七十二号的帕姆聊聊——他们在这里已经住了许多年了。"

"好的，谢谢你。享受阳光吧！"

我的话音未落，他们就已经迎着天空仰面闭上了双眼。我很高兴他们看上去非常幸福。

我没有去找帕姆。我知道我应该去。如果我是一名优秀的作家和研究者，我就应该这么做。但我不想打扰别人的夏日午后。让帕姆继续忙她的事情吧。此外，这是我第一次真正感觉到，我也在做自己该做的事情。

我把居民区里其余的地方都走了一遍。这里比我记忆中还要破旧，但还是比我们住过的大多数地方要好。我决定上山走走，去我们偶尔购置杂货的几家小店看看。想

起自己曾把其中一家店称为"巴基斯坦佬"保罗（Paki ①
Paul）的店，我羞愧得胃疼。我认识的每个人都这么叫。
虽然妈妈是个强烈的反种族主义者，却也没怎么管我。她
还训练我，拿着纸币进店时，为了防止他少找我钱，一定
要在递钱给他时说："这是五英镑。"不过他从来没有少找
过我一分钱。她经常塞给我一张手写的字条，上面写着香
烟和饮料——当时的父母都是这么做的——还要在字条的
末尾用圆珠笔签上花体字。

爸爸来探望我时，听到我竟然用这样的词语，惊恐地
试图反复向我说明，我为什么不应该这么表达。

"可是爸爸，店名就叫这个啊，"我坚称，被他身上那
股南方人的傲慢惹恼了，"这就是这家店的名字。"

"凯里，那不是商店的名字。"

他和往常一样喝醉了酒，头脑却很清醒。我很高兴他
让我别再这么叫它了。

我路过了街角的一所房子。那里曾是一位老朋友的住
所，一座很不错的房子，楼上楼下各有两个房间。她住

———————————

① Paki: 对巴基斯坦人的蔑称。——编者注

在其中一间大卧室里，屋里贴着海报，摆放着玩具和化妆品。有一年夏天，我们穿着泳装坐在卧室的床上，一遍又一遍地听着《这就是我所说的音乐：17》（*Now That's What I Call Music: 17*）。也是在那里，总是对我的胯部很感兴趣的杜宾犬咬了我的胳膊一口。我穿着泳衣一路跑回了家，虽然连皮都没有被咬破，却还是哭得稀里哗啦。

令我惊讶的是，我重访的每一个地方都没有任何变化。但最让我震惊的莫过于豪顿勒霍尔。近三十年过去了，一切依旧是老样子：我一次性补了八颗牙的牙医诊所；我戴着裱附着箔纸的硬纸盒当头盔，打扮成宇航员参加万圣节派对的教堂大厅；爸爸每晚带我去买一桶那不勒斯冰激凌的商店——这样的铺张浪费曾让我觉得他很有钱——都没有改变。

走上前去，我看到其中一家店铺的某扇窗户被打碎了，闪闪发光的碎片被一张巨大的窗户贴纸和棕色包装胶带粘了起来。每当我看到破碎的窗户，总有种想要把窗户彻底踢破，看着碎片四散的冲动。我对那些心情糟透了的人会做出这种事情一点也不感到奇怪，因为这肯定能给你带来几秒钟的满足——尤其是在你已经无所谓输赢的情况下。

我走了进去。屋里的布局和我记忆中的一模一样——

破破烂烂的油布，架子上摆着落满灰尘的罐头和广口瓶，一台嗡嗡作响的饮料冰箱，后面是邮局。以前，门边的冰激凌冰柜上面装着金属护栏，香烟展示柜也用笼子装着。这些都不见了，所以有些东西还是变了。我突然想到，店里的东西我现在都买得起。只要我愿意，可以装满一篮，然后"哔"地一声刷卡完成支付（尽管那一刻我的卡其实已经透支了），根本不是什么大不了的事。我不慌不忙地四处走动，慢慢适应着长大成人的感觉。想到自己已经可以买烟或酒，我笑出了声。

我拿着一罐柠檬水和一袋腌洋葱口味的"太空入侵者"（Space Raiders）牌薯片走到柜台，问那对南亚夫妇在这里开店多久了。"我小时候经常来买东西。"

女店主长得非常漂亮。她低头看着我的薯片和汽水，像是被逗乐了，笑得十分灿烂。我害羞了。面对长得好看的人，我经常感到害羞。我想开口解释这些东西是我当下想吃的。我知道眼前这一幕看起来是什么样子：一个中年女子在追忆旧事。事实可能正是如此。

她的丈夫仰起头，回忆起之前的店主：二十年前他的堂兄在这里干，现在他们干了十年。一个满头柔软白金色头发的老妇人穿着牛仔夹克排在我的身后，也加入了对话。她说她还记得当时那家店，但不记得店主是谁了。一时间，我们都在谈论日期、年份和店主，如同一群正在解决什么棘手问题的同事。我在读卡器上刷了我的借记卡，说了声谢谢。老妇人很有效率地要了几支雪茄，一切又恢复了正常。我们又成了陌生人。

走出门，我在一堵矮墙上坐下来，面对一座已经被人遗忘的小纪念碑，一边吃着薯片，一边望着那家名为"矿工伙计"的简陋酒吧成片的磨砂窗户。我本能地感觉到，那不是我该去的酒吧，但如果我进去了，它将成为很好的素材。但我已经看够了。我想沐浴着温暖的阳光离开豪顿勒霍尔，把店里的美好时刻当作此行最后的回忆。

18

北希尔兹
2018 年

　　其实我只不过是在做尽职调查。那天早上，我离开盖茨黑德（Gateshead）的民宿，不知道接下来该何去何从，于是决定去看看北希尔兹是如何振兴的。我搭上了地铁。当列车停靠在通往惠特利湾（Whitley Bay）的泰恩茅斯（Tynemouth）车站，我像个兴奋的孩子，惊呼了一声"惠特利湾！"，连我身边那个面无表情的光头党也忍不住笑了。

　　在我们住过的所有地方中，北希尔兹给我留下的记忆最少。那里曾是我们搬去豪顿勒霍尔之前短暂的家。我只记得在临时民宿里吃过的晚餐；做手术时，医生得知八岁的我竟然没有打过任何疫苗；跟着《浑身是劲》跳过的舞；

以及在金属双层床上的垂挂与旋转。可是对于那座小镇，我的记忆一片空白，怀疑这是因为除了去公园或逛超市之外，我们很少离开自己的小房间。

北希尔兹大街属于电视新闻想要谈论"商业街之死"时会出现在屏幕上的那种地方。街上开设了美甲店、一镑店和许多慈善商铺，偶尔还会有一些个体的咖啡馆或商店，但里面看起来空空荡荡，似乎无人问津，如同一个打扮入时的女子独自坐在破烂的酒吧里。我觉得，除非是最缺钱的人或受地理位置限制的人，不然谁都会去桑德兰、美罗中心或纽卡斯尔购物？不过，看到一个城镇的中心被掏空，我还是感到十分心痛的。

到目前为止，这里最繁忙的商店是一家慈善商店，里面挂满了成排的衣服，每样东西只要两英镑。我进去翻找了一通。我的购物习惯非常吝啬。如果你称赞我的某件衣服，无论买了多久，我都能告诉你确切的价格——就像廉价版"雨人"[①]。但这类衣服大多不会被送到"正规"的慈善商店。看着其他女人一脸专注地在有洞的套头衫和皱巴

[①] 雨人：Rain Man，一电影角色，出自电影《雨人》（Rain Man）。雨人拥有超强的记忆力，对数字非常敏感。——编者注

巴的涤纶裙中挑挑拣拣，我很难过。离开时，我又心生愧疚，因为这不是我会选择去穿的衣服。因为，毫无疑问，选择才是关键。

站在庞德斯特莱奇（Poundstretcher）折扣店门外，我转着圈试图分辨方向，感觉自己模糊记得这些街道。就像你闻到了什么味道，但与之相关的记忆却遥不可及。我试着放松，劝自己反正今天没什么行程，于是迈开步子走了起来。街道十分整洁，店铺大多引人驻足，随处可见漂亮的房子和体面的汽车。某几幢雄伟的老建筑外表十分华丽，但从下垂的窗帘和破旧的网帘就能看出，里面都是些破败的公寓。我们学到的这些技能真有意思。我只需要几分钟的时间就能对一个地区进行解析：它有多安全，是富裕还是贫穷，是不是养育孩子的宝地。这些暗示主要是下意识的。我就是知道，而且从来没有错过。

我继续漫无目的地走，在一所学校外停下脚步，观看运动会的麻袋跳比赛，笑得直翻白眼。和我一起的还有一个刚刚到场的爸爸。他上气不接下气地高举着小小的运动鞋，就像举着一只奖杯。我知道其他成年人可能都以为我是家长。这让我感觉自己像个骗子，但也让我想到了未来的可能性，于是我又多待了一会儿。

有人曾经把拥有艰辛童年的成年人照顾孩子的过程称为"重新母亲化"（remothering）。通过赋予孩子父母之爱，你也会明白什么是父母之爱。对我来说，这听起来像是一个非常冒险的实验。我怎么知道自己是否强大到足以改变一个亘古不变的循环？尽管如此，我还是一直看到了比赛结束，和所有骄傲的家长一起欢呼鼓掌，然后远离人群去给彼得打电话，只为了听听他的声音。

在有一搭没一搭地与他聊天的过程中，我并没有停下闲逛的脚步。

"等一下，我再打给你好吗？我觉得我刚刚发现了什么。"

一块银色的圆形牌匾上写着"出租房屋开发项目，1990年10月15日开放"。我最后一次看到眼前这幢大楼，是在街对面我家的房间里。冲天的火焰烧塌了屋顶的横梁。

我的右手边是我以前的学校。我曾在那里的运动场上学会了打板球。还有一座公园，公园里有一条对角线小路。沿着这条小路走，就能从民宿到达学校的前门。我站在校门口凝视着学校。一个女人开着一辆四驱车，离开时与我挥了挥手，她显然以为我是个本来就应该出现在这里的家长。我也朝她挥了挥手，随后又尴尬地把手缩了回去。

我沿着昔日走过的老路穿过公园。我记得我曾央求妈妈允许我放学后去那里玩耍，说她可以从窗户看着我；但我总是只能待在家里，窝在小房间里看电视或蜷缩在双层床上看书。

即便就站在楼前，我还是无法确定。建筑的结构和位置都是对的，而且仍然保持着同样近乎哥特式的外观。但它看起来……十分高档。前门有着法罗＆鲍尔（Farrow & Ball）涂料的光泽感，奶油色的花盆里栽着两株修剪得整整齐齐的灌木。我走到后门，看见一辆锃亮的白色迷你库珀汽车停在那里。也许他们把这栋陈旧的高楼改成了豪华公寓。也许这间民宿和我一样，已经改头换面——但内部和原来一模一样，只不过外部进行了些许升级。

一个男人从后门走了出来，五十多岁，脑袋上架着一副墨镜。我感觉自己像是被人抓到正在偷窥，后来才注意到他脖子上挂一根绿色的证件挂绳，我这才放松下来。

"请问，这里在八十年代末是不是一家流浪者收容所？"

他表示了肯定。于是我爬上台阶，走到他所在的门口。

"我叫凯里·哈德森。我以前住在这里。顶层的那个房间，屋顶上有小窗户？我现在是一名作家，正在创作和这里有关的故事。"

我装出公事公办的自信，跟他握了握手，其实心虚得很。我总感觉这样自我介绍时，心里像是有什么东西会被撕开，揭露我根本不是一个三十八岁的职业人士，而是一个曾经无家可归的孩子，一个和妈妈、妹妹挤在同一个单间里的人。和往常一样，我发现他的态度产生了变化，在审视、评估我是谁的同时变得更加谨慎，但这样的变化是无声且善意的。

原来凯文是一名个案工作者，就在这座大楼里工作。这里如今是为心理健康存在问题的人提供服务的收容所。他告诉我，他们的组织接手这里之后，便拆掉了内部原有的结构。

"那时候的生活一定非常艰苦吧。"

"我们的房间里有一台小冰箱，还有一个可以做饭的电炉。洗一次澡要二十便士。"

他似乎被我说的东西搞糊涂了。"你现在显然过得不错。你的妈妈和妹妹呢？"

"我的妹妹很好。她接受了护士培训。"

我记下了他的同事凯西的名字和联系方式。当初他们接管这栋大楼时，她就已经在这里工作了。那天晚些时候，他在推特上关注了我，告诉我他很期待这本书。

我高兴地走开了。听到他证实这座房子曾经是个艰苦的住所，我心里有些释然。因为毫无疑问，我一直都知道这一点。我们一开始就不应该住在那里。

不知怎的，在民宿外遇见他让我感觉更加完整。以一个成年女性的身份站在这座建筑的门前观望，意味着我再也不需要执着于过去那些感受了。

在回程的地铁上，我决定在惠特利湾下车。我买了薯条和咖喱酱，坐在俯瞰大海的长椅上吃着，披散的发丝扎着我的脸颊，风拍打着我的衣裳。

在我眼前，两个金发姐妹穿着配套的蓝粉色裙子在玩耍。年纪大一些的姐姐大约五岁，不停地往前走动，妹妹蹒跚地跟在她的身后。姐姐又往前走了几步，妹妹踉跄地跟上，脸上挂着崇拜的微笑。最后，姐姐抱住小家伙的腰，把她抱回了父母所在的毯子上。整个循环又重新开始。我看着她们笑个不停。

我总是为失去了很多东西感到悲伤，但那一天，我也心存感激，感激我慢慢地将心里破碎的部分又重新缝合在了一起。坐在那里，在冰冷的沙滩上吃着薯条，我几乎开始觉得自己像个真正的人了。

19

科特布里奇
1991年

　　当妈妈告诉我，我们又要搬回苏格兰时，我并没有意识到要去的地方是科特布里奇（Coatbridge），一个离艾尔德里不远的小镇。但我记得我的确试着跟她讲道理，说也许搬去和里奇同住就没有顺利过。

　　至于为何突然离奇地搬离豪顿，有几种合理的解释：在我们生活过的地方，豪顿算是停留时间最久的；里奇带着钱来了，承诺他终于找到了一份工作；妈妈总是既无聊又孤独，而且心性过于乐观。我怀疑，在豪顿勒霍尔再待五年的想法让她感觉看不到头，于是她决定还是尽早让我离开中学比较好。我觉得在她看来，任何地方都比我们住的地方更好。

我们搬进了里奇的廉租公寓。公寓所在的地方是苏格兰最贫困的地区之一，位于一座塔楼的高层。里奇的公寓总是非常干净，但十分简陋。（我猜这是因为他是一名退役军人。）公寓里散发着卷烟和屁的味道，因为他只吃鸡蛋、薯条和豆子。屋里会架起各种各样的小架子，上面摆着装满钉子和螺丝的果酱罐。不可思议的是，这里竟然有一台黑白小电视，可以通过转动旋钮来接收信号。我和妹妹睡觉的空荡卧室里摆了一张单人床，这是他在街上或垃圾堆里捡来的。我们醒来时满身都是虫咬留下的粉红色伤痕。我感觉精疲力竭，指甲里还有夜里抓挠皮肤留下的血迹。

相比拥有红色砖房、围墙花园和有小马散布的田野的小镇豪顿勒霍尔，这个居民区本身就很恐怖，就像描述世界末日的未来主义电影里的穷人不得以居住的地方，仿佛食人族会戴着自行车头盔，手持鹤嘴锄在街上游荡。

当我们到达那里时，妈妈问："你不是说，这地方已经全都装修好了吗？"里奇挥动手臂，扫过几乎空空如也的客厅：一张靠窗的桌子、一张胶合板咖啡桌、一张破旧的沙发。他说："是啊。"住下后的前几个星期，我花了很多时间试图忽视妈妈与里奇的争吵，疯狂地玩着找单词游戏，偶尔站起来看看外面广阔的灰色和若隐若现的高耸建筑物。我不太了解什么是廉租房，我很小就离开了这种住所，但我不需要多少年的历练或多高的智商就能知道，这是一个充满敌意的环境。

搬家、长途车票、小零食和沿途的开销已经花光了家里的积蓄。接下来的几个星期，我们只能靠薯条过活。在一次难得的外出活动中，我去当地的商店逛了逛。那里有一家小铺、一家博彩公司和一家中餐外卖店，旁边是小区尽头的一大片绿色灌木，标志着与另一个名叫格林恩德（Greenend）的居民区的边界。绿地上总是散落着垃圾，有时还会停上一辆被人遗弃的汽车。我去的那家商店本身就像一座铝制笼子做成的堡垒。要选择买什么东西，就必须把鼻子顶到铁丝上，通过一个小小的舱口说出你的需求。店里的一块牌子上写道："任何情况下都不得要求赊账。"十五年后，爸爸还会提起那家店。他肯定来过，虽然我记不太清楚了。"那是真正的贫民窟产物。"他笑着说，把我丢在那里一了百了的想法从未停止过。我过去经常去那家店买糖果呢。

入住后的第一个礼拜，在去过商店之后，我和妈妈不得不奔跑着穿过小区的巷道，躲避那些站在车库屋顶上朝我们的脑袋丢石块的小孩。妈妈怒气冲冲地回到公寓，要求里奇做些什么，于是他慢慢悠悠、压抑着怒火将报纸和卷烟放到一边，走出了家门。

我们站在他的身后，看着他从大吼"来吧，我们一起玩个开心"到怒斥"我要把你们的牙打到喉咙里去，让你们把手塞进屁股里去啃指甲"。可那群孩子依然毫不惊慌地继续丢着石头。这可能是他们长久以来得到过最多关注的时候了。

最终，里奇厌倦了我总是待在家里，让我出去玩。

"可我一个朋友也没有。"

"你可以去少年犯感化院里交朋友。"

"那是什么地方？"

"没事。出去。我要你出去待上至少一个小时。"

于是我穿上旱冰鞋，笨拙地爬下黑暗的楼梯，在街区外一条十米长的碎裂铺路板上来回滑，直到一个小时后结束。

不出一个月的工夫，生活便分崩离析。妈妈告诉我们，我们只是暂住在这里，直到拥有自己的公寓。家里所有家具，还有电视都被搬进了我们的房间。我们三个和猫咪格雷西挤在一张满是跳蚤的单人床上。

我记得我们在那里住了很久，久到我甚至入读了一家（里奇选择的）天主教学校。校服是栗色的运动衫，还会有大巴车停在小区外接我们去上学。后来，我又转到了（妈妈选择的）一所非宗教学校。

一天晚上，妈妈和里奇在厨房里喝酒，吵了起来。她怒气冲冲地跑上楼，里奇跟在她的身后，把我和妹妹都吵醒了。妈妈放声尖叫，里奇打开窗户，抱起黑白小电视丢了出去。电视机在楼下摔得粉碎。他人高马大，场面十分恐怖。和生活中不需要看电视的念头一样恐怖。

那年我十一岁，马上就要满十二岁。我的口音乱七八糟，一半是诺森布里亚（Northumbria）口音，一半是阿伯丁口音，虽然听上去很时髦，但其实不是。我的穿衣风格也是乱七八糟，没有朋友，没有家庭关系。不过，比所有事情更糟糕的是我的处境——我是个穷光蛋，因此注定在高中里一败涂地。

毫不夸张地说，我是一个古怪且不善交际的人。我喜欢歌手密特·劳弗（Meat Loaf）和邦乔维乐队（Bon Jovi）。我阅书无数，最期待的就是去图书馆。更成问题的是，我会把这件事情告诉任何愿意听我说话的人。

总的来讲，没有人教过我，当你的观点不受欢迎时就应该闭嘴。里奇曾经给过我一条很好的建议。要是我当时采纳了它，刚步入青少年的那段时期可能会过得轻松一些——"保持安静，看看大家都在做什么。"但我从小就被教育要说出自己的想法。教我直抒胸臆的人会把我当作同龄人看待，让我觉得，和那些我被迫与之生活在一起的人相比，我肯定更优秀，即使我们实际上明显比社区里的大多数家庭都更落魄。

刚入读科特布里奇中学的第一个星期，我穿着当初为另一所学校（我已经从那里办理了退学）购置的装备去上体育课——海军蓝色的运动裤、及膝袜、网球衫——却遭到了全班的嘲笑。那年晚些时候，我的英语考试得了C，课上到一半就哭了起来。我约了一个一直折磨我的女孩去打架，结果全年级的人都来围观。不过，一动起手来，打人的想法似乎就变得不可想象了。最后，我躺在泥土里，身上已经洗褪了色的灰色训练文胸露在了外面。我的裤子也总是短上三英寸，衬衫上还有黄色的汗渍。妈妈会在家里给我理发（其实现在也是如此），害得我长出来的头发总是奇形怪状。

我创办了一份校报，但一心只想写反种族主义的文章。那时我刚看了电影《密西西比在燃烧》（*Mississipi Burning*），决定长大后当一名民权官员。这份报纸只办了一期。在社会科学课上，老师让那些认为杀害杰米·巴尔杰（Jamie Bulger）①的凶手应该被判死刑的人坐下。我是唯一一个站着的人。我环视教室，对同学们说："那你们跟杀人犯有什么两样！"虽然我的政治观点是正确的，但你可以想象，这样的话在一屋十一岁的孩子中会引发什么样的反响。

我想不明白自己为什么会被人欺负。

我知道，在很多方面，我都把自己塑造成了一个显眼的目标，但令我惊讶的是，那些孩子竟然如此残忍。我明白专制政权为什么会招募青少年了：因为他们已经聪明到能够察觉到他人身上最脆弱的地方，却还没有成熟到足以理解自己能够造成多大的伤害。

有一天，我从台阶上跳下来时扭伤了脚踝。当同学们嬉笑着排队等待老师时，我一个接一个地恳求他们去找人来帮我。老师终于赶到时，竟然也当着我哭泣的脸庞大笑

---

① 杰米·巴尔杰：一名英国的两岁男童，于1993年被两名十岁男孩绑架并残忍杀害。——编者注

起来，翻着白眼把我送去了校医那里。

我不是在演戏。我的脚踝青一块紫一块，肿得像只网球。令我至今都无法忘怀的不是疼痛，而是对人们竟然可以如此不友善的彻底绝望。

学校不再是我学习的地方，而是一个需要躲藏的地方。我不断告诫自己要坚强起来，以应对难听的话语和琐碎的暴力行为——无论如何，你都不能掉眼泪。每天早晨，我走上山坡时，都会想象新的一天又会带来什么样的伤害或羞辱。每天下午，我又会满怀欣慰地走下山，庆幸自己又活过了一天。除了几位好心的老师（历史、自然科学和艺术老师），我觉得教职工和同学都不喜欢我。

我怀疑老师们讨厌我的原因有很多：我不是本地人，总喜欢直言不讳地表达内心的观点，而这些观点往往不受欢迎（比如那位社会科学老师就强烈支持死刑）。同时我出身贫寒。也许他们把我努力适应新课程、新学校和每天获得的待遇误认为是愚蠢。

在学校里，我本是一个爱读书、爱学习的孩子，对教育能带来什么充满好奇与热情。但到了初二那年，这些人用刺耳的话语、不耐烦的态度，有时甚至是赤裸裸的敌意，将这样的好奇与热情几乎彻底压制了。有一次，我在体操比赛中得了第二名，我就站在老师面前，她却没有理会我，而是对着获胜者说："你差点儿就让她赢了。"说"她"时带着一种厌恶且轻蔑的意味。我再没做过任何运动，直到三十岁。

我入学后几个星期，妈妈终于在格林恩德分配到了一套廉租公寓。那是一座拥有四套公寓的楼房，坐落在一条长长的道路尽头。道路绕着小区蜿蜒而行，里面一排排曾经令人向往的廉租房如今已经变成了肮脏不堪的街区。

格林恩德得名于小区紧挨的绿地。我们用偷来的购物手推车推着所有的家当经过时，绿地上好像还摆着正在燃烧的垃圾箱。或许那些象征着不满与无聊的残烟是我回忆起那个地方时的想象。可就连里奇也称它为混乱的"牛仔之邦"（cowboy country）。

的确，有传言说，如果你惹了不该惹的人，家里的房子就会被他们"烧得一干二净"。推着这些东西走向小公寓的途中，就连我都觉得，我们本可以再谨慎一些，不要那么无所顾忌地宣布我们是刚刚抵达的"鲜肉"（fresh meat）。

和所有廉租公寓一样，这个房子的风格也是简朴实用到了搞笑的地步。我们没有什么东西可以填满它。地上铺着标配的破旧棕色地毯。平平无奇的空荡房间里，墙壁上贴着廉价的刨花墙纸[1]。妈妈又利用社会补贴贷款买了些二手家具和白色家电，还有盘子和叉子、几口平底锅和一些床上用品，每周一点一点地偿还。还款金额并不多，也许只有几英镑；但到了星期天，当橱柜里空空如也，我们都饥肠辘辘时，就知道少了几英镑是什么感觉了。

楼下的邻居名叫克莱尔，是一位单身妈妈。她的儿子安德鲁那年八岁，一头乱蓬蓬的金发，痴迷足球。他在楼前踢球，我和妹妹在后院那片近乎枯死的树林和潮湿的草坪上玩耍，总是撞倒别人晾在外面的潮湿衣物。有一天，当时已经三四岁的妹妹发现了一个用过的注射器，把它当作奖品一样带回了家。后来我们就不再去那里玩了。

爸爸在那段时间里消失了一阵子。几个月过去了，甚至有可能是五六个月，他连电话都没有打过一个。后来我收到了一张字迹潦草的明信片。他去了墨西哥，去了爱

---

[1] 刨花（woodchip）墙纸：由两层纸夹着一层木纤维或木屑制成。它通过覆盖墙面的瑕疵和不平整来隐藏裂缝，形成一种有意的粗糙表面，被用作抹灰墙的廉价替代方案。——编者注

尔兰。他得了面神经麻痹症。他要回伦敦。我可以去看望他，或者我们可以一起去度假。

我相信了他的话，从一家好心的旅行社手里拿了一大堆旅游手册。当我骄傲地宣布"爸爸要带我去希腊"时，他们肯定知道我哪也去不成。我目不转睛地盯着手册里的酒店房间、不限量的自助餐（尽情享用！）、拥有洁白沙子和碧蓝海水的海滩、儿童俱乐部和带滑梯的泳池。与此同时，我正躺在电暖器前，穿着二手的粉红色羊毛晨衣，身上散发着青春期的汗水和衣服前任主人的气味。或许你听了会惊讶，但阅读那些手册是我距离成排原色阳伞之下的自助餐和海滩最近的一刻。

在所有回忆中，写到这段时光最令我感到悲伤。也许是因为我已经长大，可以理解了。我开始慢慢地、冷酷地、逐渐地意识到，生活充满艰辛，而且可能只会越来越艰辛。我不能再依靠老师的仁慈或幼稚的幻想生活下去——尽管上帝知道，我试过沉浸在幼稚的幻想之中。

作为一个家庭，我们非常迷茫。妈妈被彻底孤立了。里奇只会在希望得到借款或一个吻和拥抱时才过来。有一天，妈妈约邻居来喝上一杯，但在他们到达之前，她就已经干掉了半瓶伏特加，最后当着他们的面摔倒在地。在我试图哄她上床时，她朝我们大喊大叫，然后一直睡到了第二天。

她和克莱尔唯一一次抛却牵强的礼貌开口说话，是在两个戴着巴拉克拉法帽，拿着撬棍的男人出现在克莱尔家门口的时候。我和妈妈穿着睡衣走到楼梯平台上，朝着楼下高声询问她是否需要警察。她说不需要，于是我们就回屋了，仅此而已。

我们发现自己又一次出现在了一个自己无法融入的地方。我无法习惯这个城镇的暴力，那些似乎毫无来由的喊叫声——"嘿，姑娘，想不想来快活一下？"或者"来给我吹喇叭吧！"。每一次我开口，都会暴露我的格格不入。

我们会一起去当地的公园度周末。妹妹喜欢那里的蝴蝶屋，或是那家名为萨默李的小型博物馆，里面专门展示了"苏格兰的工业生活"。妈妈从一家慈善商店逛到另一家慈善商店，挑选"二手货"。我则在店外等待，心怦怦直跳，生怕被同校的人撞见。我和妹妹的打扮非常奇怪，是妈妈为我们搭配的——橙色的马甲和黄色的连衣裤。晚上，我们会一起看电视，直到我在屏幕前睡着。每次学校午休时间，我都得花上二十便士给妈妈打电话以确认她的情况。我经常照顾妹妹，动作娴熟到让人误以为她是我的孩子。

我确实在小区里短暂地交到过一些朋友。有两个女孩会帮我在头发上抹摩丝，还会借给我唇彩，然后带我到处散落着碎玻璃的公园里闲逛。但是妈妈认为我不该再和她们厮混，因为她老是见不到我。

我仍然相信妈妈所说的一切，穿着她给我搭配的奇怪二手衣服。只要她叫我回家，我就会待在屋里。我们的关系之所以异常紧密，只不过是因为她孤身一人，而我也和周围的一切格格不入。我不仅是她的女儿，还是她在这个世界上唯一信任的人。

但那时我才十二岁，过得很不开心。我身处困境，试图向成年迈进，却像溺水一样挣扎，身后还要拉上妈妈和妹妹。

后来，我加入了教会。我已经记不清事情具体是怎么发生的了。我和一个叫米歇尔的瘦削女孩成了朋友。她有一个整洁的家，还有一个严厉得吓人的爸爸。他热爱七十年代的摇滚乐队朗瑞格（Runrig），多过爱他的妻子。米歇尔和我一样穿着发灰的白袜子和不合身的裤子，这就是我们的共同之处。

我们差不多有一年的时间都形影不离，也许是两年，但这并不是出于对彼此的喜爱，而是因为我们搭伴出行更加安全，于是我们便充分利用这一点。我们会玩些无害的游戏，去镇上闲逛，避开其他青少年，练习在栏杆上保持平衡，偶尔揣着几英镑，胳膊下夹着卷紧的旧毛巾去游泳——童年最后的放肆时光。

但后来，米歇尔的爸爸决定不再与我相善，嫌我话多又缺乏管教，好像这些事情会传染。于是米歇尔与我渐行渐远，我也被迫去寻找新的朋友。

最后，我只能和琳达、黛博拉在学校里一个无人的角落里度过午餐时间。我们会交换热门影视作品的海报。（她们用基努·里维斯的海报换走了我的"接招合唱团"海报。）后来，我还会和她们一起过周末，去她们家里做客，和她俩一起坐着琳达父母的车前往新光教堂——一座新建的红砖建筑，坐落在马瑟韦尔（Motherwell）一个犯罪盛行的地方。

新光教堂是一所以美国模式为基础的福音派教会。我最初加入的是青年团。我记得团名叫做"活力青年"。团里有二十多个人，还有一群二十几岁的成年人作为青年领袖。我们会聊些许宗教内容，善良和好学生的本质让我很欣赏基督教的原则。这个混乱的青少年迫切需要善良与单纯的关怀，喜欢这个小小的安全空间里无尽的茶水、饼干、倾听的耳朵，还有纯粹在情感上投入的成年人真诚的拥抱。

最后，我参加了主日礼拜。在一个光线充足的大房间里，三排座位面向一个大舞台。舞台上有一支带电吉他的乐队。投影仪播放着基督教摇滚歌曲的歌词，配以云朵和海洋的背景——就像脸书网问世前的脸书网励志名言。会众唱歌时有鼓声和铃鼓声伴奏，还有人在走道上起舞，剩下的人则把手掌伸向天空，一边鼓掌一边摇摆。

祈祷时，乐队会演奏柔和的旋律。当"哦，是的，主啊，充满我，主啊"的呼喊声响遍教堂时，各种仿佛带节奏般的咒语的方言①也会随之响彻教堂。随后，他们会要求所有想要忏悔的人向前一步。许多会众站在舞台前，聆听牧师的祈祷和乐队的演奏。其余参与礼拜的人纷纷大声呼号，支持他们摆脱罪恶。紧接着会有指定的人开始围着那些站立的人转圈。当罪人用方言说话时，牧师会把手按

---

① 此处的"方言"（speaking in tongues）通常是宗教活动的一部分，指流畅地说出类似话语般的声音，但发出的声音一般无法被人理解。——译者注

在他们的额头上，他们的身体要如慢动作般折叠起来，说明他们"被圣灵充满了"。身后的指定人员会接住他们，将其轻轻放到地板上。之后，他们会互相搀扶着站起来，回到自己的座位上。全体起立，喝橙汁，喝茶，吃饼干，互相拥抱道别。

刚开始的几次，我看着眼前的一切，感觉既着迷又困惑。最终，我也加入了他们，拍着手跟随乐队一起歌唱。很快，我就站到了最前面，虽然我不确定自己是否被圣灵充满了，但在祈求被拯救的过程中，在为所有值得哭泣的事情流泪的过程中，我感受到了强大且深刻的安慰。对于一个很少被触摸或拥抱的人（"不要这么娇气"）来说，坠入强有力的手中，被人轻轻放到地板上能带来一种安慰。经历了这一切，我不知为何感觉焕然一新，这感觉十分特别，还可以喝点甜橙汁，拥抱每个人。

用方言说话时，无意义的声音从我的嘴里脱口而出，如同一个孩子在学习组织单词。我从不曾真心相信上帝在通过我说话，但我知道，这是人们的期待。有生以来，我第一次拥有了朋友，拥有了一个欢迎我的地方，拥有了关心我的大人们。我明白，要想留在这个群体里就必须做出一些牺牲。顺从就属于这份协议中的一部分。我认为这是一次信仰的飞跃。

教会并没有充分考虑到有针对性地拯救来自贫困社区的孩子，也没有考虑到我们仍然要返回艰难街道的现实，有时还要回归身陷困境的家庭。我们不仅前途渺茫，还要忍受青春期荷尔蒙普遍的紊乱与困惑。但在教会里，我认识了一群与我有着差不多生活的平凡伙伴。

妈妈对教会的事情大为恼火。她不想让我信教，也不希望我和其他成年人说话，更不希望我晚上和周末离开家、远离她。但现在我找到了对我来说至关重要的东西，还有一整套神学理论作为武器。就算是妈妈，也找不出什么好的理由可以阻止我参加一个行善的教会小组。过不了多久，她就会沮丧地几乎彻底放弃。你想做个成年人吗？去吧。

我不再回家，而是在一个又一个教会的朋友家里过夜。起初我和妈妈约定，我会在钱包里放上二十便士，打公用电话告诉她我不回家了。但几周之后，妈妈认为我只要不在家，就是和朋友在一起，或是电话线断了。十三岁那年，我和几个新朋友去了另一座城镇的街道上游荡。

我和他们坐在老桥上，喝着苹果酒、草莓和猕猴桃口味的 MD 20/20 果味酒精饮料。我的初吻发生在教堂的停车场里。那个男孩说我接吻时像狗一样（这很可能是真的，因为我记得自己不知道什么时候该转动我的脑袋）。很快，这样的亲密行为就过渡到了"口交"和性爱。十四岁时，我在喝醉酒的情况下将童贞给了一个名叫保罗的英俊十六岁男孩。他告诉我，他愿意为我戴避孕套，而他不会为其他人这么做。我想事情可能会更糟。一切进展得太快，以至于我几乎没有注意。从我第一次真正尝到酒的滋味，到能喝多少就喝多少，大概只用了一年的时间。从献出初吻到随便和男生上床也一样——还有每天晚上回家和妈妈一起看电视，到在马瑟韦尔的市政住宅区闲逛，背包里装着备用的短裤，不知道也不关心自己今晚会睡在哪里。

234

我恳求妈妈让我转到马瑟韦尔高中，也就是我的大多数教会朋友所在的学校。她同意了，因为她无法忍受我没完没了的哭闹，我猜也因为她知道现在这所学校对我来说有多艰难。新学校很大。由于朋友们的年纪都比我大，所以和我在不同的班级。我记得在一节英语课上，有个女孩问我："你做过什么？"然后她滔滔不绝地说出了自己吸食过的一大堆毒品。"你吃过'果冻'吗？"几个星期后，我看见她紧紧抓住一根灯柱，双腿像果冻一样晃来晃去，极度兴奋。

我总是因为这样或那样的事被赶出教室。最后——我已经记不得是因为什么了——我直接不去上课了。我会去肯尼家转一圈。他是教会里的一个"老家伙"，和他的妈妈住在一起。我会和他一起看MTV，吃奶酪烤面包。或者，我会找一小片树林，一边看书一边吃着便宜的饼干。我偶尔也会去图书馆逛逛，希望不会有人抓到我偷书。

　　教会里，和我们一起玩的保罗让一个女孩怀了孕，他被告知要么悔改，要么被逐出教会。他拒绝对自己的行为表达悔意，也不后悔有了孩子，于是他就被逐出了教会。我们中的有些人对这个决定表示了疑惑。当我们发现宽恕其实是有条件的，便慢慢不再去教堂了。可没有了教堂，我和那些人之间就不再有什么联系了。

　　最终，我又变得非常孤独，既失去了朋友，也没有能让我感到温暖的家，也没有学校可回。现在我明白了，我的未来并没有真正的希望。妈妈也病了。有一天她告诉我，她曾请求上帝给她一个启示。（尽管她态度强硬地表示，她不相信我的上帝）指明她应该继续活下去。就在那一刻，她听到街上的孩子们冲着正在屋顶上跑来跑去的松鼠大叫起来。"一只松鼠！你能相信吗？！"她显然认为这就是来自上帝的积极信号。

漫长而孤独的夏季学期结束时，我独自迈着沉重的步伐前进，有时会试图通过多喝酒、多抽烟、和更多的男人上床来取悦自己，却均以失败告终。我还试过以我唯一能够理解的方式来增加自身价值。后来，妈妈收到一封信，信中说我没有去上学。

这封信寄到的同时，正好赶上里奇来看我——或是寄来了明信片，还是打来了电话之类的——告诉我他住在海边，那里有很多的"住处和工作"。

仅此而已。

20

科特布里奇
2018 年

那天早上，我预订了前往北拉纳克郡的火车票。格拉斯哥民宿的房东给我发来消息，说我可能要"查一下车次，因为天气不好"。另一条消息是我的老朋友莎莉发来的。我打算在回访曾经住过的小区途中顺便去看望她。莎莉提醒我"多带几件套头毛衣"。这是我们在利物浦度过的第一个冬天。我凝视着落雨的天空无边无际的灰色，想知道在这座面朝大海的小城之外会发生什么。

火车沿途的风景很美，穿过了一座座工业城镇和偏远的乡村。飘落的雪花让窗外的景色如同一张图画明信片。我把头靠在窗户上向外望去，感觉一种奇怪的宁静笼罩着我的身体。我已经坐上了火车，该发生的事情总会发生。

几个月前，莎莉给我发了一封电子邮件，主题是"搜索一位老朋友，你会发现什么？"，第一行是"他妈的凯里·哈德森，就是她！"。莎莉是我十四岁时在新光教会里最亲密的朋友之一。当时她是个喜欢空想的甜美少女，手腕纤细，蓬乱浓密的黑色卷发总是垂在眼前。她家是我经常过夜的地点之一。我们总是肩并肩地坐在她的床上，吃着同样的晚餐——两人分享一盒卡夫奶酪通心粉。我第一次化妆就在她家。她相信有鬼，但觉得这种想法非常糟糕，因为它似乎不符合基督教的教义。她会抽烟，却像个用圆珠笔假装抽烟的孩子那样，优雅地把烟夹在指尖之间。我已经二十四年没有见过她了。

我第一次收到她的邮件时，给她发了一封热情洋溢、感情充沛的回信，让她不要介意她在信中提到过的一场争执（我已经不记得有那么一回事了）——"不管怎样，谁的青春期都不是一帆风顺的……多么可怕的时光啊……感谢上帝，我们熬过去了！"我还告诉她，我经常去苏格兰，或者她可以过来住在我的船上。（我最终还是没有买下那艘船。）然后，和我处理过往的方式一样，我直接把自己封锁了起来，没有理会她的其他电子邮件。就这样，我默默地退缩了，把一切归咎于忙碌与恋爱。

开始创作这本书之后，我又联系了她，问我回去时能否找她聊聊。我真的没有指望能收到她的消息，因为我对她很不厚道。可她居然回复说她当然愿意。她现在是一名社工，同时也是一名单亲母亲、编织工。她周末会戴上假发，换换花样。她怀孕后就回到了马瑟韦尔附近的威肖（Wishaw）。她说她将很高兴见到我。这似乎是一个足够充足的理由，让我终于强迫自己登上了火车。

我一直以为童年的冬天都是想象出来的。天气一旦暖和起来，我麻木的手脚就会开始刺痛发痒，仿佛风里夹杂着冰碴，会慢慢剥去我身上的皮肤。可当我拖着行李穿过格拉斯哥亮丽的人行道时，才意识到我只是很久没有回来了。

第二天，暴风雪更大了，气温也更低。我和身穿校服的孩子们在溜冰场一样的小路上缓慢地穿行，朝地铁站走去。所有人都弓着腿，僵硬地迈着脚步，就像拉肚子的同时还闪了腰。我突然想到，即便是在南方最寒冷的天气里，我也从未见识过这种冰封的人行道。但在蹒跚而行的过程中，我的肌肉却清楚地记得小时候的这种感觉。当地政府可能认为，贫困地区的人们没有什么重要的地方要去，所以即便整个地方都陷入停滞，养老金领取者摔碎了髋骨，也无所谓。

我的靴子已经被冰水浸透。我想起了妈妈：她在袜子外套塑料袋，塑料袋外再套袜子，然后再穿靴子，然后在客厅里绕上一圈，确保没有人会听到她脚下的沙沙声。我停下来看一个孩子用脚跟在一滩冰上猛踢，回忆再度浮现。

我乘火车去马瑟韦尔与莎莉见面。坐在车上，我注视着一个又一个模糊记得的小镇名称从窗前一闪而过——坎布斯朗（Cambuslang）、乌丁斯顿（Uddingston）、贝尔希尔（Bellshill）——心头涌上一股令人眩晕和略感恐惧的惊愕。我已经习惯每回一个地方都会产生这样的感觉了。列车停靠在车站时，莎莉已经在水泥台阶的顶端等待。我微笑着走上前拥抱了她。她的下巴靠在我的肩膀上，我们又回到了十四岁。

"天哪，凯里，你一点儿都没变。"

这不是真的。数月焦虑的饮食和白天的困倦令我的身材如同一个软绵绵的苹果。莎莉认识我时，我骨瘦如柴，总是坐立不安，为了能和朋友们出去玩，还经常不吃晚饭。

"我也想说同样的话！"

这是真的。二十五年来，莎莉换了很多工作，生了孩子，去了不同的城市，经历过各种苦痛，却几乎没有太大的变化。她的嘴角和眼睛周围浮现出几条皱纹，但几乎难以察觉。她的身姿更自信了，双手稳定地垂在体侧，而不是不停地撩拨头发、抓耳挠腮，可她其实仍是那个站在车站台阶的顶端等我的莎莉。在我叫出她的名字之前，才从白日梦中醒来。

她提出带我去看看她的办公室，然后送我去科特布里奇。途中，我们路过了曾经购买小饰品的新时代基督教商店和一家酒吧。在这间酒吧里，我们曾激动地允许两个年纪大得多的男子为我们买了半杯啤酒，搂着我们的身子。她告诉我，她仍然会看到那两个人，他们似乎也没什么改变。我像十几岁时经常做的那样挽着她的胳膊，这才意识到，二十年过去了，我至少应该先给这个女人买上半杯啤酒。

在马瑟韦尔社会工作办公室，莎莉负责指导问题青少年完成中学学业，然后为他们介绍更多的机会。她向我介绍了自己的同事。这些人都管理着各种大型项目，还要监督其他社会工作者的团队。她和同事们交流时的自信令我感到惊讶。我猜，在我自信满满地和所有人握手问候，介绍自己的书籍和创作意图时，她肯定也吃了一惊。

我一直以为社会工作充满了混乱——文件四处散落，电话响个不停——可这间办公室里却出奇地安静，看上去十分传统，整洁得令人难以置信。莎莉的老板是个六十多岁的胖女人，从事社会工作已有三十五年。站在她旁边的是一个面带微笑的黑发女人，另外还有一个看上去很有主见的女士。

趁着莎莉给我倒茶的工夫，我提到自己曾在马瑟韦尔上过学，询问她们工作这些年有没有看到学校的变化。大家一致认为，最大的问题之一是无家可归的群体变大。

"每条街上都能看到流浪者。以前不是这样的，即便是十年前。不过人们无家可归并不是因为没有房子，而是因为心理健康问题和滥用与自杀相关的药物。我不认为公众能明白这一点。我猜他们并不把这些人当作人来看待。"

其中一名女子自豪地告诉我，她是男性自杀预防项目的"领导者"——2017 年，苏格兰男性自杀人数是女性的三倍。这样的数字与贫困密切相关。她解释称，他们不得不寻找新的方式与男性谈论抑郁症，因为男人不愿和医生或社工交流，反而更有可能向理发师或健身房的教练敞开心扉。所以他们会从社区招募志愿者来做这些事情。"我们曾与麦当劳、宗教团体、莫里森百货（Morrisons）和阿斯达超市合作，让大家都参与到自杀相关的讨论中来。我不知道你是否记得，我们曾经把癌症称为'大C'，谈之色变，只会低声说'她得了大C'。但我们成功克服了它。我们需要在自杀和心理健康问题上采取同样的措施。"

莎莉得去打个电话，于是她们好心地替她陪伴我，为我解释她们的服务是如何转移到网络上的。但我问道，要是这些人不具备计算机技能怎么办？要是他们无法上网或使用电脑呢？我觉得这些问题她们可能早已厌倦，或者并没有好的答案，但是她们告诉我，他们正在与全科医生诊所合作开发新的"中心"，为人们提供上网的机会，而且苏格兰的每座图书馆都将配备一台电脑。我这样的质疑似乎并不礼貌，因为她们都是专家——更重要的是，她们都是莎莉的同事，所以我没有询问那些足不出户或者无法出门的人该怎么办，还有那些连去图书馆的公交车费都负担不起或在任何公共场所使用电脑都有困难的人怎么办。还有那些既要做心理辅导员，又要兼任福利顾问和熟练而专业的图书管理员该如何应对不同的情况。

莎莉拿着叮当作响的钥匙回来了，还收拾了几样东西，准备带去下一场会议。离开时，我对她的同事们表示了感谢，并大胆地问道，要是我和我的家人现在还住在这里，并且和以前一样艰苦，生活会是怎样。

"在某些方面，情况会更糟。"

"要我说，应该不太一样。"

这句话出自众人中最年长的人，也就是莎莉的老板。她一直有所保留，直到这一刻才开口："我很高兴我们生活在苏格兰。你可以看到保守党的影响，他们的某些削减以及对福利的态度。但是宽容——我们应该在社区中相互支持的那种感觉——我认为在这里仍旧存在。"

244

出门时，我对莎莉说，家里从小就教育我，社工都是帮倒忙的人，是来陷害你的，最好以怀疑的态度来对待他们。如今，除了同情与尊重，我对这些女性的艰辛付出没有任何其他的想法。我想象若是自己在超市里看到一个妈妈在显而易见地为买不起东西而发愁，或者是看到一个外套单薄的孩子，我的思想和良心会受到什么影响？不知道在不仅是一年，而是数十年的工作中，她们需要付出什么才能达成自己的目标。

让我感到些许安慰的是，一些显然本性善良、心地正直、头脑敏锐且经验丰富的人，正在这个"新版本"的国家中尽着自己最大的努力。在这个新版本中，权力最少的人反而受到的诋毁最多。正如近期联合国一份关于英国贫困的报告所概述的那样，受过去八年紧缩政策影响最严重的是妇女、儿童、残疾人、养老金领取者、寻求庇护者和移民，以及生活在农村贫困地区的人。简而言之，这些女性正尽其所能帮助所有人，无论面临什么样的障碍。

离开办公室时，我感觉自己刚刚遇到了超级英雄。她们虽然要面对负面报道，从事着糟糕的工作，却仍在努力拯救无论如何都需要被拯救的人。

我们来到了停车场。"这车真不错！"我感叹道，但其实我的意思是："该死，莎莉。你都开上车了！"

我们坐上车。但在莎莉发动引擎之前，我伸手摸了摸她纤细的手腕。"我应该向你道歉。"

莎莉不同以往的那股自信片刻间消失了。"哦，不——"

"不，我应该道歉。你给我发了那么多感人的电子邮件，我却没有回复。对不起，我只是……在面对过去存在问题。"

"嗯……你现在不是来了嘛。"

"见到你真的很高兴。谢谢你的帮助。"

道路很滑，河岸上堆积着灰褐色的烂泥。厚厚的雪花冲击着挡风玻璃的雨刷。她把我送到了一个我完全不认识的科特布里奇，我们约好第二天见面。我站在雪埋到脚踝的雪地里。交通环岛四周，一辆辆汽车在缓慢地环绕而行。麦当劳餐厅挨着一个巨大的零售公园招牌，上面贴着奈克斯特（Next）、咖世家咖啡和特斯科超市（Tesco）的标志。空气中充斥着大雪带来的宁静。我自言自语了一句"我来了"，艰难地迈开脚步走向科特布里奇食物赈济处所在的一排工业集装箱式建筑。莎莉说我可能会发现那里非常有趣。

走进室内，我发现这个地方其实非常漂亮，像个小型会计办公室。接待区铺着整洁的地毯，还有一间侧室。再往前就是捐赠区。一个又一个的货架上摆满了不易腐烂的食品。我有点含糊地解释了一番，说不想打断他们的工作，还说我曾经住在这里，目前正在创作这本书，希望能占用他们几分钟的时间。于是，身穿蓝色羊毛和粉色雨靴的小个子女子安吉拉把我领了进去。她请我喝茶，并邀请我和她一起坐在书架前的一张桌子旁，其他的志愿者则挤在我们周围。似乎每个人都能侃侃而谈。我笑着告诉他们，我在格林恩德度过了青少年时期。听到这里，大家逐渐放松下来。即便我穿着漂亮的靴子和外套，言谈举止彬彬有礼，他们都明白在格林恩德长大意味着什么。接下来的日子里，我将一遍又一遍对陌生人重复这样的说辞："明白吗？我只是来讲述我自己的故事。"

他们告诉我，这里最近遭遇了入室盗窃，于是整个社区都帮忙捐赠了更多的物资。大家纷纷开口，热切地想要向我讲述人们在事发后的善举。

"就像被海啸推着一样。"

"毫不夸张地说，真是太壮观了。"

"所有人都来了——商人、当地老百姓……"

我摇摇头，想知道谁会偷食物赈济处的东西。一个人该有多伤心、多愤慨、多饥饿，才会从那些饥肠辘辘的人嘴里抢夺食物。

"我们有一个简陋的慈善箱。你懂的，就是那种捐款用的箱子。他们把它砸开了。但里面只有几枚硬币。"

我告诉大家，我小的时候家里经常缺吃少穿，但我不记得有食物赈济处。如今的食物赈济处多如牛毛，看上去令人苦恼。

"真正令人担忧的应该是福利制裁才对。毕竟这并不是那些被制裁的人本身的过错。我们甚至接待过一些有工作但一个月都没领到工资的人。"

"此外，还有一些人虽然有工作，却没有固定期限的合同或假期工资，拿的是低薪和零时工合同。这种情况随处可见。国家医疗服务体系也一样。"

"这种情况在圣诞节、复活节和暑假期间尤为严重。很多这样的低收入家庭平日里都依靠免费的学校晚餐，所以这时候的晚上只能吃些豆子吐司、鸡蛋吐司，因为他们白天已经吃过正餐了。那么遇到假期怎么办呢？"

我发出了一种奇怪而悲伤的声音。当然，这些对我而言都不是什么新闻。但看到货架上摆满了成排的"基本生活用品"——罐装豆子、大包的意大利面和一袋袋充满了水汽的白面包——我还是切实感受到了理论上的饥饿是什么感觉，心头隐隐作痛。我看到典当行时也有同样的反应。我知道它们的存在，但亲眼看到时，还是会因为它们于我而言所意味的一切流泪。因为有些东西能将我瞬间拉回过去，仿佛岁月从未流逝。

其中一个老人指着站在后面的一个女人告诉我，她总能保证动物们也能填饱肚子。她看上去既害羞又骄傲。"是啊，我自己也养了一条狗。即使生活窘迫，我也还是会喂饱它。宠物也是家庭的一员。"

我称赞他们的工作非常出色。知道每个社区都有他们这样的人在从事这样的工作，我深受触动。毕竟他们本身根本不需要这么做。

"我们非常幸运。就连孩子也会带着自己的储蓄罐进来为我们捐款。"

"圣诞节时，有一位先生对我们说：'我在车里坐了二十分钟才鼓起勇气走进来。'他是个衣着考究的人，有工作，但婚姻刚刚破裂，不得不提前支付几个月的新房房租。他羞愧不已，心如刀绞。于是我们请他坐下来，给了他食物，还额外给了他一些，以防他不好意思再回来。我告诉他：'不要害怕回来，把钱存起来交电费和煤气费吧。'"

他们问我这本书什么时候出版，我说要到明年。

"我还得写呢！"

"到那个时候，我可能已经不在了。"一个人开玩笑说。

大家都笑了，又和我分享了更多故事。

"这个女人在玛莎百货工作。她的丈夫偷了她的工资，还把孩子们的电脑拿去卖了。这已经是他第二次这么做了。于是她来这里领了些婴儿食品。她确实有工作，而且非常勤奋。她把他送进了监狱，最后把他赶出了家门。"

"还有一个人本来做生意赚了大钱，结果破产了，顷刻间变得一无所有。"

"还有一个人是季节工，负责修屋顶。他找不到工作，却还得养家糊口。"

"有两个女孩，一个在上大学，另一个还在读中学，她们的妈妈刚刚离开。姐妹俩什么都没有，没有卫生巾，一无所有，却从没有把自己的境况告诉过任何人，只是继续过活，因为她们自尊心太强。我记得那个社工把这件事情告诉我时看上去心烦意乱。"

我心想，在如今这个时代，能让社工都感到震惊的事情该有多糟糕。我想告诉他们，我非常理解他们的感受。"我认为很多对贫穷存在偏见的人并没有意识到我们离贫穷有多近。"

"是啊，就差几笔工资的距离。谁都有可能遭遇这种情况。"

我问他们，什么样的措施才能改变科特布里奇这种地方，让那些苦苦挣扎的人过上好一点的生活。

"老实说，科特布里奇没什么可以改变的。原因是自上而下的，来自政府。就像我们之前说的，是制裁的缘故。我们这里有个身患癌症的女人，她去医院看病的当天也是预约福利金的日子，但她因为去看病而受到了制裁。问题不在科特布里奇。"

他们邀请我留下来吃些三明治。虽然我很乐意多花些时间和这些和蔼可亲的人相处，却还是说，想趁雪还没有落下时在镇上走走。

我离开时，前台来了一位女士。她可能有五十岁了，很难判断其准确年龄，因为她长着一张我这种背景的女性普遍拥有的坚强、早衰的面庞。她微微弓着背，转向一位志愿者。对方正在热情、高效地抱着带夹写字板奋笔疾书，同时努力让她放松，像是深知她仅仅是踏进这扇门，就已经很不易了。

"什么都可以，你们有什么都可以……"

"你的家里有宠物吗？"

"是的，我有两条狗。"

"好吧，那我们也给它们拿点东西。"

我飞快地和大家挥手告别，害怕自己可能会因那个女人所受的伤痛和艰辛而落泪，而那甚至不是我本应该为之落泪的。

路边的一个车库外，我在雪地上的一个脚印坑里发现了一张十英镑的钞票。我把它捡起来，拿在手里翻了翻。

我不可能将它捡走。于是我原路返回，准备将它交给食物赈济处，却不敢回去看那个女人。我想过等她出来时把钱给她，却不想让她感受到令我记忆犹新的那种善举带来的忽热忽冷、感激与羞耻交织的灼烧感。最后我干脆把它放回了原处，知道这条路是她离开时的必经之路，迫切地希望她能看到它。

十英镑。我有时连眼睛都不眨一下，就能把它花掉，买上一杯咖啡和一块蛋糕。这点钱现在对我来说是多么微不足道。我已经忘了这么些钱会带来什么感受。你的钱包里只要有一张钞票，就如同在狂风暴雨的大海中看到一个救生圈。一想到这里，我的肚子里就会产生一种感觉，那种刺骨的疼痛。我开始朝着科特布里奇的市中心走去。那里一半的商店都已倒闭了。

我迟到了。我需要咖啡。我需要喝点什么来吞服那两颗小小的像铅笔橡皮一样的粉色 β 受体阻滞剂。每当我感到害怕，就会吃上几粒。我穿过马瑟韦尔的高楼。我认得路，却吃惊地发现那座建筑看起来竟然如此了无生趣。二十五年前，它肯定才刚刚落成。我记得它沐浴在阳光里的样子。可眼前这座又矮又脏的黄砖新光教堂看起来就像一家过气的养老院。

我走进去时，礼拜已经开始了。一名穿着八十年代套头毛衣的丰满女子微笑着迎接了我。

"对不起，我来晚了一些，"我指了指嘈杂的隔壁房间，"我能不能……我想知道我能不能……参加礼拜仪式？"

女子吃了一惊，紧接着面露喜色，把我领进了门。我猜他们很少有人直接找上门来。

这么多年过去了，走进这片空间仍旧令人感到安慰，真是令人惊讶。我穿过摆着咖啡和果汁饮料的桌子，走到人少的会众区。

几位老人转过身来朝我微笑，我也报以同样的微笑。这份温暖让我的身心都放松下来。走向会众时，我注意到舞台上有个约莫四岁的小男孩。他拿着麦克风，身边围绕着笑容满面的大人。乐队轻弹着电吉他，轻擦着铙钹。我听不清男孩在说些什么，只知道他在谈论拯救的事情。他说到了上帝，引得人群中偶尔有人高呼"是的，主啊"。后来牧师收走了麦克风，说了几句类似"孩子的嘴巴里道出了真言。上帝是善良的"之类的话。在场的人纷纷鼓起掌来。

这很感人，但完全是胡说八道。那个小孩连系鞋都没学会，就已经开始了解原罪与魔鬼以及如何取悦上帝了。我在那里感受到的任何安慰，或者因事后是否该自我介绍而带来的内疚或疑虑，全都烟消云散，就连胃里的咖啡似乎也变得苦涩起来。

我在房间远端的长椅边缘坐了下来。和我那时候相比，如今的教堂里空荡得多。也许是下雪的缘故，也许不是。"我不知道是否会有人认出你来。"前一天，莎莉曾对我说。（她不想和我一同前来。）我说我觉得不会，但落座后却紧张起来。有人递给我一份打印资料，上面罗列了几个问题，还有一些空间可以做关于布道的笔记，我很高兴能够写点东西打发时间。

我们唱起了摇滚情歌（一首我后来哼了好几个月的情歌）。我低下头，闭上眼睛祈祷，想起了我喜欢的正念冥想。布道的主题是《约书亚记》中的"鼓起勇气"，但我没怎么听进去。我感觉很不自在。尽管温暖的房间和温柔的吉他本应令我感到安慰，但我最终还是鼓起勇气，在会众注视的目光下提前离场。

外面雨雪横飞。我把围巾裹在头上，朝着停车场走去。莎莉正在那里等我。

"这太奇怪了。太奇怪了。我的初吻就发生在那里的台阶上。我真不敢相信，我们过去常到这里来。"

"我知道。简直是疯了。"

我们都摇了摇头，仿佛在说"那是什么鬼东西"，然后开车去了酒吧。到了酒吧，我们没有多言就点了芝士通心粉，这才意识到自己仿佛彻底回到了童年。我们聊起了过去，但主要讨论的是现在：她十几岁的女儿，我即将举办的婚礼，我们去过的地方，我们的爱情生活。

面对彼此，我们仍会感到不自在，在边吃边喝的过程中，她跟我聊的更多的是她独自抚养女儿的事情，还提到女儿的考试成绩不错。

"你呢？"她问。"你想过这个问题吗？"

我痛饮了一大口啤酒，想起了妈妈、外祖母和妹妹，还有今天台上的那个小男孩。在阿伯丁，从我站在母校操场上看着那对母子时起，事情发生了一些变化，却并没有回归原位。我一直对做母亲的念头感到恐惧，害怕伤害内心的那个孩子，甚至连想都不敢想。但是这一切不知怎么发生了改变。

"老实说，我真的不知道自己是怎么想的。"

之后，她开车载我去了她的公寓，把我介绍给她的女儿——一个漂亮的十五岁女孩。她正在写数学作业。令人吃惊的是，她看起来比我们还要成熟。我抱着她那只名叫鲁迪的无毛小猫，感觉它有点儿像个缩小了的慈眉善目的老人，穿着缩小版的粉红色的高领毛衣。我们喝了几杯茶，然后莎莉开车送我去了车站，在我迈下水泥台阶时挥手与我道别。我们仿佛又回到了十五岁的年纪。

21

大雅茅斯
1995 年

"你为什么那么恨他?"

"因为只要他一出现,事情就会变得糟糕。"

我知道里奇就是这样的人,可他从大雅茅斯回到科特布里奇时,就连我见到他都十分高兴。他开了一辆亮橙色的八十年代老爷车,是他从一个朋友那里"借"来的。看到他走下车、百无聊赖又自以为是地靠在车边,像个北拉纳克的霹雳游侠,我和妈妈都笑得前仰后合。我把它称作"探戈车"。

和往常一样,我们又准备匆忙离开了,收拾行李都没花多长时间——一天,也许两天。我们的大部分东西都可以塞进从当地商店淘来的黑色垃圾袋和薯片箱里,或者有的东西已经烂到不值得随车被带往国家的另一头。妹妹见到她的爸爸非常激动。妈妈也很兴奋，也许只是期待又一个新的开始，或者只是因为能让邻居们看到我们并不孤单。

我呢？我早就知道我在科特布里奇不会有什么收获的，何况这里并不是什么难以割舍的地方。我下定决心，要在大雅茅斯做个与众不同的人。我要很酷，我要交朋友，并维持住与他们的友谊。我想象自己会喜欢上冲浪，像《聚散离合》（*Home and Away*）里的女孩一样，把皮肤晒成古铜色。

258　　前往大雅茅斯的旅程充满了艰难。我们四人挤在探戈车里，四周挤满了箱子和袋子，身上散发着八月里的汗臭。车子在半路上抛锚了。妈妈和里奇吵了一架。大家睡在了停车场里，腿脚扭作一团，直到第二天早上车子被拖进修理厂。到了修理厂，我们承认自己没钱付账。妈妈别无选择，只能留下那本皱巴巴的、软奶油色的福利簿作为抵押，以保证我们会付账。我清楚地记得全家蹲在车边，脚下尿液交织，然后开着车驶过大雅茅斯灰暗的郊区，最初所有的乐观情绪如同此刻的膀胱一样空荡。

我不记得那天晚上我们吃了什么，但我知道我们没有钱，要等到第二天福利办公室开门才能领到一笔紧急贷款，妈妈也可以要求更换福利簿。在妈妈登记成为无家可归者之前，我们都要和里奇住在一起。他没有提过，或许他提过，但被妈妈忽略了：他住的地方是个一居室公寓，只能勉强摊开一张布满可疑污迹的沙发床。也许他的想法是，我们的住宿条件越差，就越能早些得到重新安置。

他的一居室公寓位于海滨一栋又大又脏的奶油色别墅里。那里被改造成了收容所，用来接待每年夏天前来寻找工作的流浪汉和无家可归者。到了冬天，接待工作结束他们也不会离开，因为他们无处可去。

透过窗户，我们可以听到水族馆的喇叭里反复播放的歌声，偶尔还有度假者过分兴奋的尖叫。里奇告诫我们不要做的第一件事就是把手伸到沙发后面。

"我们为什么要那么做？"

"别管为什么。反正不要做。那里有用过的针头。"

他嘱咐我们的第二件事是，不要和这栋楼里的其他人说话。

于是我们就在那里住下了。十四岁的我、七岁的妹妹、妈妈和她的前夫，全都挤在一个比我在科特布里奇的卧室还小的地方。家里充斥着水族馆大声播放开放时间的声音。我和里奇还是会为各种琐事争吵。妈妈则和往常一样四处张望，不知道我们到底落入了何种境地。那几天过得很不舒服。

　　第一周，妈妈为我们找了一家接受住房补贴的民宿。这家民宿位于距离海滨两条街的地方，拥有一排排屋和悬挂的花篮，挂着"房间出租"的招牌。我们用手里所有的住房补贴，再加上些许儿童补贴，租到了两个相邻的小房间，一间摆着一张双人床，另一间则是一张单人床。旅馆提供公共浴室和厨房，还有一台黑白电视。除了我们之外，我记得只遇到过一个房客，一个五十多岁的男人。他告诉我们不能把卫生纸放在公共浴室里，否则会被偷。

　　那是 1995 年 8 月，大雅茅斯还没有完全沦落成几年后的鬼城模样。我一个人四处游荡，消磨了很多时光。我会在游客间穿梭，去当地的棱镜唱片店翻阅唱片。我还去过一家名叫滑溜溜梭鱼（Slippery Dicks）的店，一脸渴望地盯着乐队的 T 恤衫。我想成为一名艺术家或作家，我花了很多时间用圆珠笔在笔记本上画画，并开始创作小说——故事讲的是一个名叫凯特的时髦女机械师，所有的男孩都喜欢她。

　　妈妈说我已经长大了，可以出门找工作了。她想让我离开民宿。于是，我从一家餐馆跑到另一家餐馆寻找工作，直到最终被某个专营套餐和儿童套餐的大型廉价咖啡馆雇做服务员，时薪1.5英镑。我是个糟糕的女服务员，曾把一整碗葡萄干布丁和蛋奶沙司洒在了一个老人的腿上。以大多数男人的标准来看，我并不"漂亮"，戴着眼镜且平胸，但扎着马尾辫的经理认为我的屁股很翘（我弯腰拿面包卷时，他会对我们的同性恋厨师说："就连你也能欣赏得来。"）。我一整天都在干活，而且工资很低。

我和一个二十多岁的女服务员成了朋友。她是从苏格兰搬来的，住在一间民宿里。我们下班后会和厨师一起喝上半杯啤酒配青柠。屋里除了我们散落的鞋子和她的化妆包之外空空荡荡。妈妈知道我整天抽烟喝酒、夜不归宿。我不知道她是不是被我压得喘不过气来，但我怀疑更多的原因在于她无法忍受与我开战。她想成为我的朋友，而不是我的母亲。

我永远不会忘记通过那份工作领到的第一只棕色小信封，里面装着二十英镑的钞票。那种手握重金的感觉。我请妈妈在一家比较好的咖啡馆里吃了奶油蛋糕、喝了茶，带妹妹吃了冰激凌，还去了趟水族馆。我在新时尚商店给自己买了几件上学穿的衣服，还采购了油彩和画板。钱虽然不多，但比我以前拥有的都要多。有钱的自由，知道有了薪水就可以去任何地方，拥有我所需要甚至想要的东西，知道赚钱就永远不会挨饿，这些都是我人生中第一份糟糕的工作教给我的东西。

它也教会了我忍受别人给我的一切。不要大惊小怪，除非你已经要离职了；而且要确保他们不会在最后一份薪水的问题上难为你。它也教会了我，这样的工作让我变得有多脆弱，以及其他人对我的看法有多鄙夷。我还在工作中学会了权衡利弊、控制与服从。反过来想，我很幸运可以轻松克制自己，为了区区几英镑的小费忍受别人对我大喊大叫、乱丢东西，还有那些污言秽语和咸猪手，甚至是被吐口水，被骂婊子和妓女。大多数人都无法做到，我丝毫不怪他们。如果你想知道处于社会边缘的人为何有时似乎对工作不感兴趣，不愿接受任何力所能及的任务（尽管这种情况很少发生），那是因为工资越低，工作越辛苦，受到的待遇也就越差。在这些工作中，你的待遇就像人们对你的看法一样：他们可以勉强认为你是必不可少的，但也是可以替代的，而且地位远低于其他人。

二十四年来，但凡我能幸运地找到一份工作，一定会拼尽全力，因为我知道如何通过魅力和谎言来取悦别人，让他们给我个机会；因为我掌握了快速学习的诀窍，守口如瓶，发现自己工作时间越长，就越是习惯那种筋疲力尽的感觉。因为就像妈妈说的那样，"我的脸能够胜任工作"。我是个金发的女孩，总是面带微笑，知道别人想要什么就给他们什么。

从十四岁到即将到来的三十八岁生日，我从未停止过工作。即便是在病重的时候，当我焦虑得每次独处都会哭泣，全身长满了牛皮癣，仿佛要抵御攻击，我也还是在工作。呼叫中心、哈罗德百货的圣诞节精灵、侍应生、客房服务员、商店工作、清洁厕所、街头筹款、保姆、护理工作……最终与慈善机构合作，从接电话到负责筹集一百多万英镑。与此同时，我却总是听到一些从未经历过我这种生活的人说，我们这类人不愿工作，都是乞丐。

如果有机会，我想我不会再接受那样的工作，也不会再忍受那么多的屈辱。

如果可以，我可能会继续工作，但假期季已经接近尾声。突然，大雅茅斯变得空空荡荡。抓娃娃游戏机里播放的《哦，我亲爱的克莱门汀》（Oh my Darling Clementine）

在空无一人的人行道上回荡。酒吧里也空无一人，反倒是就业中心门口人声鼎沸。

妈妈遇到了两个看上去很不错的十几岁小伙，询问他们上的是什么学校，为我做好了选择。于是我每天都要从大雅茅斯乘公交车前往凯斯特高中（Caister High School）。凯斯特村没有富人区，但与大雅茅斯相比算得上是一片中产阶级社区。整洁的住房，精心维护的花园，车道上停着家用汽车。我的同学们住在自己家的房子里，去哪儿都有父母接送，周末也从不缺少置装费。当然，要不是我一贫如洗，比以往任何时候都更与众不同，这里本是一个不错的学校选择。

起初我表现得还不错。原来苏格兰不仅在学校课程上领先了一年，在青少年叛逆行为方面也一样。妈妈会在周五晚上去冬季花园的旱冰迪斯科舞场之前给我们买苹果酒喝，还有我已经不是处女的事实，都对我在新环境中颇有助益。我和一群一般受欢迎的女孩交了朋友。值得赞扬的是，她们不仅接受了我，甚至还来我家那肮脏的两个房间喝了两升装的苹果酒，而且没有在学校里到处传播我住在破烂民宿，以及还要和妈妈合住一个房间的消息。这真是不可思议。

但对我而言，她们太过中规中矩。我喜欢艾拉妮丝·莫莉塞特（Alanis Morissette）和绿日乐队（Green Day），喜欢喝得酩酊大醉，这在她们眼中过于古怪疯狂。我迷上了戏剧，加入了一个业余戏剧小组，开始和组员们一起出去喝酒（这里要特别感谢那些给我买过酒的三四十岁男子）。我开始出没于大雅茅斯的众多夜总会，并很快就认识到，衡量自身价值的最大标准是一个人的性感程度。我明白，短裙、露肤的性暗示至少能让我的身价有些许上升。在我和学校里的新朋友们最常去的辟果提酒吧（Peggotty's Bar），一瓶黑色的K苹果酒售价九十九便士。如果你站到台球桌上跳舞，DJ会在你扭动臀部时送你一瓶"香槟酒"喝。

这时，我、妈妈和妹妹已经搬进了紧挨着某座停车场的广场上的一个小披屋。它有三间"公寓"——如果说一间很小的客厅，里面塞了一套炊具和一个发霉的冰箱，搭配一间完全被双人床和单人床占满的"卧室"，还有一间踢脚线上真的长出了蘑菇的淋浴房能称得上是公寓的话。

这是我们从一个私人房东那里租来的，意味着要支付一笔额外的费用。但能够拥有独立的房间睡觉和生活，我们还是欣喜若狂。我家的邻居是一个五十多岁的男人。他送我礼物时，我本以为他对我有着父亲般的关心，直到妈妈大笑不止地告诉我，他喜欢我。我家的楼下住了一个威尔士人，他有闻胶水的毛病。我们试着全神贯注地观看《东区人》（*EastEnders*）时，会听到他在愤怒地自言自语，摔砸家具。

我在学校里认识了两个女孩。她们喜欢和我家附近某个流浪汉收容所里的男孩一起出去玩。因为我又穷又怪，长得也不算漂亮，她们允许我和他们一起搭伴，因为我既算不上竞争对手，也不会构成什么威胁，而她们已经出落得亭亭玉立，口齿伶俐，还拥有令人惊叹的美貌。此外，她们总是可以谎称在我家过夜，我也总是有酒可喝。

我们会成群结队地去俱乐部。我从未真正成为这个团体的一员，但即便只能在边缘活动，我也非常开心。我和几个男生接过吻、上过床，待过的房间里只有微波炉、光秃秃的床垫和脏兮兮的烟灰缸，除此之外空无一物。他们身上的钱从来只够在周六的晚上买上一杯酒，而且年纪都不到二十岁，可能自己也麻烦缠身。但对我们而言，他们都是会关心我们的大块头老男人。我们就是一群仰慕者，能让他们自我感觉高大成熟，偶尔还能满足他们的欲求。

除了酗酒、纵欲、住破房子和没钱，还有妈妈的问题，我的日子可能还不错。但我后来和那几个女孩闹翻了，之后便流言四起。十几岁的少女是我见过报复心最强的。要是我想雇用刺客，肯定只选择满腹牢骚的少女。一旦谣言在学校里传播开来，一旦所有人看到我退居社交等级的底端，和那些又穷又胖、脾气古怪的孩子混迹在一起，我就成了大家攻击的对象。

我从没有因多年遭受校园霸凌的事实来特意定义过自己，但我确信那段经历在我心里的某个地方深深扎了根，在我成年后仍以某种方式影响着我的生活和思想。也许问题在于，它一旦开始就会迅速升级，因为我一直没有找到什么方法可以让自己不受伤、不生气，不把内心所有的情绪都写在脸上。

于是，我遭到了天底下各种难听话语的辱骂。他们说我是渣女，是荡妇，浑身臭气，还是个弱智。他们会一路跟在我后面去上课，然后故意换座位避开我；会在数学课上用铅笔和圆规刺我的后背，然后在我含泪转身求他们停手时朝我咧嘴大笑。我的衣服、我的身材、我的脸、我说话的方式都成了笑柄，仿佛我太过聪明，或者看起来太蠢。在学校里，几乎每时每刻都有人在告诉我，他们讨厌我，觉得我的一切都令人恶心。其他人也一样。每天七小时，每周五天，持续了好几年。

我哭着去找老师，告诉他我被欺负了，还说我不在乎采取什么办法，我就是需要离开那个数学课堂。他说我只能被调去补习班，于是我就被送到了那里。也许他是好意，但当另一位男老师看着我的裙子，在空中挥着手对他说"我闻到了鱼腥味"时，他竟然袖手旁观。我猜那个老师指的是我的阴毛。

一天晚上，我哭着给爸爸打电话，妈妈就在我的身后徘徊。"求你了，"我恳求他，"我能不能搬去和你一起住，去伦敦找一所新的学校？"我告诉他，他们欺负我，所有人都讨厌我，我受不了了。他说不行。"为什么不行？"我问。他告诉我，他无法照顾我。妈妈看起来很满意。我哭得太凶，第二天脸都肿了。

最终，上天垂怜，暑假来了。我记得我在回家的公交车上如释重负地哭了。这时我们已经搬去了另一个地方，住进了一套上下两层的房子，拥有套内浴室，厨房里还配备了次卫，就在镇外的一个住宅区里。这里有的地方又冷又潮，人烟稀少，但比我们多年来住过的任何房子条件都要好得多。我去图书馆借了一堆书。图书馆位于一栋混凝土建筑里，紧挨着社会保障局和计划生育诊所。步行回家的整整二十分钟路程中，书本压弯了我的身体。我读遍了我能找到的所有书籍，不管我是否严重宿醉，或者妈妈是否在生气，或者我是否因为没有人叫我出去而感到心碎。

在夜店里，我会在《麦克归来》（Return of the Mack）的歌声中大声喊话，一边问那些年龄是我两倍，隔着廉价的涤纶连衣裙轻抚我屁股的男人是否读过杜鲁门·卡波特（Truman Capote）的作品，一边尽量不把杯中混合的啤酒与苹果酒洒出来。你可以想象那是怎样一幅场景。我会记录每晚和多少个男人调过情，通常是十多人，但到不了二十人。我和学校里最受欢迎的一个男孩在某座码头下面发生了关系。他从未和我说过话，也没有和我打过招呼。他掏出我的卫生棉条，扔到我的脑袋旁边，然后就丢下我，一个人返回夜店去了。我躺在沙滩上，旁边是血淋淋的卫生棉条和用过的避孕套。此后他再也没有和我说过话，也没跟我打过招呼。

我在一家希腊裔塞浦路斯人的家庭咖啡馆里找了一份暑期工，一边跟着收音机唱歌，一边为客人端着和外祖母过去常穿的美国棕褐色裤袜一样颜色的茶水。我用自己的薪水买了更多的小裙子、化妆品，还有可以将头发染成在我看来绝美的亮黄色的美发产品。我还配了隐形眼镜，花了不少钱去做美黑。那年夏天，我的身边没有什么真正的朋友，所以只是偶尔和愿意陪我的人出去。但我有工作、有钱，开车路过的男人还会朝我按喇叭。通过阅读图书馆借来的书籍，我逐渐产生了一个想法：要是我能逃离这座城市的不良环境，也许就能过上更好的生活。我去了韦斯特伯恩格罗夫（Westbourne Grove），去那里新开的"戒酒者社会再适应居所"探望父亲，在街上听到了各种不同的语言。我告诉他，我长大后想住在伦敦。

我是个最具风险的组合：充满希望，备受伤害，不堪一击，刚刚意识到自身的性能力，而且非常非常孤独。

270

我不知道我是否有过像当年返校那样强烈的恐惧——对一种仿佛不可避免的情况的恐惧。我的救命稻草是我开始结交的那群哥特派成员和怪人，还有戏剧、英语和艺术课。走进这两堂课的教室，意味着我有一个小时的时间不会被人欺负，可以做我喜欢的事情。最重要的是，它给了我希望，让我感觉自己有可能摆脱当前的生活状态、做些别的事情，或是离开大雅茅斯和所有人，重新塑造自我。

每个周五的夜晚，我都会在布伦威克（Brunswick）过夜。这家娱乐中心有三层楼。顶楼播放流行音乐。我过去经常穿着迷你裙光顾那里。有一次，我的膝盖被碎玻璃划破，却还是不管不顾地跳了一整夜。中间楼层是为现场乐队和中年男人准备的。他们慢慢嘬着啤酒，会在你经过时对着你的屁股摸上一把。这里的地下室被称为"地窖"，全部被漆成了黑色，墙壁上滴落着汗水和廉价啤酒。这里会播放独立音乐、复古音乐、金属音乐和垃圾摇滚，充满了怪人和不合群的家伙。对于那些想要寻找自己群体的人来说，这是一个绝佳的地方。尽管我们也会去其他地方，周四去"海洋房间"，周六去加里波第街或波旁街，但"地窖"能让我切实地感受到生活也许真的在继续，而那里有可能就是我真正想要的生活。

　　在那里，我认识了丽莎。她是个二十八岁的单身母亲，家里有一个八岁的男孩。这始于我和另外一些人一起去她的公寓的时候，她的公寓位于布伦威克街角处。我们相差了十二岁，却逐渐变得形影不离。她是个嬉皮士，还曾经做过摩托车手。她的脾气暴躁，酒量和我不相上下，而且很喜欢参加派对。我猜她缺乏愿意陪她玩乐的伙伴。她喜欢和我年龄相近的年轻人，所以我们就黏在了一起。

　　我和她一起庆祝了我的十六岁生日，但除此之外就不太记得其他事情了。我们会和在布伦威克演出的乐队成员上床，是彼此完美的助攻手。我基本上就在她的公寓里住了下来，和妈妈的关系进一步恶化。有一次，妈妈居然报警来找我，虽说我以前也经常整天整夜地不回家。有一天，我回家时发现一件外套下盖着一摊粉红色的呕吐物。看来她在那个地方喝了一整瓶樱桃白兰地。

丽莎是个很有趣的人，也是第一个我真正爱过的朋友。她经常像母亲一样关心我。她也会有强烈的占有欲和嫉妒心——既嫉妒我对男生的关注，也嫉妒男生对我的关注。一切仿佛初恋一般，令人陶醉，让人兴奋，也充满不安，尤其是对一个一生都极度孤独的女学生来说。当然，除此之外，她比我大十二岁的事实也不太对劲。

272

她开始和一个名叫西蒙的十六岁男孩交往。对方长相英俊，但麻烦缠身。有段时间他们似乎十分快乐。我们的友谊逐渐平淡，变成了聚会、跳舞和宿醉后一起喝茶，还会讨论前一天晚上的性经历以及她年轻时的故事。

就这样，我有了一种不为人知的人生。平日里，我会穿上校服，尽可能毫发无损地度过每一天。我会保持缄默，午餐时间在走廊上游荡，免得成为大家攻击的对象。我不再认真听课学习，除了英语课或戏剧课，因为我知道这两堂课的老师会为我撑腰，而且出于某种原因，课上的同学们从不会嘲笑我。

晚上，我就去丽莎家喝茶饮酒，看《老友记》（*Friends*），聊八卦。到了周末，我们还会一起出去，游走在酒吧与俱乐部之间，好像我们就是那里的主人，我们也总是第一个站起来跳舞。我喜欢让男人对我心生渴望，可每当有个真正有兴趣和我约会的正派男子出现，我反而会冷落他。

在我生命的某个阶段，我仿佛一直在横冲直撞，太聪明、太年轻、太需要一些东西来填补裂痕。而在另一段生活中，我却接连遭受打击，一拳接一拳。周末时，我喝酒喝得越来越凶，纵欲也越来越频繁，平日里愈发疏远学校和同龄的朋友，以及其他一切可能被认为正常的事情。如果妈妈注意到了，那么她心中最怨恨的大概是丽莎比她更有影响力。如果学校注意到了……我并没有发现任何迹象，也没有其他人来关心我。

我想，我是在用自己的方式学习。我发现，对男人来说，喝得太醉从来不是真的醉，年龄也不是障碍（我从不会在年龄的事情上撒谎，反正我的年龄也从没阻止过任何人）。我发现，打架是不可避免的。有一次，我只不过和一个男孩亲了嘴，就招致其母亲和妹妹的敌意。她们一个将我按在地上，另一个用她的白色塑料鞋底踢踹我。第二天，我不得不去急诊室打了一针类似硬膜外麻醉的东西。妈妈对我感到厌恶（她从不曾真正明白她自己的酗酒行为和我的酗酒之间存在联系），拒绝接受我下不了床的事实。她强行把我拉起来，完全没有理会我因为背部痉挛而失声尖叫，因为我别无选择，而且身无分文。我一瘸一拐地走到丽莎家，在她的沙发上睡了两个星期，因为服用丙氧氨酚复方止痛片而神志不清，直到妈妈道歉，我才回家。

我明白了，性是一种多么容易被浪费、多么强大的商品。我明白了，我们这个年龄的女孩很容易怀孕，因为在我短暂融入的这个小圈子里，每个女孩都会在一年之内怀上孩子。我学会了用某种方式来表现自己，彰显我的强硬和多嘴。我知道灾难始终在悄悄逼近，所以不如让我沉浸在酒精的海洋里，让它带我去任何想去的地方。

我觉得我之所以下定决心，并不是因为某件特殊的事情。距离我参加普通中等教育证书考试只有两个月、也许是三个月的时间了。不管怎样，我的成绩预测都是 A 和 B（显然，数学除外）。我想去伦敦上大学。我已经参加了最近一所大学的戏剧课程面试，并获得了一个名额。

一个周末的早晨，我醒来后幡然醒悟，我不能再日复一日地忍受折磨了。于是，在那个周日的晚上，我在电视机前吃着意大利肉酱面，把心中的想法告诉了妈妈。我告诉她，我有一个计划，我要去某个地方上大学，拿到资格证书，但如果我必须再回到哪所学校待上两个月，我可能会自杀。

我不知道我是否真的觉得自己会自杀，但是我知道，每天面对屈辱是我再也无法应付的事情。在我一生经历过的所有艰难困苦中，我认为和与你为敌的同龄人困在同一个空间里是最糟糕的。即使是写到这里，我也在颤抖。

于是我停下了脚步。入夏前后，我找了一份服务员的工作，把工资都花在了出去喝酒上，而且酒喝得更凶了。令人惊讶的是，只有一位老师——英语老师科勒先生——打电话来询问我的去向。那时我已经发现，我可以花一年的时间在诺里奇城市学院（Norwich City College）学习几门普通中等教育证书考试的课程。于是我对他的来电表示了感谢，却没有告诉他，他的善意和真诚的热情与关怀对我有多重要。科勒先生，如果你读到这段话，我想对你说一句非常感谢。

22

大雅茅斯
1997 年

那年夏天，我第一次遭遇了性骚扰。某天晚上，我和两个朋友一起出去玩了一晚然后走回家。我们并没有像平常那样喝得那么醉。这两个女孩是我在工作中认识的，与我年龄相仿，不像丽莎和我那么能喝。时间已经过了凌晨两点，但只要我们结伴走在居民区的街道上，还从未遇到过危险。

刚开始，一辆白色的运输货车从我们身边驶过。这本身并不奇怪，只不过当时已是凌晨，而我们正走在我家附近一条狭窄的小街上。这里即便是白天也几乎鲜有车辆来往。我们没有把它放在心上，兴致勃勃地谈论着晚上的事情和一周的计划。

就在这时，一个人从小巷里跳了出来，离我家的前门只有五十码①远，他脸上套着一只长袜。有那么半秒钟，我以为我可能会笑场，也许我真的笑了，因为只有电影里的强奸犯会在脸上套上长筒袜。

一切都静止了。我的耳边仿佛听到了妈妈的声音。她所有关于妖魔鬼怪的故事终于成了真。我清楚地听到了她的声音，好像她在那里大喊："尖叫着跑开。你听到了吗？如果有人想要抓你，你就尖叫着跑开。"于是我开始尖叫着求救，朝自家的房门跑去。我转过身，看到我的一个朋友已经被推倒在地，被那个男人压在身下，另一个女孩拽着他拳打脚踢。一个邻居打开窗户，开始对我们吼叫，我跑回去尖叫着求救。那人受到惊吓，跑掉了。我们一瘸一拐地回到妈妈家，歇斯底里、浑身发抖。

277

这件事被刊登在当地的报纸《广告人》（*Advertiser*）上，占据了几英寸的版面。他撕破了我朋友的短裤。大家都说我们非常走运，但我吓得整整一个星期都不敢踏出家

① 1码约等于91厘米。——编者注

门，一出门就不受控制地发抖。我几乎每天都要经过那条小巷，才能去往我想去的任何地方。最终，我恢复了，或者自以为恢复了。朋友们也是如此。但我们不再是朋友了。我猜她们肯定以为我一直企图逃跑。也许我真的逃跑了，还是尖叫着逃跑的——毕竟在这方面，我受过良好的教育。

同年9月，我进入诺里奇城市学院学习英语、戏剧和艺术的普通中等教育证书课程。那可能是我一生中最快乐的时光，仿佛未来正对我敞开怀抱。我穿着伞兵靴，背着樱桃红色的军用书包。我盘着腿坐在椅子上，招摇地读着《旋律制造者》(*Melody Maker*) 杂志。

278

我每天早上六点半就要起床，乘公交车穿过一个个小小的村庄，到达真正的城市，一座无名的城市。在那里，我走进学院。学校里的学生有的与我素不相识，认识我的都很喜欢我。我很快就交到了朋友，认识了合拍的群体，穿着得体的衣服。我还结交了一些比我年长的朋友，经常和他们一起出去玩。这里的学生大多来自外省郊区和乡村的良好家庭，认为我是一个热衷于派对的女孩。我想我的确是这样的。

但我也喜欢学习。我喜欢把文件夹抱在胸前四处走动，坐在校园的走廊里阅读剧本和书籍。我终于坐进了这样一个课堂，班里的其他人都是经过选拔才能来上课的。戏剧老师和英语老师都会鼓励我。英语老师告诉我，我天生就是当作家的料。我兴奋不已，欣喜得手指发麻，却一笑置之。我在艺术课上表现很糟，于是放弃了——就像我每次遇到自己不擅长的东西时所做的一样。

我花了更多的时间和诺里奇学院的朋友们待在一起——对此，妈妈和丽莎都以不同程度的微妙方式感到不悦。我十七岁生日那天，爸爸送了我一条镶珠的拖地晚礼服裙。丽莎包了十七件小礼物，包括一只毛茸茸的红色埃尔莫背包。我在地窖夜店里跳了一整晚的舞，感觉一切都会好起来。

但是，就像我说的，你永远不知道下一场灾难何时到来。我的生活就是祸不单行。

我又遭遇了两次骚扰。第一次发生在晚上七点半，在丽莎家的公寓楼外。我按下门铃，感觉身后有人，然后两腿之间被一只手紧紧地抓住。我张开嘴想要尖叫，却什么声音也发不出来。我回过头，看到了一个男人的眼睛。他戴着黑色的滑雪面罩，穿着格拉斯顿伯里音乐节会出售的那种套头毛衣（我记得在警察局做口供时，我称之为"嬉皮士穿的那种套头衫"）。尖叫。逃跑。于是，我放声尖叫。"该死，放开我。"但那与其说是尖叫，不如说是上气不接下气的耳语。尽管如此，不论他从我的眼神中看到了什么样的怒火，选择逃跑的人是他，而不是我。

我报了警，因为我知道，要阻止他们对其他人做出同样的事情就必须这么做。警察来了，半信半疑却还是尽职尽责地记下了我的口供，说我最近"运气不好"。他们肯定以为我是"那种女孩"。但我相信他们的话，表示我真的非常走运。因为这种事情我已经逃过了两次。

几个月后，那个男人向警方自首，因为隔壁城镇发生了一连串的暴力性侵事件，他害怕会被栽赃到自己头上。他们找到了他的嬉皮士套头衫。他因袭击我和其他一些人而被判有罪——尽管他从未强奸过任何人。一名女警找到我，把他认罪的事情告诉了我，复核了我的供词，并为她同事的行为表示歉意，但直到十年之后我才明白她的意思。

后来那一次，我从学校步行回家，途中听到身后有声，转过身看到一个肥胖的中年男人，手里握着软绵绵的生殖器朝我走来，嘴里还大吼大叫。（我猜他骂的应该是

"贱人"。)我尖叫着回应他（这如今已经成了自然反应），然后拔腿就跑。但我并不害怕。我不知道自己的一生是否都会这样。难道这就是作为一个女人的代价？听完我的述说，妈妈告诉我："是你走路方式的问题。我能理解他们看到你的金色马尾辫甩来甩去时的想法。我担心你永远也无法摆脱这种事情。"但她和其他人都低估了我想要活下去、想要离开、想要逃脱的欲望。那一次我没有报警。

我仍然酗酒无度。大学反而增加了我的酒量，因为突然之间，我下午就可以在小小的学生会里喝酒，之后再继续泡酒吧。只要有钱，我就会拿去喝酒。

我拿到了普通中等教育证书，戏剧科目得了 A，英语语言和文学科目得了两个 A*。我在学院里报名参加了甲级考试和普通中等教育证书的数学备考课程。我仍然计划去伦敦上大学。

大雅茅斯是个临时落脚点，一个没有机会的地方。我很快就会离开。于是我心想，不如趁自己还在这里的时候毁灭一切。

那个曾经把我当作十五岁小女孩的男人找到了我，于是我们又上了床——我们姑且称他为史蒂夫好了。原因有以下几点。一是我如今又长大了两岁。在他当初把我当作一个十五岁的小女孩（只能替他打手枪，没有别的用处）打发走之后，我十分渴望给他留下一些深刻的印象。另一个原因在于，作为一个十七岁的女孩，我的自尊很低，内心如同空洞，而他在我们这群人中很受欢迎，所以他想要我会让我感觉十分特别。当时我刚开始和一个二十八岁的男子约会。他在伦敦生活和工作，拥有独立住房，担任顾问。他对我很好——假如不提一个年近三十的男人追求十几岁少女这种可疑行为的话。他说过会等到我准备好做爱的时候。我再次和史蒂夫上床是因为担心自己在性方面的表现配不上一个对我很好、拥有正经工作、会从伦敦坐火车来看我的成年人。

第二天，史蒂夫的精子还在我的体内游来游去，我就在魔鬼般的宿醉折磨下去见了新的顾问男友和他的父亲。（我记得他的父亲穿着凉鞋和袜子，打扮得非常可爱。）没过多久，我就怀孕了。

我没有为怀孕寻找任何借口。我当时喝醉了，神志不清。我醉得厉害，爬楼梯时差点被史蒂夫家的栏杆绊倒。但我清楚地记得自己下定决心要再次和他上床的那一刻。地窖俱乐部里，我穿着漩涡花纹的连衣裙、跟着警察乐队的乐曲声在舞池中旋转，感觉人生正在展开，然后便看到他在注视着我，感觉我的皮肤被他欲念的力量染成了金黄色。

丽莎问我上一次来月经是什么时候。当时我们正在她的厨房里一边喝茶一边开玩笑。我数了数日子。即便是成年之后，我也不擅长记录月经的日期，但显而易见，我在那张卡通奶牛主题的挂历上数出的方格告诉我，我的月经已经至少晚了一个星期。

第二天，趁她去上班的工夫，我一个人在她家公寓里做了测试。我选择了最便宜的试纸。我记得买试纸的钱还是借来的。那是一种奇怪的老式材料，有一个用来接尿的纸杯，还有一个像薄荷糖一样、可以漂浮在尿液里的毛毡圈。它可能是八十年代遗留下来的东西，但用起来还不错。十七岁的我怀孕了。

我哭了一整晚，然后第二天早起就去了计划生育诊所，预约了人工流产。

我必须等到怀孕至少八周后才能接受人流。这让我陷入了困境。我感觉既恶心又疲惫。我想喝酒，却又不想出去。尽管怀揣着远大的梦想和新建立的自信，但我似乎和其他人一样愚蠢至极。我从未对这个决定有过丝毫的怀疑——虽然每次预约时，每个成年人都会问我是否要犹豫一下——但我为不得不做出这个决定而感到心碎。我说服自己，那不过是一堆细胞，但我哭啊哭啊哭。也许我只不过是终于有了可以为之哭泣的东西。丽莎因为我不想再去俱乐部而生气，就好像是她把胚胎放进了我的子宫，于是我断然与她切断了联系，再也没和她说过话。

我把事情告诉了妈妈，并且直截了当地表示，我要去打胎。

"我想上大学。我想去伦敦。"

我没有说出口的是，我想离开大雅茅斯。我不想落得和你一样的下场。

她说她也希望我能流产，但这话并没有恶意。她告诉我，病房里那些虐待狂会把选择接受人流的人安排在求子心切、却刚刚滑胎的女子旁边（她是对的）。我按照《大都会》（Cosmopolitan）杂志背面刊登的私人堕胎广告拨去了咨询电话，但听到价格后就尴尬地挂断了。于是，妈妈给我倒了一杯又一杯冰凉的杜松子酒，看着我坐在滚烫的浴缸里号啕大哭，整个身体被烫成了牛奶冻般的粉红色。但一切都无济于事。

我预约时并没有向他们透露孩子的父亲是谁，只说我喝醉了，并且不会为堕胎感到羞耻。相反，我认为这表明了我的野心。我不想在自己还有很多事可做的时候放弃人生。我转过头，不愿看向扫描的结果。

接受人流手术的那一天，我分配到了一名一头红发、扎着发髻的爱尔兰护士。他们会为我进行全身麻醉，然后移除胚胎。就是这样，和拔牙没什么两样。我没有意识到我还得和人交流，还要被她提问。她睁着炯炯有神的双眼，一遍又一遍地问我是否确定要这么做——她说的是"杀死这个孩子"吗？我不记得了。也许是的。隔壁那个比我年长一些的女子一直在哭泣。

麻醉师是个上了年纪的男子，对我十分友好。在他握着我的手倒数时，我心里想的居然是他会不会觉得我很漂亮，会不会爱上我。真是个可怜的蠢姑娘。

我在美丽南方乐团的歌声中醒来，被他们推回了病房，浑身沾满了生理盐水和干涸的血渍。我的身上一碰就疼，但感觉还好。回家后，妈妈为我盖了条毯子，还做了米布丁。一切都结束了，或者我是这么以为的。

我在大学里看到了一张海报，于是利用暑假时间去伦敦参加了美国夏令营的招募日。地点在伦敦西部一个巨大的会议中心。美国夏令营的人会在这里寻找暑期辅导员。如果你足够幸运，能够拿下一个职位，就能获得往返机票、签证、医疗保险，最后还有旅行所需的一部分零花钱。

大多数孩子都是和父母一起来的。但那天早上，我是坐着长途汽车来的。我精心挑选的淡蓝色衬衫裹着仍旧微微鼓起的肚子，头发用筷子盘起，一双玛丽珍鞋夹得我的脚疼。我尽量不让自己显得手忙脚乱。

南下的途中，我记得我既没有看书，也没有睡觉，更没有听音乐。我只是凝视着窗外，想象着身在美国的场景。美国——一切都在那里发生，离大雅茅斯如此遥远。

宽敞的大厅里，一排排桌旁坐着身穿运动衫、自信且认真的美国人。他们展示着"夏令营体验"的小册子或录像带。许多人的摊位上都摆着挂满照片的板子，上面全都是面带微笑的孩子和更快乐的青少年。

我走走停停，与夏令营负责人和辅导员交谈。邀请函上告诉我们要"自我推销"，天知道我已经尽力了。但我如何想象住在拥有两个泳池的营地里是什么感觉呢？还有电影院、马厩和专为孩子们准备的帆船？坐在那些人面前的折叠椅上，我的脚疼得厉害，感觉他们一眼就能看穿我。也许他们真的可以。在某张桌旁，一个长着完美牙齿的金发女郎兴奋地喊道："我们是马术夏令营（equestrian camp）！"我礼貌地回答说："哦，不用了，谢谢。我不想参加宗教夏令营。"

我走开了，身后传来了阵阵笑声。

最后，我和两个轻声细语的嬉皮士聊了聊。他们在新罕布什尔州经营着一个名为"熊山"的4-H营地。4-H代表头脑（head）、心脏（heart）、手（hands）和健康（health）。他们告诉我，营地里一半的孩子是付费客人，另一半则是免费的，而且我应该做好准备，营地本身是非常简陋的。

"没关系。听起来很不错。"

我坐上大巴车回家，心中充满了希望与梦想：纽约、小餐馆、假日浪漫，以及我在山里度夏后要去的所有地方。就是这样吗？我想。难道这就是一切的开始吗？

但是，那段更加幸福的未来离我还有整整一年的时间。我仍在努力应对几个月前发生的事情。我无法肯定堕胎对我产生了什么影响，但在一年之内，我遭遇了三起性骚扰事件，经历了人工流产，并且再也没有和我遇到过的最好的朋友说话。关于堕胎的这段经历，我只和高级考试

（A level）课程中的一个人透露过。他是个可爱的男孩，名叫大卫，从小被人领养，十六岁起就一个人生活了。在我十八岁生日那天，他带我去威瑟斯彭吃了汉堡，喝了啤酒。我哭了，他在黏糊糊的桌面上单纯地握住了我的手。

我开始更加频繁地饮酒，但这也许是理所当然的。高级考试比我想象中要难得多，我的成绩也越来越落后。我在诺里奇交到过朋友，但在大雅茅斯就没有了。所以大多数周末，我都和妈妈、妹妹待在家里的小客厅里看《幸运之轮》（Wheel of Fortune）和《急诊室》（Casualty）。在努力跟进课程的过程中，我开始意识到，去伦敦上大学的梦想只是个梦想。

一个周末，一位朋友从诺里奇来大雅茅斯找我玩。我在头发上夹了各种颜色的小蝴蝶发夹，穿上休闲裤和露脐上衣。我无精打采，希望别人能多看我两眼，让我感觉与众不同。不管怎样，那个夜晚改变了我的人生。

几年后，我会称之为"事发的那天"。大约十年后，我学会了将它称为"某种程度上的强奸"。如今，读过万卷书的我已经可以理直气壮地说出"我被强奸了"——有时候，我甚至会上网查找法律定义来确定这一点。

只不过我没有这么说。就连写下这些文字，都令我感到痛苦与胆寒。毕竟我不是被一个戴着滑雪面罩的男人拉进了巷子，也没有被年长的亲戚欺凌，更没有与对方殊死搏斗。如果我当时小酌了几杯，也许还会欣然同意，毕竟这样的事情我以前也没有少干。但我并没有同意，也没有喝醉——我完全无法动弹，而他用了蛮力。

其中大半的过程我已经记不清楚了。我记得他留着小胡子，但这有可能是记忆会捏造的那种性侵者特征。出于某种原因，不知道为何，他带我去了另一个男人的家里。此人是我们那天晚上早些时候遇到的，但性侵我的人并不认识他。我的朋友赶到时，我已经被他脱光了衣服、脸朝下躺在客厅的地毯上。他们一到，他就夺门而出，消失在夜色之中。

第二天早上醒来时，我发现自己尿湿了床铺，阴道又红又痛，大腿、臀部和手臂上遍布淤青与指印。由于担心起身后散发的气味和留下的污渍会让朋友和屋主发现我尿了床，我在那里待了很长一段时间。屋主说他不认识那个家伙，询问并确认我有没有把家里的住址和电话告诉他。我面无表情地回答："我觉得他不是那种会打电话的人。"

我的朋友是个性格温和但脑子很笨的人。离开后，她想和我聊聊发生了什么，我让她闭嘴，然后气冲冲地跑回了家。在家里等待我的是参加"美国夏令营"项目的录取通知书。我梦寐以求的旅行、冒险与逃离。可我就连坐在沙发上都很疼，整个人精神恍惚，几乎无力拆开信封。

年复一年，我一直在说服自己，考虑我经常喝醉了酒便和陌生人在海滩上、后巷中以及陌生的房间里上床，此事和他应该没有关系。

但这么说是不对的，因为这不是我的选择。重要的是，我的身体知道它被侵犯了。我怎么能说没有关系呢？

几个星期后，我在坐公交车前往学院时不得已半路下了车，在路边呕吐。我又怀孕了。

我没有报警。我不知道我应该报警。如果他戴了面具；如果我真的受了伤；如果我的朋友和那个家伙看到我在挣扎（尽管我不知道他们有没有看到），我可能就会报警。但我对此表示怀疑。我没有告诉妈妈，因为我觉得她会说我是自作自受。我当时也是这么想的。惭愧地说，即便经过了大量的思考与心理治疗，泪流满面地和爱我的人一直聊到凌晨两点，我仍然在很小的程度上认为一切都是我自作自受，虽然我也知道这都是胡说八道。

这一次，没有同情的话语，也没有对怀孕少女的善意。当计划生育诊所、医生和妈妈问我孩子的父亲是谁时，我诚实地回答我当时喝得太醉，已经记不清了。他们也没有进一步追问，只是挑了挑眉毛或者严厉地教导我避孕的方法——他们告诉我，我不能一直堕胎而不使用避孕套。

就算他们问我是否遭到了强奸，我想我也是不会承认的。我自己也在极力否认。虽然我知道，我清清楚楚地知道，我的身体受到了不可原谅的伤害。我的身体仿佛也知道这一点，我忍受着严重晨吐的折磨。我吃不下东西，只能吐出黏稠的胆汁和吓人的泡沫。最后，我去找医生开药。她再次训斥了我的鲁莽。我朝她吼叫着说我不傻，这是个意外，我要去上大学。妈妈却反过来对我大喊大叫。

我越是哭，孕吐就越厉害，人也变得越脆弱，妈妈就越生气，越是要求我不要就那么躺着。她告诉我，我早上起床的声音和不得不面对我的事实会让她感觉恶心。

关于第二次人流的过程我已经记不得了。我只记得他们在我的手臂上植入了一种避孕的物质。当时我依旧头昏眼花，尽管听到了他们的解释，却还是不知道那是什么东西，有什么副作用。手术结束后，我并没有得到毯子和米布丁。我的大腿上贴着一块很大的NHS①的护垫，请求妈妈打车带我回家，可她却说我们要去乘黄绿相间的"香蕉巴士"，一种绕着居民区行驶的公交车。她说："我错就错在给了你好脸色看。好吧，现在你没有好脸色可看了。"

我感染了，流了好几个星期的血。我裹着已经穿了好几年、臭烘烘的旧晨袍躺在床上，呆呆地看着电视。妈妈每天都要对我发脾气，我回答说我很快就要去美国了，她再也见不到我了。不管怎样，我失去了所有的朋友。

我知道，如果我想在美国有钱可花，就得找份工作，所以尽管那时务工季刚刚开始，我还是办理了退学，在一家又一家商店间辗转寻找工作。后来，我在某家电子游乐场隔壁的热狗摊找了份差事。伴着街机游戏没完没了的嗡嗡声，我负责煎烤香肠，日薪二十英镑。我还要去一家玩具店打工，唯一的工作就是阻止人们偷东西，但我根本不在乎他们偷不偷。我会给自己买些小玩具，就像小时候一样。最后，我去了一对善良老夫妇开的珠宝店和当铺，负责用小钉枪给别人打耳洞和鼻洞。我很擅长这份工作，动

---

① NHS：National Health System 的简称，指英国国家健康服务系统。——编者注

作麻利、态度友善。银行假①期间，我一天能打三四十对耳洞。

登上飞往波士顿的飞机时，我还在因为人流手术的原因流血。我以前从未坐过飞机，为小包的袜子和迷你牙膏感到吃惊。我全程都在看电影，不知道他们不断供应的食物是否免费，心中始终惴惴不安。

那年夏天，我负责照顾三十个五岁孩子时碰到龙卷风警报。即便算不上冷静，我也谨慎地将他们领进了断电后的食堂，躲开了身后的大树轰然倒下的瞬间。每天晚上，我都要步行十五分钟穿过树林，去布满蜘蛛的户外厕所里方便。我还去了其他辅导员家的农场过夜，在他们的湖上划独木舟，吃当天现摘的玉米。我和与我一样古怪脆弱的孩子交了朋友。我去了纽约旅行，在切尔西闲逛，中途停下来用《老友记》里那种大号的马克杯喝咖啡。除了两瓶违禁的酒冰饮，我这三个月几乎滴酒未沾。私下里，我还是经常泪眼汪汪。流血的情况终于止住了。

---

① 银行假（Bank Holiday）：英国公共假日的另一种说法。因为在假日期间，银行也会停业休息。——编者注

　　不过，那个夏天带给我的所有经历中，令我永生难忘的竟然是飞机起飞与降落。那种被托起、带走的感觉，就在你的肚子里翻滚。翱翔在天际之中，你知道没有什么特别好的或特别坏的事情会发生。你只是身在那里，在那个空间之中，朝着某种新的东西——广袤蓝天里一个微不足道的目标前进。

23

大雅茅斯
2018 年

　　乘坐长途汽车从利物浦途经伦敦前往大雅茅斯的旅程分外漫长，但和我年轻时经历的其他旅行一样，我到达最终目的地时感觉疲惫不堪、恶心难受，这是可以理解的。此外，我把这趟旅行留到了最后一个可能的日期，几乎用完了所有的旅费和住宿费。

　　在所有要回访的地方中，大雅茅斯是我最害怕的一个，因为老实说，我觉得自己和当年那个逃命似的离开这里的十八岁女孩没有什么不同。我害怕曾让我在这里的生活充满艰险的一切，如今仍有能力令我崩溃和动摇。

　　在维多利亚车站换车时，我排在了一个女人身后。她大概七十多岁了，挂着一根花朵图案的拐杖，背着粉红色的帆布背包，费力地拖动那只同样是粉红色的行李箱。我拍了拍她的肩膀。

"你还好吗？我能帮你吗？"

"哦，不用了，我很好。我只希望他能让我上车。"

"我想你不会有问题的，你看起来不像个会惹麻烦的人。"

"我一直都很叛逆。"

"你要去做什么？"

"我要去看我的侄女。我俩关系很好。我今年早些时候去过一趟，但是我的女儿病倒了，后来去世了。所以，我不想见任何人。我只想一个人待着。"

"我很抱歉。请节哀顺变。"

她笑着流下了眼泪，说她的女儿穿着睡衣在医院里结了婚。他们做了一本可爱的婚礼相册，"里面全是用手机拍的照片，想象一下。"她告诉我，这一切都是在四十八小时之内安排好的，而且为了让她的女儿能够记住这一切，他们在她的病情恶化之前早早就做了准备。登上大巴之前，我再次向她表达了内心的遗憾。

"没事，这些事情是改变不了的。"

"是啊，没错。不管怎样，我很抱歉。"

登上大巴车，我们并没有坐在一起，但我在她到达诺里奇时说了再见。她如此温柔善良，不知为何，她同样也令我感受到了勇敢的力量。此时此刻，我正在追逐自己的过去，试图拼凑一切，但真正的勇气也许只是接受已经发生的事情，并学会与它们共存。

车子驶进大雅茅斯，经过威瑟斯彭酒吧。我步行走过一个公交车站。在那里，我曾醉醺醺地穿着文胸在雨中跳舞。还有一家肯德基。我们曾经一边吃着炸鸡，一边看着我的一个男性朋友被人用脑袋撞倒在地。

我拖着带轮行李箱，沿着摄政路朝码头走去。这是一条由摇滚商店、希腊餐馆和著名的恐怖蜡像工厂组成的主干道，我在这里留下了太多回忆：我在其中一家商店里打了耳洞；和妈妈在大陆酒店（这条街上的高档餐厅）吃过奶油蛋糕；扭着屁股走去店铺当服务员，途中还和脖子上缠着黄色巨蟒的男子交了朋友。

时值淡季，街上分外宁静，但摄政路上的人——一个骑着代步车、手里举着啤酒的家伙，一对在酒吧门外激烈争吵的夫妇（我到了十七岁时都没有进去过的酒吧）——

在我经过时都紧盯着我。我猜他们可能在评估我来这里的目的，还有我的价值。我在发现男人们都在公然盯着我看之后稍微加快了脚步。

走向海滨大道的途中，我想起了一个头戴平顶帽的老人。你经常会看到他牵着一根红色的绳子在那条路上遛他的灰狗。我常常停下来抚摸那只狗，偶尔还会和他聊聊天。有一天，他牵了一只新的灰狗，他告诉我，几个年轻的男赛车手把车开上路牙，故意撞死了原来那只狗，而且他当时正拽着牵狗的绳子。讲述这件事情时，他看起来并没有非常震惊。我好奇他这辈子还见过什么事情，令他不会为此感到震惊。

我一路向前走，努力在电子游乐场没完没了的喧嚣声和叮咚声中辨别海浪的声音，满心希望能够再次见到他和他的灰狗，这才想起时间已经过去了二十年。他可能早已不在人世。有那么一瞬间，我的心中充满了失落，尽管我甚至不曾知晓他的名字。

我住的旅馆就在模型村对面，距离我位于军营小区的老家大约十分钟路程。这家酒店算不上多好，即使是以大雅茅斯不断贬值的物价标准来衡量，它也是便宜的，且屋里干干净净，温暖宜人。我在前台接过房间钥匙时，得知这里的住客只有我和一大巴车的退休老人。果然，我能听到他们晚间的娱乐活动———一场酒吧智力竞赛——其声响颤动着透过我房间薄荷绿色的地毯传上来。窗外是一座不大协调的形似肾脏的小泳池，让这个地方看起来很像拉斯维加斯破败的汽车旅馆。

那天晚上，我去了一家以前工作过的咖啡馆吃晚饭。那是一家口味油腻的小馆，屋子最里面摆着几张胶木桌子。为了每小时两英镑的收入，我常常穿着红色制服，戴着配套的棒球帽，站在柜台边调制饮料，同时还一边收钱，一边跟着收音机里播放的《滑铁卢日落》(Waterloo Sunset)哼唱。

这里还是老样子，只不过生意没以前好：现在只有我和两个老人坐在咖啡馆的两头，他们狼吞虎咽地吃着大盘里的食物。我在柜台点了工作时常吃的午餐：茶、香肠、薯条和两包番茄酱。

柜台边的女孩扎着马尾辫，戴着牙套，精心做了粉色指甲。她站在我曾经站过的地方，端着同样大个的热水壶为我泡茶，令我心生怜惜。我想告诫她要小心，要知道，除了咖啡馆和晚上出去喝一杯外，还有更多事情等着她。然而，我只是付完钱才告诉她，我二十年前曾经做过她的工作。

她把一直坐在外面的老板叫了进来。他告诉我，这家店是他从我的希腊老板子女手中盘下来的。他说那家人的妈妈病得很重，但爸爸身体还不错。

"那是因为她工作太辛苦了。他们回希腊了吗？她总是告诉我，他们退休后就会回去。"

他大笑起来："没有。大雅茅斯是一个你来了就永远走不了的地方。"

在我们聊天的过程中，荧光捕虫器一直在对苍蝇进行屠杀。

香肠和薯条上桌时，我和十七岁那年一样，一丝不苟地挤上了番茄酱。

食物的味道很糟，但除此之外的体验还是不错的。

当我回到旅馆，走进酒吧时，休息室的歌手正在演唱《把最后一支舞留给我》(Save the Last Dance for Me)。我点了半杯淡啤酒配青柠，目光在房间里扫视。在歌手倾尽全力演出时，退休老人们都在抱着小杯的饮料啜饮，他们一动不动，面无表情。

我躺在单人床上喝着淡啤酒配青柠，伴着《碧草如茵的家园》(Green, Green Grass of Home)结尾的旋律进入了梦乡。

早上，我步行经过摆满了塑料恐龙的"侏罗纪世界"——诺福克郡（Norfolk）最差劲的旅游景点（相当了不起的成就），前往"快乐海滩"。虽然大门是敞开的，但周围一个人也没有。我独自在蜗牛车、旋转木马、镜子大厅和几个巨大的玻璃纤维冰激凌甜筒之间徘徊。空气中隐约飘荡着薯条和棉花糖的香气。

我是听着这里的机械声与游客的尖叫声长大的，因此，当四下寂静，我独自在此时，感觉既诡异又有点兴奋。

透过大门的缝隙，我看到了我遭到强奸的那条街。当然，我知道它就在那里。我转过身去，被售票亭旁的"路奇"（Lurch）①鬼屋吓了一跳。我大叫了一声，然后自嘲起来。

我想都没想，就走进了那条死胡同，努力回忆事情发生在哪一间房子。但我什么也想不起来，只记得它是左边的一户。尽管如此，站在那些房子前，我——嗯——什么感觉也没有。除了，也许，感觉自己十分坚强。除了，也许，自己真的终于放下了。没什么好怕的。这个小镇上没

———————————

① 路奇：奇幻作品《亚当斯一家》中的角色，是一名脸色苍白的古怪管家。——编者注

有任何东西能让我永远地屈服、跌倒或崩溃，即便是那一晚。之前也没有。我会用该死的乐观去应对困境。

我穿过一条小巷，走到了昔日的老街。我以前并没有意识到，我住的地方离那座房子有多近。只有几分钟的路程。和我家过去的廉租房一样的红色房门历经风吹日晒，如今已褪成了玫瑰色，但妈妈心爱的蒲苇不见了。我拍了几张照片后打算离开，却鬼使神差地走到了门前。在我还没来得及敲门之前，一个四十多岁的光头男人打开了门，充满善意地盯着我，似乎在等我开口。

302

"你好。"

"嗨，抱歉，我只是想问问，我能不能拍一张正门的照片。我二十年前曾在这里住过。"

"我们搬来这里十九年了。这房子是用国王街的房子换来的。"

"是的，那是我妈妈！矮个子的苏格兰女人？"

"你是不是在卧室里画了一个大大的眼球，四周写着'ＩＣＵ'①？"他用手指在空中划出了几个字母。这件事我

———

① 即"I see you"，我看到你了。——编者注

早就已经忘记了。

"是的，天哪，对不起。多吓人的孩子啊。"

"那你想进来看看吗？"

我进去了。

屋里的装潢比以前漂亮多了，装修十分用心。但客厅的面积令人吃惊，小得只能放下一把椅子和一张沙发，就连我这种在伦敦公寓里住了十四年的人看来也是如此。他介绍我认识了他的妻子。她本来坐在扶手椅上，盖着羊毛毯子，看到我赶紧起身泡了杯茶。

我们相视一笑。原来我们同岁，却并不认识彼此。"对不起，如果你不舒服，我不想打扰你。你一定在想，他怎么会邀请街上的陌生人到家里来！"

"没事，我没病。只是累了。"

她解释说，她凌晨三点就要起床去当地的天堂假日公园打扫临时度假屋。

"这个房子现在很漂亮。你搬进来的时候，里面一定很空吧。"

"我们搬进来的第一个星期，我就打电话给我父亲：'请你来布置我的客厅吧。'"

我们都笑了。我轻声答道："我明白。我们只不过没什么钱，都已经尽力了。"这样她就不会觉得我被冒犯了。

这时，她的丈夫走过来，提出让我看看他的浴室装修，并自豪地向我展示了他们的新淋浴设备和一台体面的洗衣机。

"你还能听到过山车的声音吗？"

"听得到啊——"他模仿着过山车爬到顶端时发出的声音，"咯啷，咯啷，咯啷……"

"在你小便的时候？"

"是的。"

我喝着茶，听他们讲起了家里三个孩子的故事。她十九岁时生了第一个孩子。和我一样，他们念的都是凯斯特高中。"这样一来，他们就不用和小区里的孩子们混在一起了。"她说，他们一个在为爷爷工作，一个在读 A level 课程，老幺十四岁，学校认为她有自闭症，被永久开除。不过他们不希望她被贴上自闭症的标签。她边说边用手指向我身后墙上的相框。照片中的他们打扮得如同西部老酒馆里的人。和大多数老夫老妻一样，她的丈夫会自然地不时插上几句话。

"我讨厌这些东西——它们会害你得癌症的！"

她转向我："他说的是空气清新剂。"

我看了看架子上那瓶无毒的香必飘。

"真搞笑，他说这话时，手里还拿着一支烟。"她补充道。

我们捧腹大笑。我喝完茶，向他们表示了感谢。"回来的感觉好奇怪，但你们能邀请我进来真是太好了。"不知何故，能和他们坐在一起分享我们共同的经历和认知，让人感觉十分放松，甚至很有意思。我居然这么容易就受到了欢迎。她是如此温暖、平静，而且看上去是发自内心的幸福与满足。

我突然想到，她的生活就是我一直在回避、极度害怕拥有的那种日子。但实际上，尽管充满艰辛，她的生活方式似乎并不像我想象中那么糟糕。

离开这家人之后，我穿过小区，朝国王街走去。这是我曾经走过无数次的路，白天抱着大学文件夹，晚上踩着高跟鞋，灌了一肚子廉价酒水，可能还满怀兴奋。我无意中听到两个女人在闲聊。

"我听说他在吸海洛因。"

"他吃的是摇头丸。所有人都说这是我的错，但并不是。"

"我能看到你为他掉下的眼泪。"她的声音里充满了讽刺。

"是啊，好好仔细看看。"

"在显微镜下就能看到。"

我走过一家按摩院，吃惊地发现我十几岁时就记得的一家妓院竟然还在营业。窗户上的告示表明，这里是为数不多的几个还在招聘人手的地方之一。

走近国王街时，我想起一路上和我聊过天的每一个人都和我说，我肯定已经认不出那个地方了。在我那个年代，那里是由一长排夜总会组成的。"我们称之为小葡萄牙，"他们说，"在那条路上，你听不到任何人说英语。"我步行经过几家波兰超市和葡萄牙咖啡馆，遇见了形形色色不同群体的人，心里感到十分安慰。也许我记忆中那方方面面都与世隔绝的小镇正在逐渐朝着更好的方向发展。

三个男人坐在一家小咖啡馆门外，身边都是一边啜饮浓缩咖啡和小瓶啤酒一边打着牌的人。这样的场景令我想起了里斯本的一家咖啡馆，感觉有些恍惚。我伸出手，告诉他们我是个作家，想问问他们对大雅茅斯的看法。

他们饶有兴致地打量着我，彬彬有礼地给予了回应，每个人都和我握了手。三人中，有一个是如假包换的欧洲人，穿着时髦的麂皮乐福鞋和粉色衬衫；另一个自称是咖啡馆的老板，个子不高，身材健壮结实，貌似有点自大；第三个人身材魁梧，系着围裙，一只眼睛周围有一圈几乎快要复原的黄褐色伤痕。

店主告诉我，他们是埃及人和土耳其人。我们简单地聊了聊伊斯坦布尔。我与他们分享了看到这些新店的欣悦之情。"我住在这里时，这条街上都是俱乐部和酒吧。"

我询问当地社区对这些新店的反应如何。店主摇摇头，指了指四周。"市政府不愿帮助我们。我想在外面多摆几张椅子，却遭到了罚款。"他告诉我，他还想在晚上举办现场音乐演出，并且已经付了所有的执照费用，"可政府还想再收一千英镑……就好像他们要扼杀这个小生意。他们想把我们挤出市场。"

顶着黑眼圈的男人示意他得回去工作了。"作家，你坐吧。"他指了指空出来的座位，于是我坐下和那个穿粉色衬衫的人聊了起来。我问他在这一带住得如何。他解释说，他三十年前从土耳其搬到伦敦，一开始是在一家餐馆打扫卫生，后来当了服务员，最后接受了厨师培训。他的孩子们住在他伦敦的一套房子里。1999年，他来到大雅茅斯，在戈尔斯顿（Gorleston）开了一家传统的土耳其餐馆。

他举手投足间都散发着魅力，可能有些轻浮，但他的怨气也满明显的。"问题是，我不是来抢他们的工作的。我创造了就业机会，带来了工作岗位……我不是说他们所有人，而是很多领取福利补助的人。而且他们什么都不用做，就能领到钱，每周能领三四百英镑。"

这并不符合我个人或身边大多数人的经历。我含糊不清地应了一声。"没错，但你觉得大雅茅斯拥有足够的工作机会吗？"我试图讨论人们可能无法工作或被困在福利体系中的诸多原因。

"如果你想工作，办法多得是。"他接着提到火鸡加工厂里挤满了立陶宛和波兰的工人。（对年轻人而言，这是唯一有保障的工作，即便在我十几岁时也是如此。）"我并不是说所有的英国人都很懒惰，但他们大多数确实很懒。"我并没有告诉他，除了去火鸡加工厂，我什么工作都愿意做。

我问，这些新开的酒吧和咖啡馆的受众是谁，他们会不会像以前那样闹事？

"七成都是葡萄牙人。"他一边估算着一边左右摇摇头，"来，我给你倒杯咖啡。"

"哦，不用了，谢谢，我真的不需要。"

"我请客。"

"你真是太好了，不过说真的，不用了。反正我也该走了。"

我们再次握了握手。他是个好人，甚至颇有魅力，但我已经很久没有和一个极端保守的人交流并挑战他们的观点了。可不知怎的，我觉得这样做不对。我对他在这里的经历或生活了解多少？我只是个过客。

我离开的时候的确在想，如果他知道我曾经是那些懒惰的福利金骗子之一，无所事事，并且拒绝为了最低工资和最起码的尊重去火鸡工厂解剖内脏，他还是否会如此爽快地请我喝咖啡。带着对这份敌意与分裂的不安，我离开了。

在回城的路上，我经过了通往老朋友丽莎所在街区的小巷。矮墙上坐着一群正在喝酒的人。他们有男有女，有长有幼，喝着罐装的苹果酒。我和他们打了声招呼，他们也和我打了招呼。我露出了足够善意的微笑，却感到一阵心痛。我知道，他们每个人都有自己的故事，都怀揣着希望，也都有所爱之人和仍然认为可以毕生追求的事情。我继续往前走，希望他们中至少有几个能做到这些事情。

再往前走，街道上仿佛浮现出过去那个我的幻影。我曾在这里的酒馆台球桌上跳舞，向下面的男人展示我的衬裤；另外一家酒吧尽管双份烈酒只卖 1.6 英镑，却始终很少有人光顾，可能现在仍是如此。还有俱乐部服装店。我有钱就会去那里买莱卡短裙。裙子上面掏了很多个洞，因此根本算不上是裙子。

我在一家老店的门面上看到了海湾社区广播电台的招牌，于是走进去问有没有人可以和我聊聊他们的工作。一个年长的女人（我后来才发现，她也是在军营社区长大的）和一个中年摇滚歌手告诉我，我要找的人叫奈弗。"奈弗就是你要找的人，"摇滚歌手正色道，"但他很忙。"我告诉他们，我可以一个小时后再来碰碰运气。他们还是说："但他是个大忙人。"

沿着国王街往前走，棱镜唱片公司的旧址已经变成了一家堆满二手家具的店铺，招牌上写着"简的旧货铺"（Jan's Junk Shack）。这里看起来像是我会喜欢的地方，于是我走了进去。一个五十多岁、戴着印花头巾的黑人微笑着欢迎我的到访，介绍自己名叫吉诺。

屋里摆着一张工作台、一些工具、一排缝纫机，还有一些处在不同改造阶段的家具。一个看似已五十多岁的女子正在打磨镜框。她友好地告诉我，她就是简，这是她的店，一双浅色的眼睛看上去水汪汪的。她灰白的长发上绑着一条手工编织的金色发带。她解释说，这是一个社区公共空间，人们可以来这里做手工。我说我正在创作一本关于自己年轻时代的书，并表示一想到大雅茅斯，我总是觉得这个地方的人只能买醉，因为他们真的没有什么更好的事情可做。

工作台旁，一个十几岁的女孩踢掉脚上的军靴，穿着袜子在缝纫机上用羽绒被的被套改制围裙。那堆布料看起来仍然很像被套，但创意不错。我也是这么说的。吉诺问我住在哪里。听到我回答利物浦，他说那是他支持的足球队，他的梦想是能去看他们比赛。

我为自己的好运感到惊讶，于是询问简是否有时间和我聊聊。虽然她说她不确定能和我说些什么，但还是边忙活边和我闲聊起来。

"我想知道情况有没有好转。我知道这里有很多社区组织，但都是各自为战，只能投入大量的时间和巨大的努力，凭借自身的力量前进。"

"是的，我就是一名志愿者。我是自愿提供所有服务的。"

吉诺走过来，为我端来一杯茶。我婉拒，他们坚持，来回推让。简告诉我，这是他们制作的产品之一，"咖啡、茶和饼干"。那个女孩手里的针断了，大喊了一声："啊……真倒霉！"简安慰她说，针多得是。

我们都笑了。简又开始打磨，说道："这是社区工作计划的一部分——他们在这里做项目。如果你以前认识我，就知道我是个非常安静沉闷的人。自从参与了这些项目，我简直就像变了一个人。后来我得到了管理这个地方的工作邀请。于是短短五周时间，一切都安排妥当了。每天早上十点半，我都会在这里……这是个能让你放松的落脚之处。它让所有人远离街头，感到快乐。我们得到过些许捐赠物品，也会四处寻求捐款。但还没有报纸报道过我们。"

"这是地方议会拨款的机构吗？"

"这里被称作自由空间。如果有人决定租下它，我们会提前一个月得到通知，然后清空一切并搬走。"

但她补充称，可能要再等五年，才会有人有兴趣再次将它用于商业租赁。

店铺门外，吉诺弹着吉他，吹着口哨。我们都停了下来，微笑着停了一会儿。"听到他在街上弹吉他，你就知道他来了。"

她告诉我，晚上的街区很可怕，所以吉诺会来确保她不会惹上什么麻烦。真有意思，我说道，大雅茅斯这么多年都没有任何变化。

"是啊，"她表示赞同，"自从我们二十年前搬到这里，它就一直没有变过。"

临走时，我告诉她，如果我还是个刚刚误入歧途的十几岁小孩，一定会非常喜欢这家店。我也会因为简温柔的声音和慢条斯理的耐心喜欢上她。吉诺走到哪里，乐声就会飘到哪里。我希望他们能安然度过这五年时光，也希望能有年轻人在无聊或是孤独时试着走进来，找到一个无需抗争或伪装自己就能待上几小时的地方。与此同时，我为那个穿着长裤坐在缝纫机旁和简、吉诺一起喝茶的女孩感到高兴。

人们对大雅茅斯的评价多种多样，但他们市场上的薯条摊真的很好，这一点也没有改变。一个带着儿子排队的女人和我一起看着服务员把一大堆薯条舀进一个纸筒里，并在上面倒上冰激凌勺大小的大蒜蛋黄酱。"这是我们晚餐中的一道土豆菜。"她转过身对我说。

"我也一样。只是想买点零食。"

我注意到身后站着一个穿马丁靴的小女孩。她顶着粉红色的头发，穿着朵儿丝牌（Doors）的 T 恤衫，胸前抱着一个速写本。就像曾经的我。

我坐在长凳上吃着薯条，被小狗般大小、目光犀利的海鸥团团围住。这个场景吸引了另一个女人的目光。"真是难以招架。"

"确实。它们好大，是吧？"

"没错，那是因为它们靠吃薯条活着！"

我起身时，它们开始齐声聒噪，一只接一只地呼喊我。好像我欠它们什么。

我迈入小巷，发现雅茅斯市集咖啡馆仍然保留着五十年代的装饰风格，丝毫没有磨损的迹象。令人难以置信的是，这里最大、最繁忙的商店竟然是出售捕梦网和水晶的新时代商店。如果我一直朝那个方向走，就能到达迪克·范·戴克（Dick Van Dykes）同性恋酒吧，那里可以为酒吧打烊后留置的顾客提供续饮服务。我曾在那家店里喝着双份伏特加配可乐，酒杯里漂浮着阴茎形状的小冰块，跟着阿巴乐队的歌曲整晚跳舞，在厕所隔间里热情地亲吻女孩。不过，我转向了左手边，经过如今已经被改成公寓的旧邮局所在地。周一，我和妈妈会跟其他人一起赶在邮局开门前在外面排队。熬过了没有零食，有时连食物都很匮乏的周末，我们满脑子都在不耐烦地琢磨，兑现了福利簿就能喝到茶，吃到蛋糕了。一想到这里，我立马想去吃份甜品，仅仅是因为我可以。于是我买了一整根吉百利坚果棒，两三口就把它吃光了。

我经过了英国独立党的办公室。这是镇上为数不多的新单位之一。大雅茅斯是英国脱欧的最大支持者之一，有71.5%的人投票支持脱欧。我注意到，办公室本应开到五点半，但四点四十五分就已经关门了，而且没有解释原因。谁不愿工作来着？

转过街角，我确信自己看到了我的继父，被吓得驻足了片刻。我知道我有可能会撞见他，但直到那一刻，当我看到马路对面巨大的啤酒肚、灰金色的卷发，以及严厉的凝视目光时，我才觉得不太可能。继续走吧，我自言自语道。但我回首时才想到，他不可能是我的继父，因为他的年纪可能和里奇跟我们第一次见面时差不多大。我猜想他只是在努力地评估我的性价值。我冷不丁有个念头，走到他边上，问他是否希望有人用这样的眼神盯着他的妈妈、妹妹或女儿。

回到海湾电台，奈弗已经回来了。他穿着时髦、自信满满，几乎到了浮夸的地步，让我想起了音乐圈里的某个人。我猜他就是那个人。

我问他对这个小镇有何看法。他告诉我，他已经在这里住了三十年了。"我不明白人们为何如此消极。这令我沮丧。申请开办电台时，我们决定要强调积极的一面……请原谅我想表达一下自己的不满，但我一心想让更多人学习更多历史。关于大雅茅斯的历史。"

他说他想让它成为新的马盖特镇（Margate）①。

"土生土长的本地人和移民之间存在一种公平的平衡。比如我。我刚来这里时非常喜欢这个地方。你懂的，这里的女孩们都很奇怪。她们从来没有去过任何地方，也永远去不了任何地方，所以她们非常喜欢我这个巧克力肤色的家伙。我觉得这太棒了。我想，嘿，这可太简单了。"

我大笑起来，和他谈论起大雅茅斯的可能性。我说："令人难过的是，回顾这里的过往，你就可以看到它的以后。"

"是的，只要人们学会用不同的眼光来看待这个城镇。

① 马盖特镇：位于英国肯特郡北部海岸，以海滩闻名，是一个度假胜地。——译者注

那些帮我出名的广播节目，都是在讲述人们对自己所居住的地方的不了解的内容。"

他说他曾载着一些人环游谢菲尔德（Sheffield）、哈德斯菲尔德（Huddersfield）、哈罗盖特（Harrogate）、纽卡斯尔和米德尔斯堡（Middlesbrough），目的是让人们了解自己可能居住的其他地方。

"眼下的困难在于脱欧。这简直太疯狂了。那天我很难过，因为我是留欧派。我这个五十多岁的男人能知道什么？我从小到大一直都是欧洲人。"

"是的，现在这里更多元化了。这很明显。"

"我刚来这里时，只遇到过两个黑人，也许是三个。但现在……整个英国都一样。再也没有隔离区，再也没有'乡巴佬'①，这些都是不存在的。我在这里居住的时间比在其他任何地方都久……我只想知道六个月后会发生什么。"

"那些新的商铺会怎样？"

———————————

① 乡巴佬（Normal for Norfolk）：据说是出自英国医学界的词语，最早医生用它来贬低一些有乡土气息的病人，后来更广泛地指行为古怪、思想陈旧、未受过教育的乡下人。——编者注

"他们都要回国了。隔壁的人给我发了一封邮件，说他很抱歉没能与我们道别，他们全都返回了安哥拉（Angola），他们都很害怕……你会想，哦，我的上帝，发生了什么？但我不是耶稣，我对此无能为力。我能做的就是继续大力赞扬大雅茅斯。"

我问他认为大雅茅斯的未来会是什么样子。

"我们走着瞧吧。我猜我们会赢。"

我表示自己已经占用了他够多的时间，向他道谢，还说我会开始收听他的节目。他把我带到地下室，自豪地向我展示了一间最先进的录音室。回到店面区域，奈弗说他希望能够收到我的书。那个摇滚歌手在旁边说："这全都是他的功劳，你知道的。要找就找奈弗。"奈弗谦虚地笑了，说他们是一个团队，并把我送出了门。

虽然我没有他对大雅茅斯的那份热情，但他的决心和说到做到、愿意改变现状的做法给我留下了深刻的印象。我觉得他的话大多是对的。一年三百六十天，这个小镇有很多东西都可以被开发利用。大雅茅斯似乎一直在做某种毫无意义的事，或者你也可以说它是徒劳无功的，但小镇需要改变和适应才能生存。接纳新来的葡萄牙人和土耳其人可能就是一个开端，毕竟大多数海滨餐馆曾经都属于希腊移民，而且经营得非常成功。他们同时还要专注于创造一个与众不同的小镇，一个不仅仅是有酒精饮料、转瞬即逝的廉价刺激和非法房东的地方。但随着儿童中心的关闭，英国独立党办公室占据了主要购物区的门面和中心场所，当地政府显然打算剥夺具有多样化且功能丰富的新社区蓬勃发展的机会，更不用说有益于塑造城镇的未来了。我无法认同奈弗的乐观。

后来，在一家我过去常在里面喝得烂醉的酒馆里吃比萨时，一个穿派克大衣的女人微笑着问我："我能关上这扇窗户吗？"

"当然，亲爱的，我也很冷。"

我忙着吃晚饭，而她身边的那个男人一直在试图向她解释某种复杂的"五英镑三瓶啤酒"套餐，直到她转过身来对我说："我们同过学吧。"

我完全没有认出她来，说道："有可能。"

"凯斯特中学吗？"

"是的，没错，但非常抱歉，我认不出你了。"

"塔拉·哈蒙德，想起来了？"

她比以前苗条了不少，脸色也更加苍白。我忘记了，虽然几十年过去，这个镇子变化不大，但镇上的人还是会衰老的。

"是你。哇！"

"我们一起演过戏剧。那出《矮胖子的悲剧人生》（*The Terrible Fate of Humpty Dumpty*），还记得吗？"

"我不记得了。戏剧老师是谁来着？"

"沙利文夫人。"

"每次学校举行迪斯科舞会，她都会表演机器人舞！"

我记得塔拉退学去生孩子了，于是问起孩子如何。她告诉我，她儿子在为他的爸爸工作，但她似乎不太高兴。我说我这次回来是要为写书做些研究。

"你现在在做什么？"

"没做什么。"

我以为她会继续说"没做什么……只不过……"，于是继续等待，但沉默却在黏糊糊的桌子上蔓延开来。

"没做什么？"

这是个愚蠢的问题，令我后悔不迭。但我真的非常吃惊。她一直都很聪明，还教会了我什么是双重否定。她面露尴尬，摇了摇头。我开始紧张地喋喋不休，念叨着这个小镇没怎么改变，但如今安静了许多。她解释说，商店都搬到郊外去了，所以如果你没有车就哪也去不了。道别时，我们含糊地承诺会在脸书网上寻找彼此，但谁也没有跟进这件事。

我确实记得《矮胖子的悲剧人生》，还记得我们曾在排练时发生过争执。而且我记得她曾抓到我一边领就业救济金一边在酒吧里打工（她当时在就业中心工作），却一直没有告发我。我后悔没有对她说声谢谢。

我去堤头（Pier Head）酒吧喝了半杯啤酒，写了些笔记。除了一个穿着白色运动套装，有点像吉米·萨维尔（Jimmy Savile）的孤独退休老人，酒吧里别无他人。我只是喝完了剩下的半杯啤酒，收起笔记本就离开了。走在曾经让我感到紧张的街道上，我拥有了新的归属感和目标感，知道如果有人对我表示不满，我会奋起反击。

返回小旅馆的房间之前，我去游戏厅逛了一圈，这让我看起来像是最悲伤的游客，为了怀旧，我在两便士的机器上玩了几局。我穿过最像拉斯维加斯的游戏厅，走到码头安静的尽头。黑暗中，野餐长凳上坐着两个十几岁的男孩。他们正用其中一人的手机听着AJ·特雷西（AJ Tracey）的歌曲。我走过去做了自我介绍。"你们觉得在这里长大如何？"

两人中比较瘦弱的杰克抢先开了口。他的脸上长着些许粉刺，刘海挡住了眼睛。"还好。这里不像人们想象得那么糟糕，是的……学校里的每个人都会说：'哦，你住在雅茅斯……什么什么的。'"

他们觉得自己得到的机会够多吗？"是的，是的，尤其是在夏天。你只要想要工作就能找到工作。"

他的朋友卡勒姆长得像个伙食很好的乡下小伙。"说句公道话，我觉得人们挺难到这儿来的。公交车都是垃圾，大概六点钟就停了。"他家住在某个小卫星村里。

我问他们是否愿意留在这里。卡勒姆回答说他想住在乡下，但杰克表示："我喜欢这里。我有一辆助动车。所以如果我想去某个地方，比如去村里看他，抬腿就能走。这里还有很多事情可做，而且我有工作，所以——"

"你的工作是什么？你介意我问一下吗？"

"我在街角的一家商店干活儿，不是什么重要的工作，不过，是的……"

他突然显得好年轻。我想让他放心，他做得很好。"那就行。你已经比很多英国人眼下拥有的多得多了。我在这里长大的时候觉得这里的生活充满艰辛。你们也有同感吗？"

卡勒姆再次用低沉的声音开口答道："我还是得说句公道话——"

　　"我住在纽敦（Newtown），"杰克打断了他的话，"就在赛马场附近——上流社会的人住的地方。我总是说，离赛马场近是纽敦好的一面，但那里的犯罪率现在有点高，而且——"他指了指我曾经住过的小区，"那个地方也不太好。"

　　我们都笑了。我点点头说："是啊，有道理。"

　　我向他们道了谢，还握了握他们的手。卡勒姆的手很干，杰克的手却又冷又湿。我想安慰他，让他知道我是友好的，他没有什么可担心的。他们继续听音乐了。我把他们留在码头的黑暗之中。浪花在两人脚下拍打着海岸。

　　回到酒店，我躺在床上喝了一杯青柠苏打水，用手机录下了内心的想法。回放那些片段，我惊讶地发现自己听上去竟然如此愉快。录音中的我笑了很多次，《甜蜜的卡罗琳》（Sweet Caroline）低沉的和弦伴着我的声音在酒店的地板上回荡。

　　"这是一段积极的经历。我已经不是原来的我了。我自信满满，能够走到人群面前，向他们提出各种各样的问题，丝毫不会感到害怕。这很大程度上是因为，我重新找回了自己在这里生活时培养出的那份神气。在这里，我学会了评估和了解谁是威胁，谁不是。还有……我已经变了。我变成了一个截然不同的、全新的人。这是一种难以置信的自由。就是这么回事。我一会儿要和我的丈夫聊聊。"录音暂停了片刻，"我试着回忆是否遗忘了什么，但我觉得没有。现在没有什么我需要记住的东西。"

24

大雅茅斯
1999 年

　　三个月后，我从美国回到了大雅茅斯。我身上穿着沃尔玛的牛仔裤和T恤衫，玉米糖浆和美国的大分量食物让我吃成了一个胖子。离开的这段时间里，我几乎滴酒未沾。我满怀希望，决心十足。毕竟我已经漂洋过海去了美国，还有什么奇迹可能发生呢？不知怎的，房子、居民区和我当时的生活似乎都变得渺小而短暂。

　　如果不是因为我报名参加了大学课程，恶魔也许会再次降临我陈旧的卧室，或是跟着我在令人悲哀的夜店中出没。在一个名叫"海鸥"的老旧小型社区剧院里，我参加了商业与技术教育委员会主办的国家级表演艺术文凭培训课程。我之所以能领到新政救济金，是因为我表示自己正在学习成为一名灯光技师。这种职业足以符合救济金的领取资格。

在那里，我找到了一位真正鼓舞人心的老师——一个名叫伊恩·戈登的利物浦人。和其他大多数人不一样，他不相信这门课程中的孩子是最愚蠢的，不相信他们只能从事一些手工劳动。他的教学曾经（也许现在仍然）是我经历过最具有根本性政治意义的事件之一。他不会把艺术当作属于别人的东西来对待，而是将它以各种形式传授给我们，向我们展示如何制作自己的艺术作品，并反复向我们强调，这样做为何对我们这些出身贫寒且有过艰苦回忆的孩子来说是至关重要的。对一些人来说，他代理了父亲的角色。他拒绝放弃我们任何一个人。

我决定尽我所能取得最好的成绩，每天一大早就离开军营小区，晚上乘末班车回家。我们在上课和排练的间隙坐在老剧院里。这里已经成了我们这些不想回家的人心中的家园。伊恩帮我填写了大学入学申请，并指导我为大学面试做准备。他告诉我，我可以做我想做的任何事情。

我的试镜演讲是麦克白夫人谴责她所犯错误的污点永远无法被抹去的桥段。我得到了伦敦一所大学的无条件录取通知书。我最终来到了这个似乎有求必应的大城市，最重要的是，我的未来充满了广阔的视野与更多的选择。

从那一刻起，我开始头也不回地奔跑。直到今年，直到我已经准备好了。

25

利物浦
2018 年

　　距离我把这本书稿寄给出版商还有两个晚上的时间。我花了一整天认真思考如何给这样一本书收尾。因为对我来说，这感觉不像是一个结局，更像是一个开端。

　　这一年的经历回答了我心中产生的许多疑问，消除了那些经常让我感觉格格不入或低人一等的与贫穷有关的谎言。我现在明白了，让穷人保持贫穷，让我出身的群体相信自己不配得到更好的待遇，让社会上大部分人相信贫穷是不值得同情的，符合许多人的利益。这些人还认为，贫穷在某种程度上是个人的选择或失败。只要你足够努力，或许就可以避免每天面对无尽的艰辛。我们会看到这些观念在媒体中的反映，从羞辱穷人已成惯例，到人们错误地认为我们生活在一个精英社会。

但你不需要花费太多力气就能理解和承认，在我们生活的社会里，收入从一个人很小的时候起就会影响一切——从患精神疾病或滥用药物的可能性，到遭遇家庭暴力、受教育程度低的困境，甚至是牙齿上的金属填充物数量。只要承认这种明显的不平衡，那么那些没有经历过上述不利因素的人就必须承认他们享有的相对特权，并采取行动改变现状。

这些因素中，排在第一位的肯定是心怀敌意的政府。通过过去八年的财政紧缩政策，政府试图搜刮那些最贫困的百姓，在原本只有骨头的地方削减脂肪，同时为富人减税。结果呢？我们的国家是全球富裕水平排名第六的经济体，但五分之一的民众生活在贫困之中。自2010、2011年这两年以来，英格兰地方议会的政府拨款减少了49%。在过去的八年时间里，约有500所儿童中心被关闭，340多家图书馆在2010年至2016年间关闭，随之而来的是8 000多个图书馆工作岗位的流失。这些统计数据预示着将有更多家庭失去重返工作岗位的机会，或者即使有机会，也将被迫签订几乎无法养家糊口的零时工合同。这意味着他们更没有机会过上更好的生活、获得心理健康支持或住在稳定的住房中。更多孩子将继续在极端的困境中成长，没有缓解的希望。财政研究所预测，2015 年至 2022 年间，儿童贫困率将上升 7%——与此同时，这些儿童会被告知，应该受到指责的人在某种程度上是他们的父母和他们自己。受苦的不仅仅是今天的穷人，正如我深有体会的那样，贫困会代代相传，艰辛会在血脉中流淌。简而言之，这届政府以我们孩子的未来为代价来为富人提供税收减免，而且在某种程度上，我们被迫接受了这个现实。

当一个国家的阶级平等面临障碍，试图做出改变就成了不可能的事。我的小小努力能改变什么呢？但后来我想起了莎莉和她的同事、比尔、简、奈弗以及无数社区工作者。他们找到了真正有效的解决方案，因为他们自己也曾身陷困境。他们每个人都看到了需求，也都在尽其所能。

能够得到如此美好的生活，我也有自己的账要去还。首先，我会发挥自己在创作这本书的过程中学到的一切。关于贫穷意味着什么，贫穷是如何发生的，我将永远不会让懒惰的假设传播下去。我将不知疲倦地、积极有效地支持基层组织填补福利国家的漏洞，并反对大街小巷和各个城镇中那些针对穷人的"战争"。

我希望这本书的读者也能做出同样的决定。如果我们每个人都能竭尽所能，一个接一个地去落实这些行动，只要人数足够多，我相信未来是有可能被改变的。

这本书已经彻底改变了我的未来。如今的我又有了家人——姨妈、姨父、表兄妹和远房亲戚。他们偶尔会点赞我的脸书帖文。早上，我还能用艾莉姨妈酿制的果酱来抹面包吃。我的一个远房亲戚给我发了一些优美且抒情的文章，讲述他爬山和探索佛教的生活。

他们都喜欢分享我童年的趣闻轶事，还有我看起来脏兮兮、脸颊胖嘟嘟的照片，让我和一个自以为已经彻底失去的人重新团聚。他们知道我不和妈妈说话了，也明白为什么，并且十分尊重我。他们待我热情、亲切、得体，永远不会去打破边界。没有人会互相辱骂。我从未想过这样的事情会发生在我的家庭里，或者我会再次亲切地、充满依恋地说出"我的家庭"这个词。

我和彼得尝试要小孩已经有几个月的时间。每个月，我都确信能感受到身体里正在孕育一个新的生命。对于成为父母并抚养孩子这件事，我的心中只有喜悦与希望。我想我会成为一位优秀的妈妈。

通过重溯那些将我束缚在过去道路上的轨迹，我摆脱了无尽的羞耻与恐惧。曾经的那个自己仍在与我并肩同行，但现在我知道该如何照顾她了。我也明白了该如何照顾自己的孩子，无论是亲生的、寄养的还是领养的，运用我所学到的关于爱的一切，以及与爱无关的一切。

天色已晚，我独自在家。我想打电话给苏珊——妈妈的表妹。我已经三十三年没和她说过话了。她十四岁那年照顾过还是个新生儿的我。我后来做了她的花童，虽然我已经不记得了。她接起电话："天哪，你听起来……好像阿伯丁人。我是说，你本来就是，但我还是很惊讶。"

我真正想说的是，她的声音和我家里的女性一样，轻快而催眠，除非被激怒，否则永远不会急躁。仿佛我内心深处埋葬的这一部分直到这一刻才浮现出来——此刻我好像在和自己的一部分对话。

苏珊现在是阿伯丁的一名社会工作者，她的母亲是我外祖母的妹妹。她十几岁时的大部分时光都在照顾别人，没有毕业就离开了学校，后来生了四个孩子，然后重新考取了苏格兰的修业证书，之后又生了一个孩子，并接受了社工培训。她给我讲解了我们家族的家谱。故事中充斥着精神疾病、酗酒和争吵。我问了很多问题，心中的猜想大部分都得到了她的证实。我还吃惊地了解到，精神疾病、身体虐待和语言虐待在前几代人中是如此根深蒂固。“但现在一切都结束了。”她说。

“我们这一代人，剩下的这一代人中——”自杀的问题也是世代相传的，“但我们都应对得很好。”

待气氛逐渐平静下来，我提出了一个自己最想知道的问题，关于我在寄养家庭的经历，以及为什么会发生那样的事情。在缺失的拼图中，我认为这一块最能帮助我理解其他所有疑问。

“好吧，我这么告诉你吧。我觉得你有权知道。那时你才三岁，我的哥哥克雷格有精神健康问题。你不可能把一个孩子留给他照料。有次，他抱着你哭着来找我说：‘她妈妈让我照顾她几个小时，可她已经三天没有回来了。’你哭个不停，又脏又饿。你只是个没人照顾的小孩，凯里。这很糟糕，你明白的，你当时身体差到了极点。他一直不知所措地走来走去，也不知道给你换尿布，害你又冷又脏。何况他也没有食物能喂你。”

我想起了某个晚上和彼得一起窝在越南某个小房间里时的恐惧。我变成了一个受惊的、哭泣的孩子，因为我不知道会遭遇什么，只知道那里有一个可怕的巨大黑洞。

“哦，天哪。天哪。”

"你当时只是个孩子，甚至可以说你一生下来命就很苦。"

一瞬间，我们都沉默了。我在想她是不是也和我一样，正强忍着眼泪。但我的眼泪不是悲伤的眼泪，而是解脱的眼泪。因为这就是事实。穷极一生，我一直需要某个人，某个站在我这一边的人，能够直截了当地将这件事情诚实地告诉我。

"我很高兴你能放下这一切。你在写作，这能令人镇静。"

"是啊，我已经写了一年了，真的很辛苦。我这周就要交稿，算是完工了。你知道，这段时间我一直在分裂中挣扎，渴望了解一切。我知道的越多，就越是能将事情放在不同语境中去理解，但这并不容易。"我停顿了一下。

"但是你不能这么想，凯里。说到底，这就是你的人生。这就是你的经历。我们的父母做出了选择，这些选择对他们的子女产生了影响。作为一个自力更生的人，你有权拥有自己的经历。你写的东西又不是凭空捏造出来的。"话说回来，她就像是被人派来，用我的血统和祖先的声音说出了我最需要听到的话。"你能把这些都写下来了，真是太棒了。凯里，很高兴看到你经历了这么多却依然过得很好。我很高兴。"

"是的，的确如此。我的丈夫，你以后一定要见见他，他是世界上最好的男人。我们正准备要孩子。"

"啊！"

"是啊，我已经三十八岁了，希望还不算太迟。不过如果说我从中学到了什么，那就是我们家族的人似乎十分擅长生育。"

"是啊，打架、喝酒、生孩子！"

"嗯，我还是只专注于孩子的事情吧。"

临挂电话前，我们笑着承诺很快还要见面。

事后，我和彼得坐在五十英镑买来的那张略微带有污渍的沙发上，吃着炸鱼和薯条。我把我从电话中得知的一切都告诉了他。这通电话持续了一个多小时，解决了我的许多问题。

"所以，想象一下，那么多的精神分裂症、躁郁症、酗酒和毒瘾亲戚。难怪。"

我告诉他，外祖母的一个亲戚在一场相当微不足道的家庭争执中把一个水晶烟灰缸扔到了她亲哥哥的头上，直接砸破了他的脸。

"你知道码头上的麦基家族以前被称作什么吗？'托

里海鸥'（Torry Seagulls）①。总是乞求残羹剩饭。"

"真的吗？"

"他们一无所有，过去经常下去捡煤或要饭。"

他摇了摇头，说道："我很抱歉。"

"这没什么。老实说，这都是过去的事情了。我挺过来了。我们很多人都挺过来了。你看，我有了你和家人，还有工作，追溯了家族的起源和历史，我感觉人生已经完整了，就好像我已经羽翼丰满。我内心有一部分真的十分自豪能够拥有那样的力量，不仅能在历经风雨之后依然坚守，同时还能过得开心幸福。"

"现在你正以一种不同的方式运用这股力量。"

"没错。"

我们蜷缩在一起，吃完了炸鱼和薯条，聊到春天要去阿伯丁旅行，聊到姨妈又寄来了果酱。我还说起要为外祖母和她的姐妹们写一本书，名字就叫《托里海鸥》。

唱片机里播放着莱昂纳德·科恩的《没有办法说再见》（That's No Way to Say Goodbye）。

但对我来说，这一刻就是道别的完美契机。

---

① 此处的"托里海鸥"是一个绰号，用来形容苏格兰阿伯丁市托里区的人，通常指那些在码头工作的贫穷工人。——译者注

致　谢

　　和其他任何一部作品相比，这本书在讲述我自己的故事的同时，更需要我去寻找那些可以帮我讲述他们故事的人。感谢与我在正式和非正式场合交谈过的每一个人。希望大家都能知道，你们不仅帮助我讲述了你们群体的故事，还让我与一段自认为已经永远失去了的过往建立了联系。非常感谢你们的慷慨。我还要特别感谢我的新、老家人，感谢你们敞开心扉地欢迎我。能和大家重新团聚是我得到过的最好的礼物之一。

　　我经常在想，人们对创作一本书其实需要协同合作这件事没有给予足够的重视。我要感谢出色的文学经纪人朱丽叶·皮克林，感谢她在我书写这本书之前、期间和之后都给予了我无尽的支持与声援，并贡献了她的智慧与见解。

同样，我要感谢查托与温达斯出版社（Chatto & Windus）不知疲倦的编辑贝基·哈迪。正是她犀利的眼光、深刻的洞察力和对这本书以及对我的信任，才让我文思泉涌，写出这部作品送到你们手中。我们三人已经一起共事了十年，我再也找不到比她们更精敏、更聪慧、更善良的女性来支持我了。

当然，书籍出版的背后还有更多人的默默付出。感谢查托与温达斯出版社的每一个人。我为自己的作品能够交由他们出版而感到骄傲。尤其是克拉拉、夏洛特和格雷格在编辑方面提供的支持，以及索菲和安娜帮忙将《重返阿伯丁》推向读者。凯瑟琳·弗莱为我的书进行了文本校对。这份差事很不易，但我非常感谢她敏锐的眼光。同时还要感谢斯蒂芬·帕克和马克·维西为我们提供了精美的书籍封面和作者照片。

感谢布莱克·弗里德曼出版社的哈蒂、山姆、汤姆、詹姆斯、汉娜、雷舍姆、黛西、卡西和伊曼纽尔。他们都以自己的方式支持了这本书和我之前的作品，与他们合作使我感到非常愉快。特别感谢出色的伊泽贝尔在朱丽叶陪伴孩子时接替了她的工作，让我感觉十分安心。

在本书的创作过程中，《深潭》杂志的"重返阿伯丁"

338

专栏以出乎意料的方式为我提供了帮助——让我逐渐松弛，展示出内心更脆弱的一面，同时让我与读者建立了联系。他们总是能激发我的灵感，提醒我这样一本书为何能够引起人们的共鸣。那些给我发信息分享自己故事的读者，我听到了你们的声音。希望本书在某种程度上能对你们有益。我永远感谢山姆·贝克和林恩·恩莱特，感谢他们给了我绝佳的机会和学习的自由。感谢佐伊·比蒂、凯特·塞维利亚和《深潭》杂志的所有工作人员，感谢他们让我继续书写那些对我来说重要/愤怒的事情。

本书的创作过程颇具挑战性，但有很多朋友——无论是现实生活中的还是在遥远的地方的——对我伸出了援手，帮助我继续写作，即便他们并不知道我需要帮助。我还要致敬 #WorkingClassWriters 的全体人员以及凯西·任岑布林克、姬特·德·瓦尔、尼科什·舒克拉、保罗·麦克维、达米安·巴尔和西蒙·萨维奇，感谢你们的支持、溢美之词与"理解"。

和我的前两部作品一样，我的挚友莱维亚一直在我的身边给我拥抱，与我分享美酒，陪我欢笑。她和瑞奇一起培养了两个聪慧的小明星——赞德与扎拉，我的教子①。

_____

① 在基督教的洗礼仪式中，施洗者的受洗者称为教子、教女。——编者注

他们每年都会给我带来很多快乐。

感谢利兹和维尔纳让我融入了他们美好的家庭。他们对书籍和政治的热爱令我想让他们为我感到骄傲。

如上文所述，在这个奇怪的自我拆解与回顾的过程中，与彼得在一起的生活令我的肉体与精神得到了重新整合，这才是最重要的。他以千百种大大小小的方式为我创作这本书提供了帮助。我从未想过能够拥有这样的幸福与安宁。谢谢你，彼得。我非常爱你。

资　讯

市民咨询处
www.citizensadvice.org.uk
03444 111 444

财务咨询服务处
www.moneyadviceservice.org.uk
0800 138 7777

"显著改善"慈善组织
www.stepchange.org
0800 138 1111

食物援助网
www.foodaidnetwork.org.uk

特拉塞尔信托
www.trusselltrust.org
01722 580 180

庇护所
www.shelter.org.uk
0808 800 4444

"中心点"慈善组织
www.centrepoint.org.uk
0333 257 5738

"危机"慈善组织
www.crisis.org.uk
08000 384838

撒玛利亚会
www.samaritans.org
116 123

"智者"慈善组织
www.sane.org.uk
0300 304 7000

英国家庭暴力求助热线
www.nationaldomesticviolencehelpline.org.uk
0808 2000 247

"联系弗兰克"戒毒热线
www.talktofrank.com
0300 1236600

"Adfam：家庭、毒品和酒精"慈善组织
www.adfam.org.uk
020 3817 9410

英国性侵害危机
www.rapecrisis.org.uk
0808 802 9999

英国防止虐待儿童协会
www.nspcc.org.uk
0808 800 5000

英国妊娠咨询服务中心
www.bpas.org
03457 30 40 30